ロシア文学の教室

奈倉有里

文春新書

1457

ロシア文学の教室◎目次

イラストレーション　小幡彩貴

本書の主な登場人物

枚下（まいした）先生
白髪がきれいに輝き、雪山を思わせるどっしりとした初老の教授。なめらかなテナーの声で、ユニークな「体験型」の「ロシア文学の教室」へと学生たちを誘う。その魔法的な力は、その名の通り「マイスター」を思わせる。

湯浦葵（ゆうら・あおい）
大学のロシア文学科の2年生。小学校3年生くらいから本の虫に。小説を読みだすと没頭して周りが見えなくなる。不器用ながら真っすぐで、新名翠に恋心を抱く。愛読書はヘッセ、ゲーテ、ロマン・ロラン。

新名翠（にいな・みどり）
どこか中性的でミステリアス。枚下先生の質問にも、鋭い洞察力で小説の核心部分に迫るような答えを返す。風鈴の鳴るような心地よい声の持ち主。湯浦葵の恋心には気づいているのかどうかわからない。

入谷陸（いりや・りく）
いつもはヘラヘラしているように見え、発言は躊躇なく見切り発車なところがあるが、口を開けばきらりと光る質問が飛び出すなど、なにかに熱中するとひらめきを見せる天才型。湯浦葵の恋をアシストする動きも見せる。

青山さん
明るい髪で一見ギャル風ながら、歯に衣着せぬストレートな疑問に、枚下先生も教室のみんなもハッとさせられることがある。たいてい教室のいちばん後ろに座っている。

渡辺さん
定年退職後に学士入学で大学に再入学。枚下先生よりも年上。苦労人を思わせる禁欲的で厳しい顔つきながら、目は何かを赦すように笑っている。人生経験に裏打ちされた発言が講義に別の光をあてることも。

渉（わたる）
湯浦葵の読書つながりの友人。中学校卒業の直前に親の転勤でロンドンに行ってしまったが、メールやショートメッセージでやり取りを続けている。イギリスの大学で文学を学んでいる。村上龍の熱狂的なファン。

シラバス

ここは午前の光が差し込む明るい教室です。二〇二二年の春、都内の大学で文学を専攻する学生たちが、ロシア文学の授業に集まりました。学生たちの雰囲気が例年よりやや不安げに見えるのは、二月末からはじまった戦争のせいでしょうか。シラバスによれば授業は演習形式で、ゴーゴリ、プーシキン、ドストエフスキー、ゲルツェン、チェーホフ、トルストイといったおなじみの作家たちの作品を一コマにひとつずつ扱っていくという、ごくスタンダードな内容……の、はずでした。ところが、授業を担当する枚下《まいした》先生は、どうやらいっぷう変わった人のようです。

シラバスをよく見ると、こんなメッセージが書いてあります――

自分がふだん暮らしている世界とはまったく違う、はるか遠くに感じられるものごとにじかに触れるためには、いったいどうしたらいいのでしょう。この授業では、あなたという読者を主体とし、ロシア文学を素材として体験することによって、社会とは、愛とはなにかを考えます。

ロシア文学らしいというか、いきなり「社会」や「愛」だなんて少し大仰な気もしますが、さて、いったいどんな授業なのでしょうか。まずは教室に入ってみます。すると、おや？　教室の真んなかあたりの席に座っている真面目そうな男子学生が、なにか語りたそうにしています。それではこの先は、彼に案内してもらいましょうか——

初回ガイダンス

枚下先生の第一印象は、山だった。それも、雪をかぶった巨大な山。授業開始の時間ちょうどに、身長二メートルはあるんじゃないかというどっしりとした初老の教授がドアを開けて、のしのしと教室に入ってくる。真っ赤なシャツはまるで夕陽に染まった山肌だ。教壇に立った先生は、頭にきれいな白髪の髪を輝かせて見下ろすように教室全体をみまわすと、僕たちを見て「ふふーん」と一瞬だけ唐突に無邪気な笑みを浮かべてまた真顔に戻り、

「ロシア文学の授業ですね。枚下です。どうぞよろしく」

と挨拶してから、

「まだ履修登録が終わっていなくてみなさんの名前がわからないので、いまから回す紙に

名前と学年を書いてください、あ、ふりがなもふってくださいね」

となめらかなテナーの声で言い、A4サイズの白いコピー用紙を最前列の学生に渡した。

ごく普通の初回ガイダンスの風景。朝十時四十分に始まる二限の授業で、履修者は十数人か。まだ寝ぼけた顔をした学生も多い。前から回ってきた紙に「新名翠《にいなみどり》」の整然とした字が浮かんでいるのを一秒ほど見つめてから、なるべく丁寧に「湯浦葵《ゆうらあおい》」と書き、となりの入谷に渡す。そして横目で、蛇がのたうったような個性的な字で「入谷《いりや》陸《りく》」と書き入れられるのを見届ける。

この三人の名前の並びを見るたびに僕は、去年、一年生のときの最初のロシア語の授業を思いだす。ネイティブ教員のタマーラ先生はソ連時代に日本人のロシア文学研究者と結婚してからずっと東京に住んでいるおばあさん先生で、ふっくらしているのにひょいひょいと身軽に教室じゅうを歩き回りながら元気にロシア語をしゃべりまくる。自己紹介のとき、まず新名翠の苗字を聞くと「ニーナ！　ロシア語にするとお名前みたいな苗字ね、かわいらしくてあなたにぴったり」と微笑み、続いて僕の苗字を知って「まあ、このクラスにはユーラもいるの！」と仰天した。最後に入谷の苗字を聞いたときにはもはや微笑みどころではなくなって、「イリヤ！　どうしちゃったのかしら今年は、みんな私が子供のころ仲の良かった友達の名前よ……」と笑いながら涙ぐんでしまい、教室がどことなく温かな祝福に包まれたのだった。それ以来タマーラ先生は、ほかの学生のことは基本的に下の名前で呼ぶのに、僕たちのことだけは「ニーナ、ユーラ、イリヤ」と苗字で……とはいえ完全にロシア語の名前と化した発音で呼ぶ。おかげで僕ら自身も自然にお互いを「新名」「湯浦」「入谷」と敬称略の苗字で呼び合うようになったってわけだ。

と、僕が得意の回想にふけっていると、まだ手書き名簿を回し続けている教室に枚下先生のうたうような声が響いた――

「この授業では基本的に一回の授業でひとつの作品を扱います。みなさんの課題は、授業までにその作品を読んでおくこと。そして授業ではその作品を体験すること。この授業は体験型でおこないます」

僕は思わず先生の顔を見た。おもしろいことをいう先生だ。「体験型」って、なんだ？作品の世界に入り込むっていうことだろうか。だとしたら得意だぞ。僕は新名みたいにとびぬけて洞察力があるわけでも、入谷みたいに器用になんでもこなせるわけでもないけど、小説を読みだすと周りが見えなくなることにかけては負けない。なんたって、長所なのか短所なのか自分でもわからないくらいだからな。

初めて自分がちょっとおかしいんじゃないかって思ったのは、小学校三年生のころ、読書の時間にクラスのみんなと図書室で本を読んでいたときだった。そのとき、めちゃくちゃ面白い本をみつけたんだ。僕みたいなちょっとひ弱な男子が、夏休みの終わりに何人かの友達と不思議な世界に迷い込んで恐竜に会う——っていう冒険小説なんだけど、読んでいるうちに図書室もみんなも視界から消えて、僕は主人公の体験を追うみたいに、本のなかの世界にいた。気がついたときにはほんとうに図書室に誰もいなくなってて、給食の時間も終わりかけてた。つまり僕はそのとき授業の時間が終わったチャイムにもみんなが教室に戻っていくのにも（たぶんそのとき誰か友達が僕に話しかけていたことにも）給食のいい匂いが漂ってくるのにも気がつかずに本のなかから帰ってこれなかったってことになるわけだけど、でもはっと気づいたときに感じたのは不安や戸惑いじゃなく、「すごい本をみつけたぞ！」ってことで、有頂天になってその本を借りて帰ったっけ。

それからは、またそういう体験がしたくて学校のある日は図書室に入り浸って、休みの日は自転車で市立図書館に通って、本を読んだ。

中学に入ったころ、読書好きの友達ができた。名前は渉《わたる》。好きな本は僕とはぜんぜん違って、大人が読むような日本の小説ばかりをたくさん読んでいて、村上龍[†1]の熱狂的なファンだった。そのころの僕はヘッセ[†2]にはまっていて、文庫で読めるやつを片っ端から読んでいた。渉の勧めてくれた本を読もうとしたけど、数ページで心臓がひっくり返りそうになったからやめた。本人に言ったら大笑いされたけど、それでも僕たちはそれぞれ好き勝手に自分の読んだ本の話をし続けた。あいつは村上龍で、僕がヘッセ。会話が成り立ってたのかっていったら微妙だけど、学校の話でも塾の話でもなく、本の話ができる友達ができたのが嬉しかった。でも渉は中学卒業の直前に親の転勤でロンドンに行ってしまったきり、向こうで暮らしている。渉とはメールやショートメッセージでやりとりを続けているけど、もうずっと会っていない。

　僕は大学の文学部に入り、なかでもいちばん本の虫みたいな人がたくさんいそうな気がしたロシア文学科に進んだ。そしていま、ロシア文学の授業に出ているわけだ。

　枚下先生がホワイトボードに大きくいくつかの単語を書いている。僕を含め学生たちはその文字を目で追う――「戦争」「国家」「恋」「喜劇」「愛」「悲劇」「死」「時間」。そして、踊りだしそうなステップでくるりと

†1　村上龍（1952–）小説家。代表作に『コインロッカー・ベイビーズ』『イン ザ・ミソスープ』など。

†2　ヘルマン・ヘッセ（1877–1962）詩人、小説家。代表作に『車輪の下』『デミアン』『ガラス玉演戯』など。

こちらを振り返り、

「さて問題です」

と言ってまた一瞬だけにっこりと笑顔になり、ふたたびおおげさなくらい真面目な顔に戻って、

「みなさんは、ここに書かれた言葉がわかりますか？」

と続ける。どういう意味だろう。ななめ前に座った新名がひとつひとつの単語を確かめるように見つめ、なにかがわかったようにちいさく頷《うなず》く。となりの入谷は首をかしげる。そうだ。ある意味ではわかるし、ある意味ではわからない、と僕は二人を見て思う。枚下先生は戻ってきたできたての手書きの名簿にちらりと目を落とすと、どういうわけか僕をまっすぐに見て、

「湯浦君、どうですか」

と、訊いた。僕は目を丸くする。だって、この先生の授業に出るのはこれが初めてだし、先生は僕を知らないはずだ。さっきの紙に名前を書いた順番で僕の座っている場所がわかったのか？　いくらさほど人数が多くないとはいえ、正確にわかるものだろうか。不気味に思いながらも、僕は慎重に答えようとする——

「わかることと、わからないことがあります。たとえば戦争とはなんなのか、辞書的な意味でも、時事的な意味でも、よくわかるように思えます。二月からはじまったウクライナ侵攻のニュースを見て、衝撃を受けているところでもあるし……。愛っていうのはそれに比べると曖昧模糊としているしよくわからないけど……少なくともこれまで読んだ本から、たくさんの人がその言葉にいろんな意味を込めてきたことは知っていると思います。喜劇や悲劇については、一般的なイメージと文学用語としての定義がずれているって話を、別の授業で聞いたことがあります。えっと……それで、そういうのをぜんぶまとめて『わかる』かどうかといえば、わからない気がします」

言い終えて、横で入谷が笑いをこらえているのに気づく。「あいまいもこ」と小声で言われる。いつものやつだ。僕はどうもふつうの人は口頭で言わないような言葉をしゃべる癖があって、それが入谷には面白くて仕方ないらしい。ま、いいけど。

肝心の発言内容にはあんまり自信がなかったが、

「なかなかいい答えですね」

と、先生がゆっくりひとつ頷くのをみて、ちょっとほっとする。

「ほかになにか発言したい人はいますか？」

ななめ前の席の新名翠が細い腕をまっすぐに挙げる。少し緊張気味に指先に力を入れているその姿に、僕はいつものように見惚れてしまう。先生はこんどは名簿も見ずに新名だけを見て、

「はい、新名翠さん」

と指名する。やっぱりだ。先生はもう誰が誰だか完全にわかっているらしい。あの手書きの名簿と僕たちの顔を一瞬で覚えたのか？　いや、名前はともかくどうやって顔と一致させたんだ。でも新名はとくに気にするふうもなく口をひらき、

「これらはかけ離れた言葉のようでありながら、それぞれ『何々とはなにか』という問題が長らく問われ続けている点で共通していると思います。戦争とはなにか、国家とは、愛とは、時間とはなにか。そしてそれらはいずれも学問の分野を横断するような、広がりのある多様な議論になっています。悲劇と喜劇については、一見すると文学ジャンルの問題に限られるようにも思えますが、ひょっとしたらそこにまだ私たちの知らないなにかがあるということなのかな、と考えました」

　とまとめる。いいことを言ったような気はするのだけれど、僕はついその声に気をとられてしまう。新名の声には風鈴が鳴るような不安定な心地よさがある。風に揺らぐ音をい

つまでも聴いていたいような感じだ。枚下先生は大きく頷いて、続ける――

「いいところをつきますね。まず世のなかには、意味がわからなくなりやすいのに、わかっていると思われてしまいがちな言葉というものがあります。新名さんが言っているように、本来なら古今東西その定義についてたくさんの議論がなされてきたにもかかわらず、それとはまた別に無限の多様な解釈が自己主張をしている。湯浦君が『愛』について言ってくれたように、たくさんの人が異なる意味を込めて、しかも日常的にかなりの頻度で使っている言葉というものがある。みなさんは、たとえば『すべては愛』だとか、それに類した表現を聞いたことがあるでしょう。でもほんとうに『すべて』が愛だったとしたら、なにかを名指すという言葉の本来の意義が失われてしまうことになります。テリー・イーグルトン[†3]の言葉を借りるなら、『どんな語でも、もしそれがありとあらゆるものを意味するようになると、その語の明晰な輪郭は失われ、最後にはただのうつろな音となってしまう』でしょう」

†3 テリー・イーグルトン（1943-）文芸批評家。代表作に『文学とは何か――現代批評理論への招待』『アフター・セオリー――ポスト・モダニズムを超えて』など。ここでの枚下先生の引用は『イデオロギーとは何か』（大橋洋一訳、平凡社ライブラリー、33頁）より。

かつん、と頭に小石が当たったような感じがして、僕はまばたきする。僕が「曖昧模糊」としか表現できなかったもどかしいものに、先生がすごいヒントをくれた気がする。なにかを名指すという、言葉の本来の意義が……失われてしまう……。

入谷が手を挙げて、

「じゃあ、『すべては愛』ってのは正しくない表現だってことですか？」

と訊く。入谷はいつも発言に躊躇《ちゅうちょ》がなくてなんにつけても見切り発車なところがあるけど、いい質問をすることも多い。先生は予期していたかのように「ふふーん」と鼻を鳴らし、

「確かに、『すべては愛』という表現そのものが無意味でばかげているように思えることもあるでしょう。辞書をひいたとき、『愛』の語義に『すべて』と書かれていても困りますね。しかし、それを『正しくない』表現と決めつけるのはまだ早い。だってそう表現をした人は、きっとなにかその人にとって大切なことを言おうとして、その結果として意味のインフレとそれゆえの大暴落が起きてしまったのではないでしょうか。そうだとしたら、そんな発話者の意図を無視して『正しい』『正しくない』を決めつけるのは、ちょっと残酷です。そう思いませんか？」

入谷が唇をとがらせて、小刻みに二度うなずく。考えながら聞いているときの癖だ。先生は続ける。

「たとえば、もし人生のなかであなたが発する言葉について、『辞書的に正しいかどうか』だけを常に問題にされ続けるとしたら、どんな感じがするでしょう。なにか話をするたびに、正確な表現かどうかのみに焦点をあてられるとしたら？　もちろん、討論をするときや論文を書く場合であれば、綿密にひとつひとつの言葉の語義を確認し、なるべく正確に読み手に伝わるように言葉を使う必要があります。でも、友達とおしゃべりをしているとき、恋人とかけがえのない時間を共有しているときなんかには、その人が言葉に込めている独特のニュアンスを一所懸命に読みとろうとしたりとか、その人がどうしてその言葉を使うのかを考えてみたりだとか、逆にその人が使いたがらない言葉があればそれがなぜなのか、相手がこれまでどういう言葉に傷ついてきたのかを考えたりとか、そういった『語義ではないもの』にも気を配ることによって、より親密な対話が成り立つものでしょう。いいかえるなら『ほんとうに正確な語義』は、コミュニケーションの文脈を読みとるという視点においては、人の数だけあるといってもいい。文学作品を読むときは、辞書的に正確な語義を知ることだけでなく、まるで友人や恋人に対するように、本に対してそうした『辞書的な語義ではないもの』に配慮することも大切になってきます。これは、小説を『体験』するうえでとても大切なことです」

そこまで話すと、枚下先生は教卓の上に置いてあったプリントを列ごとに配りはじめた。

「課題図書の一覧です。それぞれの授業までに読んできてください」

第一講
大通りの幻
——ニコライ・ゴーゴリ『ネフスキイ大通り』

ニコライ・ゴーゴリ（1809–52）
ウクライナのポルタワ県ミルゴロド郡に生まれる。帝政ロシアの首都ペテルブルグに出て、下級官吏として働くかたわら小説や戯曲を書きはじめた。代表作に『鼻』『外套』『死せる魂』など。フランツ・カフカ、フラナリー・オコナーをはじめ、二葉亭四迷、芥川龍之介、後藤明生ら多くの作家に影響を与えている。

『ネフスキイ大通り』

一八三五年発表の短編（『アラベスキ』所収）。邦訳は横田瑞穂訳（岩波文庫『狂人日記 他二篇』所収、書影）など。画家と中尉の二人の主人公がそれぞれ街で女性に魅了される顚末を描く。着想は一八三一年と推定され、画家、狂気、恋心、街、階級といったテーマは続くほかの作品に受け継がれていく。

第一回の課題図書はニコライ・ゴーゴリの『ネフスキイ大通り』で、この作品は前に読んだことがあった。最初に『外套』[†4]と『鼻』[†5]を読んで、面白かったので『狂人日記』と『肖像画』と『ネフスキイ大通り』があわせて一冊になった文庫も読んだ。高一か高二のころだ。僕がゴーゴリという作者について覚えているのは、その作風と肖像画の印象から連想する可笑しくも繊細そうな雰囲気と、「小説を書くときはいつも書見台のような机に原稿を置いて立ちっぱなしで書いていた」というのを知ってびっくりしたことだ。立ったままものを書くなんて、それもちょっとしたメモならともかく小説をまるごと書くなんて、疲れないんだろうか。ともかくまあ、僕のゴーゴリの知識はそんなものだった。

授業の前日の夜、僕は「もう少しちゃんとした情報

†4 **『外套』**(1842) 貧しい役人のアカーキイはボロボロになった外套を新調するため、ただでさえ苦しい生活を切り詰めて、ついに外套を手に入れる。身を切るような節約の様子、清書の仕事に見出すわずかな喜び、役所で彼を見下しからかう同僚たちに対する「なぜですか」という訴えが切実に描かれる。

†5 **『鼻』**(1836) ある朝、床屋が焼きたてのパンを切ると中から鼻が出てくる。八等官のコワリョフは朝起きると鼻がなくなっていた。慌てて鼻を探すと自分よりも上級の五等官の格好で歩いており、身分の低い自分はたてつくことができない。シュールな展開のなかに官等制への風刺が込められている。

も知っておいたほうがいいだろう」と思い、部屋の本棚から岩波文庫をひっぱりだして、解説のページをひらいた――

「ゴーゴリ（一八〇九―五二）はウクライナのネージン高等中学校《ギムナージア》を卒業すると故郷を離れ首都ペテルブルグへ出た」

　そうだ。ゴーゴリはウクライナ出身の作家だ……。「ウクライナ」という文字を見ただけで、胸がずきんとする。僕はロシア文学ならあれこれ読みかじってきたし、ウクライナを舞台とした文学やウクライナ出身の作家についてもまったく知らなかったわけじゃない。だけど一ヶ月半くらい前からテレビや新聞の報道で毎日のように目にするようになったウクライナは、戦場だった。最初はそのこと自体が衝撃だった。それまでにも世界から戦争がなくならないのはどうしてなのか考えて漠然と悔しいようなやるせないような気持ちになったことはあったけど、今回の戦争は幾重にもなにかが違った。個人的には、ちょうどロシア文学を専攻に選んだ直後だったのもあるけど、それだけじゃない。なにか世界のものすごくたくさんの人を巻き込んでいく巨大な渦の発生を見たような恐ろしさと、いますぐなにかをしなくてはいけないような焦り。僕にできることなんて当然のようにわからないけれど、それでも「知らなきゃいけない」という意識から、僕は日本の新聞を読みインターネットでロシア語の記事を検索して半分も意味がわからない見出しを追った。だけどそうするうちにこんどは、戦争にまつわる一部の言葉がまるで戦争の後押しをしているような気持ちの悪さが込みあげてきて、まずテレビをつけるのが怖くなった。それから文字もだめになって、ついには新聞をひらいても目が上滑りしてうまく情報を拾えなくなった。新学期がはじまって、ロシア関連の先生たちが戦争の話をしながらそれぞれに僕たちを気遣っているのが伝わってきて、ようやく人心地ついたところだ。僕はまた胸にうずきだしたその気持ちの悪さを押しのけるように、「待て」と考える。

違う。ゴーゴリの予習をするはずじゃないか。解説を一行読んだだけで投げだすわけにはいかない。これじゃあなにも学べなくなってしまう。僕は『ネフスキイ大通り』についての記述に目を落とす。なになに。かいつまんでまとめると、こんな感じだな——

この作品は当時のロシア帝国領内ウクライナで育ち首都ペテルブルグに出てきて作家になったゴーゴリの、いわゆる「ペテルブルグもの」†6のひとつで、舞台は題名にもなっているペテルブルグの目抜き通り。初出は一八三五年。主人公は夢想家の青年画家と現実的で俗っぽい中尉の二人で、この二人の性格や話の顛末が対比になっている。ゴーゴリは検閲にひっかかるのを恐れて事前に原稿をプーシキンに見せ、プーシキンの助言で一部を削除している。発表後、プーシキンはこの小説を「これまでのゴーゴリの小説のなかでも最も小説らしく整った小説」と高く評価した。ゴーゴリが都会を描いた第一作。

へえ、主人公二人のでこぼこコンビみたいな感じは前に読んだときも印象的だったから覚えてるけど、これはゴーゴリにとってペテルブルグを舞台とした小説の一作めだったのか。それで、ゴーゴリにとって憧れの詩人だったプーシキンに評価されたと。先生がもっと有名な『外套』とかじゃなくてこの作品を最初の課題図書に選んだのはそれが理由かなあ。僕は本文をひらいてみる――

「ネフスキイ大通りよりりっぱなものは、少なくともペテルブルグには何ひとつない、この都にとって、この大通りは一切をなしているのだ」

そうそう、この一文は去年のロシア語の授業でも習ったぞ。比較級・最上級を学ぶときの例文だった。タマーラ先生が冒頭のコピーを配って、十九世紀と現代のペテルブルグの写真をスライドで見せてくれた。海に面し、ネヴァ河とたくさんの運河の流れる「北のヴ

†6　ペテルブルグもの――ゴーゴリがペテルブルグを舞台に都会の幻想と狂気を主題とし下級官吏たちを描いた作品群の通称。『鼻』『外套』『狂人日記』『肖像画』など。これに対し主に初期に書いていた故郷の民話や伝承をもとにした「ウクライナもの」と呼ばれる作品群は、『ソローチンツィの定期市』『ヴィイ』『降誕祭の前夜』など。

ェネツィア」——とはいっても、冬は運河どころか海も凍っちゃうらしい。ひとけのない厳しい気候の土地に、ピョートル一世が港のある首都を作りたくてなかば無理に築いた街……。タマーラ先生はプーシキンの『青銅の騎士』†7の話もして、プーシキンとゴーゴリがそれぞれに、この街に蓄積された愛着と苦悩を描いたんだって言ってた。ネフスキイってのはネヴァ河からとった名前だと思われることもあるけどそれは俗説で、ほんとはアレクサンドル・ネフスキイ修道院の名前が由来なんだっけ。

小説の本文を読み進めると、まずはずいぶんと丁寧に大通りの様子を語っている——

　やらなければいけない仕事があっても忘れてしまう魅惑の大通り。もう何年も会っていなかった友達にもきっと会えるに違いない、すばらしい大通り。ペテルブルグじゅうにパンの匂いが漂う早朝からはじまって、街は刻一刻と変化する。早朝のがらんとした通りに箒を手にした菓子屋の給仕がでてきて、残りものを乞食たちに投げ与える。役所に出勤していく小役人が書

†7 『青銅の騎士』（1833）物語詩。ペテルブルグの小役人エヴゲーニイは寒い秋の嵐の日、増水したネヴァ河が氾濫したら数日間は川向こうの恋人に会えないのではと心配しながら、この嵐が去ったら彼女と結婚しようと決意し、甘い夢心地で眠りにつく。だが嵐のあと、洪水ですべてが流され死体が散乱する惨状を目の当たりにし、エヴゲーニイはショックで正気を失い笑いだす。

類を小脇に抱えて眠たげに歩いていく。午前中のネフスキイ大通りは、それ自体が目的というよりは、通過点として通り過ぎていく人たちがいるだけだ。でもお昼になると、フランス人やイギリス人の家庭教師がロシア貴族の少年たちを連れてきて、社会科見学のように店の看板なんかの説明をしていく。女の子たちも家庭教師に連れられて、歩きかたや姿勢の指導をされている。この時刻のネフスキイは教育的ネフスキイだ。午後二時ごろになると家庭教師や子供の姿は減って、その子供たちの親の世代が、仕事や家庭の用事を終えて街にくりだしてくる。自分より身分の低い者に対しては偉そうに、高い者に対しては低くお辞儀をして、またなにごともなく歩いていく。四時になると再び人通りはまばらになり、たまに小箱を抱えた裁縫師や小柄な職人が通るだけになる……。

僕は文庫本を手にしたままベッドに寝転がる。目を閉じると、去年の授業で見たペテルブルグの街並みに、穏やかな時間が流れていく。朝のパンの匂い、家庭教師と子供たち、さまざまな身分の役人や婦人たち……。僕は主人公の二人が登場するよりも前に、いつのまにか眠っていた。

翌朝の天気は曇り。昨日の最高気温は二十度もあったのに、今朝は冬に逆戻りしたみたいな寒さだ。灰色のジャケットを羽織って家を出る。一人暮らしのボロアパートから大学までバスで十五分。帰りはたいてい歩くけど、朝は余裕がないからバスが多い……といっても、遅刻しそうなわけじゃない。子供のころからの性分で、遅刻魔の逆っていうのかな。特に学校が好きってわけでもないのに意味もなく早めに登校したくなってしまう、いわば早起き魔だ。中学のころなんて部活に入ってるわけでもないのに朝七時には学校に行って、教室の窓の向こうから響く朝練の掛け声を聞き流しながら本を読んでいたくらいだ。誰もいない朝の教室ほど、本の世界に入っていくのに適した空間はないと思う。さすがに大学に入ってからはそこまで早くはなくなったけど、やっぱり朝の空気はいい。

二限の十五分前に教室に入ると、まだ誰もいなかった。僕はリュックから文庫本をとりだし、栞を挟んでいたページをひらく。そう、ネフスキイ大通りが夕方になったところからだ——

黄昏が家々や街路の上に降りてきて、点灯夫がはしごにのぼって街灯に火をともしていくころ、ネフスキイはふたたび活気づきはじめる。そして街灯のあかりがあらゆるものに、人の心をそそるような不思議な光を投げかける神秘的な時間がはじまる。がやついた朝とも昼前の静けさとも昼ごろの教育的な光景とも違う、独特の空気。幻想的っていうのかな。

さっきまで雑然とした日常のすべてがくっきりと見えていて——見えすぎていて目を閉じたくなるくらいだったのに、夕闇が降りたくらいでそんなに変わるものかって思うかもしれない。ところが、変わるんだ。それがこの大通りの魔力なんだ。そのとき、

「おい、ちょっと！」

と、イリヤに腕をひっぱられた。なんだ、もうイリヤも来てたのか。と思うけれど、なにかがおかしい。肩章なんかつけてそれこそ十九世紀みたいな格好を……。いや、おかしいのはイリヤだけじゃない。僕だって着古したフロックコートを着てる。鼻の奥がつんとするような寒さ、足元の石の舗道、行き交うさまざまな身分の役人たち、火のともった街灯……。ここはネフスキイ大通りだ。

「見たか？」

とイリヤは興奮した様子で話しかける。薄暗い人混みに目をこらす。いた。ほかの人とはまったく違う空気を纏った女の子——ニーナだ。軽くウェーブのかかった柔らかな髪、暗い色の服を着ているのにそこだけが煌々と華やいでみえるような存在感。僕はごく自然に口をひらき、

「見たよ、すごくきれいだ。あの暗い色の髪、それにあの目、ああ、素敵だな。構図とい

いデッサンといい輪郭といい——完璧だ」

と、自分でも思いがけないことに、画家みたいな言葉を並べてニーナを褒めている。あ、そうか、僕は夢想家の貧乏画家だ。名前はピスカリョフ。昨日予習したじゃないか。それでイリヤは僕とは対照的な現実主義者で俗っぽい中尉のピロゴフか。へへ、二人ともなかなか似合ってる。でもイリヤは変な顔をして、

「おまえ、誰のこと言ってんだ。俺が言ってんのはほら、向こうに歩いてった人だよ」

と言う。確か小説によると、こいつは別の女を見てるんだっけ。指さされたほうを見ると、長い髪をして流行の服に身を包んだすました感じの女の子が歩いていく。イリヤはそっちを目で追い続けながら、僕に向かって、

「でもおまえがそんなふうに言うの、珍しいじゃん。そんなに気に入ったなら、あとをつけてみろよ」

なんて調子づいている。こいつ、どういう神経してんだ。あとをつける？　僕が、ニーナの？　そんなこと、できるわけないじゃないか。正真正銘のストーカー行為だ。犯罪だ。

「ばか、もたもたしてたら見失っちゃうぞ。俺はあっちについてくから。じゃ！」

イリヤに強く背中を押されて、僕はよろけた。そう、よろけただけ、のはずだった。片

足を舗石にとられて転びそうになり慌ててバランスを取り戻そうとしたところで、後ろから走ってきた馬車の御者に怒鳴られる。その声に重なって同時にもういちどイリヤの「見失っちゃうぞ！」という声が響いた気がしたが、いや、気のせいだ。振り返るとあいつはもう僕のことなんかほっぽって、めあての女のほうにふらふらと近づいている。僕は誰にともなく「すみません」と謝りながら脇によけたが、その足がどういうわけかもう一歩を踏み出し、さらに一歩、もう一歩と勝手に動いた。目線はただ一点を――ニーナを追い続けている。そうだ、このまま見失っちゃいけない。これまでの人生で誰かを見てこんな衝撃を感じたことなんかなかった。でもだからって、ついていくなんてだめだろう。怖がらせてしまうかもしれない。いや、違う。ニーナはきっと、とんでもなく高貴な身分の人だ。僕とは違う世界の人だ。あの物腰をみればわかる。いつもみんなに親切なところを見ていればわかる。裕福で優しい両親に育てられて、ずっと暖かい部屋で満たされた生活を送ってきて、貧しい人々には施しをしたいと願うような心の清らかな人で、だからきっとこんなに冴えないみじめな僕が少しくらい見つめていたいと願ったって、許してくれるに違いない。これは断じてストーカー行為なんかじゃない。僕はなにも彼女に危害を加えたいなんて思っていないし、それどころか話しかけようとも思わない。いや、話しかけるなんてとんでもない。住む世界が違うんだ。ただ彼女がどんなところで暮らしているのか、その近辺の雰囲気を知るだけでいい。もう暗くなってきたし、もし変な男が彼女に近づいてきたら僕が追い払ってやる。そうだ、ただそのためだけに、もしものときのために、遠くからこうしてついていけばいい。ニーナが無事に帰りついてさえくれればいい。

混乱した頭に苦しまぎれの言いわけとニーナの恵まれた優雅な暮らしを交互に思い浮かべながら、僕はあとをついていく。しばらく歩くうち「もう見失わない」と確信する。ふと、数メートル先をゆく彼女と僕の歩調が同じリズムになっている気がして、これはやっぱりただごとじゃない、と思う。あの足どりを何十年も前から知っていたような気がする。いや、何千年も前から、僕はずっとこうしてあとをつけて生きてきたのかもしれない。無事に帰りついてくれと心から願っているはずなのに、いつまでも歩き続けてほしいとも思う。その願いを聞き届けてくれたかのように、ニーナはかなりの距離を歩き続ける。地下鉄ならすでに二、三駅くらいにはなるだろう。あれ、「地下鉄」ってなんだっけ……。

そうしてゆうに三十分は歩き、僕が足を踏み入れたことのなかった地区まで着いたとき、ついに彼女は立ち止まった。さっきまで想像してた優雅な暮らしとはかけ離れたごみごみした印象の街角にある、雑居ビルの前で。

そのときだ——彼女は突然こちらを振り返り、まっすぐに僕を見た。まずい、近づきすぎてしまったかもしれない、と思ったときにはもう遅かった。心の奥を見透かされるかのような視線を受けて、悟る——ニーナは、あとをつけられていたことに気づいていたんだ。急激に体温が上がり冷たい汗が噴き出す。ああ、だめだ。さっきまで頭をかけめぐっていた幼稚な言い逃れなんてなにも役にたたない。僕は巣から落ちた鳥のヒナみたいに心もとない足に力を込めて立ち、彼女を見つめ返す。シャツがひやりと背中にはりつく。目を逸らす勇気もない。どうしよう。いさぎよく謝ろうか。「ごめんなさい、出来心で、ただ君が不審者に襲われでもしたらいけないと思って……」って？　まさか。ばかげてるし、いさぎよくもなんともない。不審者はどう考えても僕だ。

と、そのとき——ニーナは僕を見つめたまま、微笑んだ。思慮深い顔に浮かぶ、慈しむような、哀れむような表情。「海みたいな目だ」という衝撃と同時に、焦りがつのる。だけどなにが起きているのかわからない。これはやっぱり幻なのだろうか、心細くみじめな日々のなかで僕が生みだした夢なのだろうか。違う。彼女はさらに、

「ユーラ？」

と僕を呼んだ。高いのにやわらかい声。風鈴の鳴るような心地よい響きが僕の体を満た

す。そしてなんと、ニーナは僕に手を差しだした。信じられない。やはり夢だろうかと思いながらおずおずと手を伸ばすと、カサ、と数枚の紙が手に触れる。え。僕はその紙を受けとる。プリントだ。見ると、ゴーゴリの年譜と『ネフスキイ大通り』の作品解説がものすごく細かい字で表裏の両面に縮小印刷されている。プリントから顔をあげるとそこはペテルブルグではなく教室で、新名翠はもう僕にプリントを渡し終えてそしらぬ顔で前を向いている。僕は慌てて自分のぶんをとって横の入谷に渡す。入谷もやっぱり呆けた顔をして目をぱちくりさせている。

「さて、おかえりなさい」

　ホワイトボードを背に立つ枚下先生は両腕をななめに広げて教卓に手をつき、満足そうに教室をながめている。なんだこれは。これが先生のいう「体験型」ってやつか？　だけどいつ先生が入ってきて、いつ授業がはじまったんだ？　確かに僕は本を読むと周りが見えなくなる特技があるとはいえ、こんなのは度を越している。ペテルブルグの寒気《かんき》がまだ鼻の奥に残っていて、歩き疲れた足が痛い。それになんだか最後のほうは地下鉄とか雑居ビルとか現代が混ざってきたみたいでよけいに現実味が増して、最後にニーナが新名になって、僕はほんとに汗が……いや、むしろいま寒いのはこの冷や汗のせいなのか？　時計を確認すると十一時ちょっと前――授業の開始時間から二十分弱だ。一瞬だった気もするし、もっと長い時間どこかに行っていたような気もする。それに、授業を受けた記憶は一秒も残っていない。

「いまみなさんには、それぞれに作品を体験していただきました。いかがでしたか？」

教室を見回すと、ほとんどの学生がふだんの授業とあまり変わらない顔つきで、ノートになにか書き込んだり、回ってきたプリントに目を通していたりする。

「えー、それではあいうえお順で、青山さん」

青山さんと呼ばれた学生は後ろのほうに座っていた。振り返り、目をみはる。長い髪に、袖がふわりとした流行のスプリングコート、ああ、服は違えど雰囲気は同じ――さっきイリヤ扮するピロゴフ中尉が追っかけてった女の子じゃないか。

「うーん、私はなんかいまいちっていうか、やっぱり時代の価値観なんでしょうけど、この主人公の画家が追っかける女の人とかも『実はセックスワーカーだった』てこと自体がショックみたいな描かれかたで、すごく見下されてるって思いました。でもこれって女の子のほうは自分をそういうふうには捉えてなくて単にこの画家の思い込みなわけで、『救ってやる』っていう独りよがりな夢をみて、おまけにいつまでもその夢をみていたくて麻薬にまで手を出して、だから破滅していくんですけど、なんか身も蓋もない話だなって……」

身も蓋もない、と言ったところで、青山さんのとなりに座っていた似た雰囲気の女子がうつむいてふっと笑い、つられて周囲も微笑む。まだ互いになじみの浅い四月の教室の空気が少しゆるむ。青山さんの目から見た画家の僕はずいぶんひどいやつなんだな。

「はい、そうですね。当時の社会背景についてはいま配ったプリントに補足資料があるのであとで目を通してほしいのですが、職業や階級の問題についてはゴーゴリは意図的に題材として取り入れています。これについてほかに感想はありますか」

すっ、と新名の手が挙がる。枚下先生はうなずいて発言を促す。

「これは職業や階級だけの問題じゃないのかもしれないんですけど、相手の身分ばかりを気にしている役人たちも、主人公の画家も、その、相手の女の子も……みんないろんな制約にがんじがらめになってて、その制約が内面化されてしまっていて、誰かと話をしているときでさえ、人が人に接してるっていう感じがしないんです。それで、冒頭のなにげない描写のなかで小さな男の子たちが家庭教師につまらないことを偉そうに指導されてるのとか、女の子たちが厳しく姿勢を直されてるのを見ると、子供たちも将来そうなるために『教育』されてるっていうか、未来を予告されてるみたいで……。そういうのが悲しいなって思いました」

なるほど、「悲しい」か……。枚下先生は続ける。

「ありがとうございます。確かに、主人公の二人にしてもその周囲の人にしても、それぞれの人物の住んでいる世界がまったく違っていて、そのコントラストもまた喜劇性を生みだしているわけです。しかし新名さんの感想には悲劇の『悲』があり、青山さんが言ってくれた感想には社会的背景として深刻な課題がありました。ではここで問題です。この作品はどのあたりが『喜劇的』なのでしょう」

あ、でた。この授業のキーワードのひとつ、喜劇だ。これは去年、文学研究入門の授業で習った。喜劇っていうのはもともと古代ギリシャにおいてディオニュソスの祭典のときの男性器のおみこしみたいなやつとか、そういう性的な要素をとりいれた風刺や歌が発展していったもので、アリストテレスの悲劇の定義やなんかをもとにした、文学用語としての分類では——

一．悲劇の主人公は高尚な人物で、喜劇の主人公は雑多な人々
二．悲劇の題材は社会的に大きな意味を持つ出来事、喜劇の題材は個人の生活
三．悲劇は基本的に歴史あるいは神話に基づき、喜劇は作者の創作に基づく

だったかな。この作品にあてはめるなら、主人公二人はハムレットみたいな王子でもなくなにか社会的に重大な悩みを抱えてるわけでもない、確かに雑多な人々って感じだし、個人も個人、女のあとをついていくっていう軟派な話だし、歴史的な題材でもなく作者の想像力がぞんぶんに発揮されてるのもわかるから、ぜんぶあってると思う。枚下先生はちらりと横目でこちらを見ると、まるで僕の頭のなかが見えたとでもいうように話し始める。

「悲劇と喜劇の定義はみなさんもう知っていると思いますが、あれはぜんぶまとめるとどうなるか、考えてみたことはありますか。主人公の人物像の違い、社会的な意味の大小、史実の重大な局面と個人の空想。これらすべては、悲劇は大きな衝突を描き、喜劇は小さな衝突を描くということにつながります。衝突というのは場合によっては葛藤と言い換えてもいい。ところがです。その衝突の大小そのものは常に明白かどうか、考えてみてください。なにを重要とみなしなにを些少とみなすか。そこには多分に思想的制約や個人の主

観が介在するし、もちろん時代的制約もある。たとえば大昔は奴隷をはじめ低い身分の人は好んで喜劇の題材にされましたが、その前提としてある、身分や職業によって人間の価値の重さが決まるような価値観は、人権の観点からみれば大問題です。身分や職業に限らずよくよく考えれば深刻なことというのはたくさんあるわけで、だからこそ昔の喜劇を現代的な視点で観るととても笑えない、ということが起こりうる。ゴーゴリの場合は同時代の人から見てもそうした傾向があり、まさにそれが愛されるところでもあり批判を浴びるところでもあった。泣かされる喜劇。喜劇つまるところ悲劇。はい、湯浦君」

　唐突に名前を呼ばれて僕は慌てた。いきなり「はい」ってふられたって、いま先生はなにも質問してないじゃないか。だいたいあいうえお順ならどうして「あ」から「ゆ」に飛ぶんだ、と混乱しながらも、流れからいって感想をいうべきか、と思い直し、

「僕は……画家のほうの主人公の心情が切実に伝わってきすぎて、正直、なんかまだ小説としてどう見たらいいかはわからないんです。僕……いやこの主人公は、ペテルブルグの薄暗い部屋に住んでいて、絵具で汚れた壁や壊れたイーゼルなんていうふつうの人が気づかないようなものの美しさに気づいて時間も忘れて描いてしまうような、そういう生活をしているんですが、そんなふうに仕事に対しては純粋だけど、自分に自信がなくて、だか

ら自分が憧れた人に対して……さっきの新名の言葉を借りるなら『人が人に接する』態度がとれずに崇拝してしまって、結果的に幻を追いかけてしまう。でも……それって、憧れの対象に対して自分が抱いた畏敬のようなものに押し潰されている状態で、それを笑うことはぜったいにできない気がして……」

　と、ばかみたいに正直に答える。さっきの強烈な「体験」のせいで、昨日読みかじった情報なんかもうどうでもよくなってしまっている。臆病な主人公がまだのりうつってるみたいに、おそるおそる枚下先生を見上げると、先生は菩薩のような顔を輝かせて静かに笑っている。な、なんでだ。僕、なんかへんなこと言ったんだろうか。枚下先生は僕の感想にはコメントせずに、続けて指名する。

「では、あいうえお順に戻って、入谷君」

「俺はふつうに面白いと思いました。だって女をおっかけてったらシラー†8とホフマン†9が出てきて、でもどっちも有名な作家とはな

†8　フリードリヒ・フォン・シラー（1759–1805）詩人、作家。ドイツ古典主義。代表作に『群盗』『ドン・カルロス』『オルレアンの少女』など。ロシア語圏にはジュコフスキーの翻訳で広まった。

†9　エルンスト・テオドール・アマデウス・ホフマン（1776–1822）作家。代表作に『砂男』『黄金の壺』『牡猫ムルの人生観』など。ドストエフスキーら多くの作家に影響を与えた。

んの関係もないブリキ職人と靴屋なんですよ。意味はよくわかんないですけど、『といっても作家のシラーではなく』とかいう語りを読んでるだけで面白いし、ピロゴフ中尉は軽薄だし自業自得でひどいめにもあってそれに対して怒るんだけど、最後には甘いものを食べて新聞を読んだら『あれ、なんか平気じゃん』って感じになって夜会でダンスを踊ったらすっかり忘れてるっていう結末もスッキリするし。それでさっきの喜劇と悲劇って話を聞いてて思ったのは、主人公が二人いてピロゴフの話のほうがあとにきてるのは、画家のほうも含めての作品としてのオチがここにあるんじゃないかってことです。いったん悲劇っぽくなっちゃった深刻な『衝突』を、視点を変えることによって軽妙な『衝突』に落とし込む、ってことを作者がやりたかった……のかどうかは、ゴーゴリのことあんまり詳しく知らないんでわかんないですけど」

入谷はひと息に熱っぽく語ると、ぽん、と机に手を置いた。いつもはヘラヘラしてるけど、なにかに熱中するとすごい速度でひらめきが出てくるらしい入谷は、いわゆる天才肌だと思う。枚下先生は慣れた口調でまとめに入る。

「はい。みなさんすばらしいです。入谷君の指摘もするどいですね。プーシキンが評価したのもまさにこのピロゴフ中尉のくだりで、そのあたりも詳しくはプリント資料にあります。さきほど『喜劇つまるところ悲劇』と言いましたが、ここでは『悲劇つまるところ喜劇』のプロセスが組まれているんですね。これは日常生活でも私たちが無意識にやっていることです。たとえばものすごく真剣に恋愛をして、相手こそすべてだと思うような日々が続いたのちに、その恋愛が終わるとします。食事も喉を通らない。たいへんつらい。これはその人自身にとってはそれが『大きな葛藤』にほかならないからです。これをたとえば笑い話にして『ばかなことしたなあ』なんて言えるとしたら、それは大きいと自分で決めていた葛藤を『小さな葛藤』に転換できた、つまりは自らが抱えていた物語のジャンル変更に成功したということになります。ま、ふつうはそれが『ジャンル変更』であるという自覚はなくやっているわけですが。さあて、面白くなってきましたねー。でも、今日はここまでです。また来週。あ、最初に配った出席カードを提出していってくださいね。なにか質問があればカードの裏に書いてください」

配られた覚えはないのに机の上に置いてある出席カードに気づき、僕は慌てて学籍番号と名前を書き込んで後ろから回ってきたカードに重ね、前の席に回す。質問は山のようにある気がするが、即座にはとてもまとめられない。

そうして第一回の授業が終わった。入谷と僕は生協の食堂に向かい、僕は半熟卵がのった温かいうどんを注文して、トレーにのせる。まだ体の芯が冷えたままだ。入谷はカレーライスとチーズケーキ。ケーキ？　なんか珍しいな。

「さっき食べた気がするんだよなー、ケーキじゃなくパイみたいなやつ、ふたつも」

　僕の目線に気づいたのか、ひとりごとのように入谷がつぶやく。ああ、やっぱりこいつはピロゴフ中尉だったのか。パイをふたつ食べるのは最後のシーンだ。僕たちはテーブルに空席を見つけて座り、（じゃあ入谷は青山さんを追いかけたんだろうか、そんで僕は入谷に向かって新名をベタ褒め……）と、そこまで考えたところで顔が赤くなるのを感じて、それを口には出せず、代わりに、

「やっぱ、なんかおかしいよな？　いまの授業」

　と訊いてみる。入谷はカレーより先にいきなりチーズケーキにフォークを突き刺し、ひとくち食べて、

「マイスター」

　と意味不明なことを言い、ぽかんとしている僕に、

「あの先生、なんか歌でもうたってるみたいなしゃべりかたするじゃん。ガイダンスのときも『枚下ーです』って感じに言ってて、『マイスター？』って聞こえて笑いそうになっ

たんだけど、今日の授業受けてみたらまさにマイスターって感じ」

　と続ける。マイスターってドイツ語だよな。

「えーと、つまりロシア語でいうならマスチェル、巨匠ってこと？」

「んー、まあとくに深い意味はないけど。なんか俺けっこう好きかも、ついていきたいって思わせる迫力があるっていうか」

「それは、そうかも」

　僕はあいまいに話を合わせる。マイスター、か。

　半熟卵もうどんも百年ぶりのごちそうのようにうまかった。プラスチックの湯呑に入ったぬるいお茶を飲みほし、食器を下膳口《さげぜんぐち》に片づけて外に出る。陽がやわらかく差していて、もう寒くはない。三限の教室のある棟に向かいながら、入谷はさっきどのくらいあの小説を「体験」したんだろうと考えてみる。わりと平然としてたし、僕よりは軽い「体験」だったんだろうか。それとも「ふつうに面白い」喜劇だと思えたから平気なんだろうか。でも僕の「体験」は、ニーナがふりむいたほんの最初のところで終わってしまっていて、喜劇どころか画家の話の本題にも辿りつけなかった。それは僕があの画家に感情移入しすぎてその後の展開を心理的に拒んだせいなのか。それとも、なにもかもぜんぶもともと決められていたのか。全能の「マイスター」先生が魔法か超能力かなんかで役割分担みたいなものを割り振っていて、それを僕たちに「体験」させているのか。僕と新名と入谷と青山さん以外のみんなも、同じような体験をしたんだろうか。新名が体験したのがあの女の子だったとしたら、僕に追いかけられてどう思ったんだろう。体験者の感情は登場人物と同じになるんだろうか。わからないことだらけだ。

　だけど今日、ひとつだけわかったことがある——僕は、新名翠のことを「小さな葛藤」にしてしまいたくないんだ。

第二講

仄暗い森のなか

――アレクサンドル・プーシキン

『盗賊の兄弟』と抒情詩

アレクサンドル・プーシキン（1799–1837）
モスクワに生まれ、幼少期から乳母のおかげで民話や民謡に親しむ。ロシア語の文章語が保守派と改革派の論争に揺れていた当時、両者の良さを引きだすように豊かな語彙と溢れる詩情で新たな文体を編みだした。物語詩から史劇や散文までさまざまなジャンルの作品を書き、現代ロシア語の基礎を築いたとされる。代表作に『青銅の騎士』『大尉の娘』などがある。

『盗賊の兄弟』

物語詩。邦訳は川端香男里（『プーシキン全集2』所収、河出書房新社）など。詩は翻訳で音の響きがわからないために敬遠されがちだが、プーシキンの詩は主題が明快で金子幸彦訳『プーシキン詩集』（岩波文庫、書影）からも充分に伝わる。可能ならあわせて原語の朗読を耳で聴いてみるのもいい。

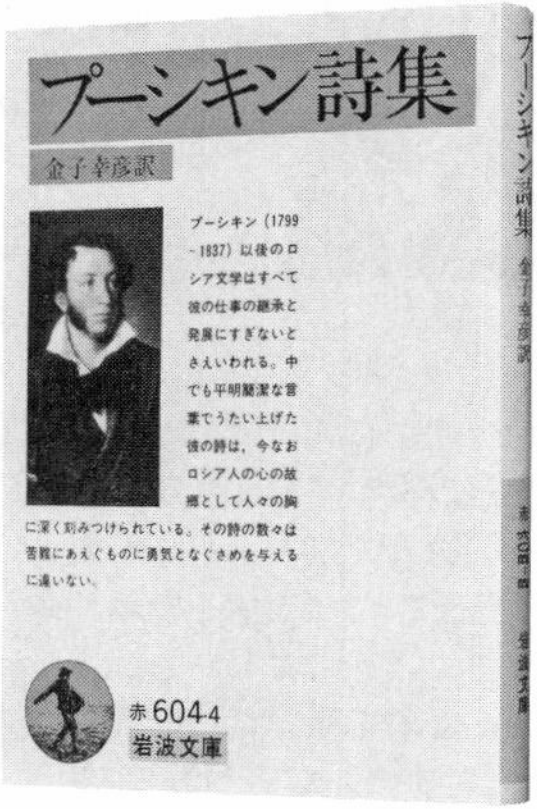

今回の課題図書はプーシキンの物語詩で、読むどころか聞いたこともない作品だった――『盗賊の兄弟』。借りてきたプーシキン全集をめくってみると分量は十六ページほどで、一八二一～二二年に書かれたものらしい。プーシキンは一七九九年生まれだから、僕たちとたいして変わらない歳のころに書いた作品ってことか。いや、そんなことをいえばその歳ですでにたくさんの詩や『ルスランとリュドミーラ』[†10]を書いていたわけだけど。

このくらいの長さなら訳文と対比すれば原文も読めるかもしれないと思い、僕は大学図書館の地下書庫に降りてロシア語の原文もコピーしてきていた。日曜の昼、机の上を片づけてコーヒーを淹れ、日本語の全集と原文と研究社の分厚い露和辞典を並べる。全集の第一巻には抒情詩と物語詩が、第二巻には長編詩『エヴゲーニイ・オネーギン』[†11]とその他の物語詩が掲載されている。

プーシキンは詩ならいくつか読んだことがある。ネイティブ教員のタマーラ先生が毎回のようにロシア語の授業にプーシキンの詩をあれやこれやと持ってきて朗読を聞かせてくれるのだけど、先生はそのたびに、プーシキンは現代ロシア語の根底を流れる音

†10 『ルスランとリュドミーラ』（1820）物語詩。舞台は魔法の土地ルコモリエ。魔術師に攫《さら》われたリュドミーラ姫を助けるため、ルスランは巨大な生首や魔女と戦う冒険の旅をする。

楽みたいなものだとか、プーシキンは私たちのすべてだとか、プーシキンは誰よりも優しくひとりひとりの人生に寄り添ってくれるとかいうプーシキン愛を披露して、「騙されたと思って覚えてみなさい、いつか『覚えていてよかった』と思えるから」といって、できるだけロシア語で暗唱するようにと勧める。僕はひとつだけ、ごく短い詩を覚えていた——

もし人生が君を　あざむいても
悲しまないで　怒らないで！
気持ちが沈む日を　やりすごし
信じて　楽しい日はきっとくるから

心は　未来に生きている

†11 **『エヴゲーニイ・オネーギン』**（1825–32）詩で書かれた長編小説。貴族の青年オネーギンは田舎の領地でレンスキーと友達になり、タチヤーナとオリガという姉妹に出会う。タチヤーナはオネーギンに恋をしてラブレターを書くが失恋。オリガをめぐりオネーギンはレンスキーと決闘になり、相手を殺してしまう。数年後にオネーギンとタチヤーナはペテルブルグの社交界で再会する。

いまは　気が滅入るようでも
すべては一瞬　すべては過ぎゆく
過ぎてしまえば　愛しく思える

訳文にしてしまうとあっけないくらいなんてことのない内容だけれど、繰り返し読んでいると確かに、やわらかな音の響きも手伝ってこちらの気持ちの機微に触れてくるような、知らないうちに抱えていた漠然とした悲しい気持ちを掬《すく》ってくれるような気がしてくる。僕はその詩に背中を押されるようにスマホを手にとり、久しぶりにニュースアプリをひらいて、おそるおそるウクライナ関連の記事の見出しを追う——ブチャでの虐殺。ジェノサイド、戦争犯罪、負傷者、猫を抱えた兵士、各国の代表者の視察や会談、経済制裁、武器の輸出……だめだ。僕は急いでアプリを閉じてスマホをベッドに放り投げ、机に向かってプーシキン全集に戻る。「いまは気が滅入るようでも……」か。プーシキンは二百年後のこんな未来を知ってもまだ、同じ詩を僕たちに聞かせてくれるんだろうか。

物語詩『盗賊の兄弟』は、プーシキンが南方に流刑されていた一八二〇年から二四年にかけて制作された「南方物語詩」と呼ばれている物語詩群のひとつで、『コーカサスのとりこ』『バフチサライの泉』『ジプシー』なんかと同時期に書かれた。主人公はみなしごの二人の兄弟で、苦しい生活から逃げだすために森に入って盗賊になり強奪を繰り返すけれど、あるときついに捕らえられて、力を合わせて脱走する……。なんだか冒険物語みたいで、好きな感じだ。このころのプーシキンは、バイロン[†12]に影響を受けたロマン主義的な作品が多かったんだっけ。当時のロシア貴族の例に漏れずプーシキンもフランス語のほうがずっと得意だったけど、バイロンを読むために英語を学んで、フランス語風のめちゃくちゃな発音で英語を読んでいたって話も聞いたことがある。

さてと。『盗賊の兄弟』は登場人物も少ないしあらすじは難しくないから、ロシア語を見ながら読んでいこう――

カラスの群れ、朽ちゆく骨の山、ヴォルガ川のほとり、盗賊の集団、服装も顔つきも民族も言葉も身分も異なるさまざまな人々……。辞書で知らない単語を調べて和訳を参照しながら、コピーした原文の余白に訳語を書き込んでいく。さいわい詩の形式で書かれてい

†12　ジョージ・ゴードン・バイロン（1788–1824）詩人。代表作に『チャイルド・ハロルドの巡礼』『カイン』『マンフレッド』など。ロマン主義の代表的な詩人として広く西欧で人気を博して「バイロン主義」と呼ばれる現象を生み、ロシア語圏でもプーシキンをはじめ多くの作家に影響を与えた。

るから余白は充分にある。カルムィク人、バシキール人、赤毛のフィン人……ほんとにずいぶんいろんな人がいるんだな。

盗賊たちは残忍非道だ。夫を亡くした子連れの女を冷ややかな手で斬り、子供の悲鳴を聞いては面白がり、情け容赦などかけず、まるで若者が恋の逢瀬を楽しむみたいに殺人を楽しむ。やがてあたりが静まりかえると、彼らは青白く照らす月の下で酒を酌み交わし、罪の意識から逃れるように談話をたしなむ。そして仲間に入ったばかりの一人の男が自分の身の上を話しはじめると、みんなはすぐにひきこまれ、耳をかたむけた……。

三時間ほどかけてひととおりわからない単語の意味を書き込むと、余白はずいぶん黒々となった。和訳があるから意味はだいたいわかるけど、僕の知識じゃ文法構造がわからない箇所がいくつもある。詩っていうのは語順が不規則だったり、韻律や詩的効果のために普通は使わないような語彙を使っていたりするから意味がとりにくい。だけど二百年前のテクストとはいえ、現代日本語の知識で一八二〇年代の日本語を読むよりは無謀じゃない。一年のときに興味本位で国語史の授業にもぐったことがあるけど、当時の……江戸時代の文章なんて、「乍恐以書付奉申上候」をまず「おそれながら、かきつけをもって、もうしあげたてまつりそうろう」って読むことから始めなきゃいけないんだもん……。プーシキンは現代ロシア語の原点っていわれるだけあって、それ以前の時代に書かれた文章に比べると、格段に現代の言葉に近くなっているんだな。

とりあえず、暗唱を勧めるタマーラ先生の教えに従って、冒頭から音をなぞってみる。ニスターヤヴォーラノフスレターラシ・ナグルーディトレーユッシフカスチェイ・ザヴォールガイ、ノーチユ、フクルーグアグニェイ・ウダールィフシャイカサビラーラシ……。


授業の日の朝。今日はやけに暖かく、昼間は二十六度にもなるらしい。大学の門をくぐりスロープをあがっていく途中で、スマホの通知画面に表示された入谷《いりや》からの「来てる？」というメッセージに気づく。べつにいま返信しなくても教室で会えばいいかとスマホをしまいかけたその瞬間、後ろから追いついてきた入谷に肩をたたかれる。いつもぎりぎりにくるのに、珍しい。僕たちは階段をあがり三階の教室に入る。

「早いじゃん」

「ん。ネットで拾ったんだけどさ、これ知ってる？」

いつもの席にバッグを置くと、入谷はポケットから白いイヤホンを出し片方を僕に渡す。それを左耳にねじ込むと、椅子に腰を下ろすか下ろさないかのうちに、やけに男前で威勢のいい声が流れはじめた。あ、『盗賊の兄弟』の朗読音声だ——とわかったとたんにふっと意識が遠のき、音の世界に吸い込まれるのを感じる。まずい。今日は枚下《まいした》先生が教室に入ってくるところを見届けようと思ってたのに……。

　僕はイリヤよりも五つ歳下で、僕たちは二人きりの兄弟だった。親も頼れる人もいなくて誰からも邪魔者あつかいされるみじめな暮らし。子供らしい遊びも楽しみも知らず、ごく幼いころに初めて覚えた感覚は、極度のひもじさと、人の温もりや食べ物に困らない人たちへのじりじりとするようなうらやましさだった。その生まれながらの苦境から逃げだすように、ある暗い夜に僕たちは鋼のナイフを胸元にしのばせて運命を変える決意をした。泣いたりおびえたりするのはもうたくさんだ。道徳なんてくそくらえ。僕たちは新しい人生にのりだした。

　若さにまかせてすべてを忘れた僕たちは、昼間はひっそりと身をひそめ、夜になると森へ入って木陰でじっと待つ。夜更けに帰り道を急ぐ裕福な商人でも、聖職者でもいい。この森を通るやつらの荷物はぜんぶ僕たちのものだ。身ぐるみはがしてすべてを奪い、なんでも仲良く分け合った。じきに僕たちは人々から恐れられるようになった。僕たちは次第に大胆になり、明るい酒場で堂々とごちそうを食べ、かわいい女の子がいれば躊躇なく抱きよせた。けれどもその酒場で僕たちはついに捕らえられ、互いに鎖で繋がれて、牢屋にぶちこまれた。牢屋はひどい場所だった。僕は兄貴ほど体が強くなかったから、高熱を出して寝込んでしまった——

ぼんやりとしかまわりが見えない。頭が熱くてがんがんする。ひどくのどが渇いている。僕ははりついた口を無理矢理ひらいて声を出そうとするけれど、うまく声が出ない。

「み……ず……」

苦しい。息が詰まって死にそうだ。そうだ、森だ、森にいけば冷たい水があるじゃないか……。誰かが僕の首を支えて水を飲ませようとする。誰だろう……。けれどもようやく飲み込んだかと思うと、すぐにまた焼けつくようにのどが渇いてひりひりと痛む。なにがどうなっているのかわからない。だいたいイリヤは……兄貴はどこに行ったんだ……。そうか、森に……ここに僕を置いて……先に……。ひどいじゃないか、と僕は思う。だって、兄貴だからついてきたのに。好きなようにふるまえる魅惑の森に誘ったのも、あの暗い夜にはじめて人を殺すことを教えたのも……ぜんぶ兄貴で……それなのに置いていくなんて……。

意識が遠のいていく。森に戻りたい。ああ……だけど僕たちは……たくさんの人を殺してしまった。なかには……そう、怖い夢にうなされるとき、必ず出てくる人がいる。ぼんやりとした頭にその人の姿が浮かぶ。いつか二人で殺したおじいさんだ。僕たちは夢のなかで何度でもまたその人を殺す。僕はあのときと同じように、止めようとする……「ねえ、やめようよ……こんなに弱ってるじゃないか、このままほうっておいたってなにもできやしないって……」哀れなおじいさんは涙を流してどうか殺さないでくれとすがり、しわがれた悲鳴をあげる。その叫びが血のように耳に流れ込む。ひどい声だ。嫌だ。もう見たくない。やめてくれ。僕は目を覆う。恐怖にあふれた涙が頬をつたうのがわかる。温かい手が頭に触れ、肩に触れる。誰かが僕をなだめている。視界がぼやけてよく見えない。誰だ……兄貴はどこに行ったんだ……。

どうやら命は助かったらしいとわかったときになってようやく、兄貴はどこにも行ってなんかいなかったと知った。つまり僕がうなされてわからなくなっていただけで、ずっとそばにいて看病してくれていたのは兄貴だった。よく考えれば当たり前だ。ほかに誰がいるっていうんだ。僕たちはあいかわらず鎖でつながれたままだったが、望みは失っていなかった。あるとき外に出されて物乞いをさせられているとき、機を見計らって、僕たちは目の前の大きな川に飛び込んだ。

秋の川は深く、水はしびれるほどに冷たい。二人をつなぐ鎖が音をたてて足にまとわりつく。僕たちは互いの動きが邪魔にならないように懸命に呼吸を合わせて泳ぎ、中洲を目指す。背後から聞こえる「逃げたぞ！」「つかまえろ！」と叫ぶ声をふりきって、じきに中洲に辿り着き、石を打ちつけて枷《かせ》を外し、水を含んで重たくなった服を互いの体からひきちぎるように脱がしあう。振り返り、泳いで追ってくるやつらに向かって僕らは渾身の力を込めて石を投げつける。どちらも命中だ。追手は血しぶきをあげて溺《おぼ》れていく。僕たちはもういちど川に飛び込み、軽くなった体で向こう岸を目指す。

無事に森へ入り、ほっとしたのもつかのま、こんどは体じゅうに打ちつけるような寒気《さむけ》が襲ってきた。凍てつく水が体の内部にまで入り込んで、内側から皮膚を破ろうとしているみたいだ。その場に崩れるように倒れると、病みあがりの意識はまたもとの朦朧《もうろう》とした状態に引きずりこまれていく。ああ、こんどこそだめなんだ、と僕は悟る。だけど、もうぜったいに忘れない。いま倒れた僕を抱きかかえ、手を握っているのが、誰なのかだけは……。最後の力をふりしぼり、その手を握り返そうとする。でもどうしても力が入らない。せめて指先だけでも動かそうとするが、金縛りにあったように動かない。動け、動け、と僕は念じる。

ガタンと椅子が鳴り、身震いして僕は目の前を——教室の床を見つめる。入谷のスマホが落ちていて、イヤホンも転がっている。顔をあげると枚下先生はこちらに背を向けてホワイトボードになにかを書いている。僕はゆっくりと指に力を込め、手をグーにしてみる。動く。生きてる。いや、あたりまえなんだけど……。目の前の机にはすでに出席カードとプリントが置かれている。僕のぶんも、となりの入谷のぶんも。ななめ前の席の新名《にいな》は僕が椅子を鳴らしたのが気になったのか、少し首を動かしてちらりと僕を見たけれど、またすぐに視線を前に戻す。入谷は机の下にかがんで手を伸ばして床に落ちたスマホを拾い、どこか腑に落ちないような顔つきをしたままイヤホンをくるくるとスマホに巻きつけてズボンのポケットに突っ込む。枚下先生は板書を終えると僕たちのほうに向きなおり、

「さて今回の作品ですが」

と、話をはじめた。プリントに目を落とすと、今日は二枚あり、昨日調べた「南方物語詩」各作品の成立年やいくつかの論評の翻訳が、やはり裏表にびっしりと印字されている。

「この『盗賊の兄弟』は、プーシキンの物語詩のなかでも少し特別な作品です。みなさん、

盗賊になってみた感想はいかがでしょう。では今日はあいうえお順の逆から、渡辺さん」

渡辺と呼ばれた窓際の人に目をやった瞬間に、さっと血の気がひくのを感じる。そうだ、この授業には定年退職後に学士入学で大学に入り直した人がいた。つまり枚下先生よりも年上の学生だ。渡辺さんは背が高くて痩せて骨ばっていて、苦労人なのだろうかと思わせるような禁欲的で厳しい顔つきをしているが、目だけはいつもなにかを赦すように笑っている――そしてこの人は紛れもなく、ついさっきの「体験」で、僕と入谷が殺したおじいさんだった……。

渡辺さんは薄くなった頭をかいて、

「いやあ、若いってのはいいですね」

と笑う。そのしわがれた声にさっきの悲鳴が重なって聞こえてくるような気がして、僕は耳をふさぎたいのをやっとのことでこらえる。けれども本物の渡辺さんは穏やかな声のまま、

「『ああ青春よ、怖れ知らずの青春よ！』ってくだりに、私もいろいろと思いだすことがありまして。時代も時代でしたから、仲間と一緒に、いまじゃとても言えないような悪さをしたもんですよ」

と続ける。枚下先生はにっこりと笑い返し、上の句に下の句を返すようななめらかさで、

「わかります。若さと仲間というのはこの作品の中心的なテーマですね」

とコメントしてから、

「次、湯《ゆ》浦《うら》君」

と僕を見る。よりによって殺した相手の次に発言しなきゃいけないなんて……。

「僕は、いつもお腹がすいてて……ひもじいとか、寒いとか、ほんとにそれしか知らなくて……だから森に入って人のものを盗るようになって初めて、おいしいものを食べて、笑って……よかったって思って……だけどこの手で人を殺したときから、少しずつ、自分も壊れていくような気がして……ずっとうなされてるみたいな感じで、そこから抜け出せなくなっていって、それでぜんぶ兄貴のせいにして……」

弁明でもするみたいに僕がやっとのことでそれだけ言うと、枚下先生はきょとん、という顔つきで首を少しだけ前に突きだしたが、すぐに真顔に戻って目を閉じ、なにかを再認識したかのようにゆっくりとうなずいた。うーん、またなんか変な発言しちゃったのか。もう少し言葉をつけ足したほうがいいかと迷っていると、先生は薄目をあけて教室を見下ろし、説明しはじめた。

「さきほどお配りしたプリントに、作品の成立過程と、プーシキンがそれについて書簡などで言及している箇所を抜粋しておきましたのでちょっと見てください。この物語詩ははじめバイロンの『海賊』[†13]のような感じの、『盗賊たち』という作品の序章になる予定で、本編の執筆も進められていました。しかし一八二三年の友人への手紙のなかでプーシキンは、『盗賊たち』は燃やした、でもそれでよかったということを書いています。そして、別の友人の手に渡っていたごく一部は残っているから、『北極星』[†14]の心優しい読者がこうした酒盛りだとか鞭だとか牢屋だとかを怖がらないと判断してくれるなら掲載してほしい、と。つまり本編を書こうとしたけれど、書けなかった。ただ書けないだけではなく燃やしてしまうほどに納得

†13 『海賊』1814年に発表された叙事詩。ペロポネソス半島の南にある海賊島。恐れを知らぬ首領コンラッドを主人公に、自由と孤独、愛と冒険のロマン主義的世界が展開される。

†14 『北極星』1823–25年の間コンドラーチー・ルィレーエフ（1795–1826）とアレクサンドル＝ベストゥージェフ＝マルリンスキー（1797–1837）によってペテルブルグで刊行された年刊誌。主宰の2人をはじめ、のちのデカブリストが多く集ったため「デカブリスト文集」とも呼ばれる。プーシキンはすべての号に参加した。その後、ゲルツェンとオガリョフはデカブリストの精神を引き継ぎロンドンとジュネーヴで1855–68年に同名の文集を刊行。前者と区別し「ゲルツェンの『北極星』」と呼ばれる。

がいかなかった。その序章になる予定だった部分をみなさんに読んでいただいたということになります。さて、どうしてでしょう。では、新名さん」

　枚下先生は再び目をほとんど閉じている。僕は唐突にむっとした。どうしてでしょうって、なんだよ。どうしてこれを読ませたかなんて、先生が教えてくれなきゃ新名だって困るじゃないか。でも新名は考えをめぐらせるように視線を落としながら、

「その情報からヒントを得るとすれば、たぶん『心優しい読者』を想定しているプーシキンのほうがむしろ創作者として優しすぎる気質だった、ということでしょうか。プーシキンの作品には、根っからの悪人とか……あるいは読者があてられてしまうようなどろどろとした毒気を持った人物とかが、ほとんど登場しないという話を聞いたことがあります。この兄弟は苦しい環境に生まれ育ち、お互いに支えあって生きていたわけですが、それを差し置いても序章の時点ですでにあまりにもつらすぎるというか、希望がなさすぎて、先を続けるのが難しかったのかもしれません」

　と答える。あ、なんだ。「どうして」っていうのはどうしてプーシキンが続きを書けなかったのかってことか。つい、新名をかばうみたいなつもりで腹をたててしまったけど……。

「ええ、こうした『理由』とは常に複合的なものなので、長年研究を積み重ねても正解を

定めるのは難しいのですが、そうした物語の性質上の問題は確かにありそうですね」

枚下先生はさらに数人の学生に感想を訊いたあと、プーシキンが燃やしてしまった原稿に含まれていたとみられるアイディア――コサックの頭領をめぐる二人の女性の物語は、形を変えて『バフチサライの泉』に生かされていることや、当時の読者はここにバイロンの『シヨンの囚人』[†15]からの影響を見出そうとしたが、プーシキンはこの話を「脱獄しドニェプル川を渡った二人の囚人」という実在の事件に基づいて着想したとして否定していることなどを説明していく。

二回目の授業は、序だけ書かれたプーシキンの物語詩そのものみたいに、なんだか中途半端に終わった。少なくとも僕にはそんな気がした。入谷は授業が終わるとなにも言わずにふらっとどこかへ消えてしまった。「体験」のなかでイリヤにすべての責任を押しつけた僕に対して怒ってでもいるんだろうか。いや違う、あいつはそんなやつじゃない。よく愚痴は言うけど、言ったそばから自分でもすぐに忘れて、見ていてすがすがしいくらい、怒りや恨みを引きずるってことが一切ないんだ。

†15 『シヨンの囚人』 1816年に執筆された物語詩。モントルー近郊のレマン湖畔にあるシヨン城を舞台とし、16世紀にここに幽閉されたジュネーヴの修道院長フランソワ・ボニヴァルを描く。

　五限を終えてひとりバス停への道をとぼとぼと歩きながらもういちど二限を思いだし、授業のなにが物足りなかったんだろうと考えてみる。失われた原稿を僕たちは決して読むことはできない、ということからくる作品への未練だろうか。読書の「体験」のなかとはいえ自らの手で無抵抗の人を殺す生々しさを知ってしまった衝撃だろうか。それとも勘違いで枚下先生に腹をたてたことへの後ろめたさか。どれもあたっている気もするし、どれも違う気もする。いずれにせよ今日一日の記憶全体が寒々としていて、無性にさみしい。気温は暑いくらいのはずなのに、上着を着てくればよかったと思う。前回のネフスキイで感じたような物理的な寒さじゃなく、心がふらふらとして倒れてしまいそうな、悪寒のような感覚だ。ひょっとして、「体験」のなかでニーナに会えなかったせいかもしれない、と考えかけ、（いやいやそんなことで）と打ち消そうとするが、どうもそれがさみしさの理由としてはいちばんしっくりくる。それから現実の新名の、プーシキンは「創作者として優しすぎる」という言葉を思いだし、心に灯りがともるような感覚を覚える。今日の記憶の、唯一のあたたかな部分。新名はすごいなあ、と漠然と思う。その感覚に安堵して、僕はもういちど予習から授業までに考えたことをなぞってみる——暗記しているプーシキンの詩。戦争のニュースに感じた嫌悪感と、プーシキンはこの未来を知っても同じ詩を詠んでくれるだろうかという不安。僕たちと同じくらいの歳のころに書かれた原稿。作品はそもそも兄貴の視点で描かれていて、弟である僕が死んだ後も兄貴は盗賊を続けるんだけど、生前の僕がおじいさんを殺さないでくれと懇願していた姿が目に焼きついて離れずに、苦しむんだよな……。物語詩のもとになった、ドニェプル川を泳いだ囚人二人。燃やされてしまった原稿。

あれ、ドニェプル川ってどこだっけ、と思い、僕はズボンのポケットからスマホを出して検索する——そうだ、なんか聞いたことがあると思ったけど、ロシア、ベラルーシ、ウクライナを流れて黒海に注ぐ川か。プーシキンがその事件を知ったときに滞在していたエカテリノスラフ県は、現在のドニェプロペトロフスクやドネツクあたりにあたる。そのあたりは二〇一四年くらいからずっと紛争の続いていた地域で、ネットのニュースではたくさんの遺体が……

……遺体といえば、プーシキンはデカブリストの乱[†16]で絞首刑になった五人の姿に、たいへんな衝撃を受けていたはずだ。もしプーシキンに予知能力があって、ウクライナでの虐殺とか空爆とか原発への攻撃とか、ロシアでの反戦活動に対する暴力的な弾圧とか、そんなものがみえたとしたら、いったい……。

いまのニュースが気になって、スマホの画面をアプリに切り替えてスクロールしていくと、世界のいろいろなところでロシア文学を忌避したり、教育のカリキュラムから外す動きがあるという記事が目に入った。プーシキンの名前もある。奇妙なニュースだ。誰が、なんの権利があって、文学に対して断罪する側の立場をとろうとするのだろう。ナチスドイツが悪いからといって、ゲーテや、あろうことか平和運動をしていたヘッセまでもをドイツ語を理由に切り捨てるというような過ちを、また繰り返すのか。罪を問われるべきなのは、こんな未来を作りだしてしまった人類のほうなんじゃないのか。殺人と酒盛りと鞭と牢獄の世界を描ききることにすら耐えられずに「心優しい読者」を思いやって創作を断念した詩人の、いったいなにが悪いんだ。誰だってもしほんとうにその優しさを「体験」できていたら、人を大量に殺す兵器を作ろうなんて考えなくなるんじゃないのか。

これほどやりきれない気持ちになるのはどうしてだろう。ゲーテの格言集にあった「すべて慰めは卑劣だ。絶望だけが義務だ」という一節が脳裏をよぎる。あれ

†16　デカブリストの乱
——1825年、農奴制の廃止と憲法の制定を求めて貴族の将校たちが起こしたクーデター。プーシキンはペテルブルグにおらず参加しなかったが、友人たちが多く参加していた。絞首刑になったのは『盗賊の兄弟』の掲載誌『北極星』の編集長だったルィレーエフをはじめとする5人。

はどんな文脈で書かれた言葉だっけ……。僕はバスに乗り込んでいちばん後ろの席に座る。そして、ともかくこんな絶望的な問いのたてかたをしちゃだめだ、と思いなおす。もしプーシキンが現状を目の当たりにしたらどう思うか……そりゃあ絶望するだろうけど、でも……僕たちにできることがあるとしたら、絶望にのまれることではないはずだ。打ちのめされたままではなにもできない。だけどやみくもな希望にすがっても、答えを誤りそうな危うさがある。

バスを降りる。街灯の上の薄ぼんやりとした夜空を見上げると、その薄闇の向こうに森が広がっているような気がした――と思うが早いか、トラウマが襲うみたいにふたたびあのおじいさんの血と悲鳴がよみがえる。人間の腹にナイフが入っていくときの、たとえようのないおぞましい感触。身を裂くような川の冷たさと、その冷たさよりもずっと強烈な、「自らの手で作りだしてしまった悪夢からはどこにも逃げられない」という衝撃。兄貴にまで見捨てられたと思い込んだときの侘《わび》しさと焦り。それらすべてが鉛のようにずしりとのしかかってきて、全身を底なしの闇に沈めようとする。重い足をひきずりながら僕はその闇のなかに闇とは対極の存在を――新名の面影を浮かべてなぞり、心のなかにもういちど少しだけ、安らげる場所を確保する。そうして、まるであたたかい飲みものを冷まさないようにするみたいな気持ちでその熱を大事に抱えて、アパートの部屋に急ぐ。
玄関をあけて部屋に入ると、僕はリュックを本棚の前に転がし、プーシキンの詩集を手にとって立ったままその場でひらいた。流し読みをしながら数ページめくったところで、一篇の詩が目にとまる――

グルジアの丘に　夜霧がひろがり
アラグヴィ川は　せせらいで
悲しくも軽やかな心地だ　この澄んだ悲しみは
君に　満たされている
ただひとり　君だけに……　僕の侘しさを
さいなむもの　妨げるものはなく
そして心は　また熱をおび　恋している
心は　恋せずには　いられないから

あ、そういえば――と、僕は授業でもらったプリントをリュックからひっぱりだす。イーゴリ・スヒーフ[†17]というペテルブルグ大学の先生の論評が載っている。あった、これだ。プーシキンの詩には永遠の子供のような無邪気な純真さがあって、だけどその裏には憂鬱や孤独や悲観や、すべてから逃げてしまいたい、壊してしまいたいという衝動なんかも持っていて、引き裂かれてしまいそうなそのすべてを融合するのが、まさに「澄んだ悲しみ」という、いま読んだ詩の一節だった。「明るい」「曇りのない」ともとれるこの「澄んだ」という単語と、「悲しみ」とが結びつくのは少しだけ意外で、でもだからこそプーシキンの詩はただ無邪気なだけでなく、賢明な優しさを兼ね備えることができた……っていうようなことが書いてある。ふうん。そこに登場する希望が「恋」だっていうのがいかにもプーシキンらしいな。

　今日の寒々とした記憶がようやく遠のいていくのと同時に、さっきバスを降りたときから抱えていた熱が僕を支配していくのを感じる。

　詩集を本棚に戻しながら、考える。プーシキンは抒情詩のなかで、恋する相手を奇跡だとか詩の女神だとかいって讃えているけれど、それはひょっとしたら、人が決して落ちてはいけない深い闇を、感覚として知っていたからなのかもしれない。あの怖さがわかるか

†17　イーゴリ・スヒーフ
(1952–）文学研究者。ペテルブルグ大学教授。アントン・チェーホフやセルゲイ・ドヴラートフの研究で知られる。

らこそ、絶望に落ちない術を、人を想うことによって心を曇らせないようにすることの大切さを、詩にうたいたかったのかもしれない。たとえ自分の心に抱えた「悲しみ」はどこにも追いやることができなくても、「恋せずにはいられない」のは、その恋心が自分にとって大切で不可侵な存在に捧げられていることによって、せめて内なる悲しみが「澄んだ」悲しみであってくれるからなのかもしれない。

第三講

孤独な心のひらきかた
――フョードル・ドストエフスキー
『白夜』

フョードル・ドストエフスキー（1821–81）
モスクワの貧民病院の医師の子として生まれ、1846年に『貧しき人々』でデビュー。ネクラーソフやベリンスキーら当時の文壇に高く評価される。1849年に逮捕され死刑宣告を受けたのちに特赦によりシベリア流刑になる。代表作に長編『罪と罰』『未成年』『白痴』『悪霊』『カラマーゾフの兄弟』など。

『白夜』

邦訳は集英社ポケットマスターピースの『ドストエフスキー』（拙訳、書影）ほか。当時のドストエフスキーと同年代のひきこもりがちな夢想家の青年が、あるとき幻想的な白夜のペテルブルグの街角で偶然ナースチェンカという十七歳の少女に出会い、数日のあいだ互いの身の上を語りあう。

　今回の課題図書はドストエフスキーの『白夜』で、プーシキンの詩に比べると翻訳もたくさん出ていて手に入りやすい。確かうちの本棚にも……と探すと、やっぱりあった。集英社ポケットマスターピースというやたらと分厚い文庫シリーズの『ドストエフスキー』巻の最初に収録されている。執筆は一八四八年で、ドストエフスキーが二十六～七歳のときに書いた、翻訳にして八十ページくらいの短めの小説。『罪と罰』とか『白痴』とかの有名な長編小説は主に一八六〇～七〇年代に出ているからそれよりはずいぶん前だし、なにより「思想犯として逮捕されて死刑判決を受けて処刑場に連れていかれたけど死刑になる直前で恩赦になった」っていう、めちゃくちゃ劇的でのちのドストエフスキーの世界観にかなりの影響を与えた出来事が一八四九年だから、その前年ということになる。

　内容をみていくと、主人公はペテルブルグの孤独な夢想家の青年で、ナースチェンカという女の子に出会って惹かれていくが、彼女には帰りを待ち続けている恋人がいて……という話だ。授業を待たずとも物語に入っていけそうなのは、ゴーゴリの描いたペテルブルグや夢想家をすでに知っているからだろうか。じゃあ僕はまたおそらくニーナに片想いを……。

　いや、ちょっと待て。そもそも僕は、枚下《まいした》先生の授業にふりまわされすぎじゃないか。

だって、ほかのみんながどんなふうに本を「体験」しているかすらわかっていないんだ。入谷《いりや》がゴーゴリの回であの軽薄な中尉の役になっていたのは、体験のなかで僕が見た記憶と一致している。新名《にいな》がどうだったのかは確かめてないけど、もし僕がまた「体験」のなかでニーナを追っかけまわして、その記憶を現実の新名も共有していて、鬱陶しいとでも思われたら困るじゃないか。

なにか策を練らなくちゃ。まず、小説は事前によく読んでおこう。それで、授業ではなるべく本をひらかずに先生の話とか資料とかに集中して、どうやって授業が始まっているのか、みんなはどんな感じで読んでいるのかを、ちゃんと見届けよう。授業内で小説を体験させるっていう枚下先生の方針には反するかもしれないけど、こっちだって真剣なんだ。間違ってもこれ以上、新名に変なやつだと思われたくない。まあ、新名とは一対一でちゃんと話をしたこともないし、僕をどう思ってるかなんて（いや、僕という存在に対してなにか思うことがあるのかすら）ぜんぜんわかんないんだけど……。よし。まずは普通に読むぞ——

素敵な夜だった。ほら、若いときだけにしか訪れないような、そんな夜があるだろう。

星が瞬く明るい夜空はとても綺麗で、見上げていると、はたしてこんな夜に怒ったりわがままを言ったりしている人なんているだろうかと思えてくる。その日僕は朝からずっと、どうしようもない切なさに包まれていた。郊外からペテルブルグの街に戻ったときにはもう夜も遅く、十時の鐘が鳴っていた。そのとき突然、思いがけない出来事が起きた。

道端に、運河の手すりにもたれて、女性が立っていた。彼女は手すりの格子に肘をつき、一心に運河の濁った水を見つめているように見えた。僕が息を殺し胸を高鳴らせてそばを通り過ぎても、彼女は身動きひとつしなかった。「それほど深く考えごとにふけっているのだろうか」と、考えたそのときだ。僕は雷に打たれたようにその場に立ち尽くした。彼女が、声を押し殺して泣いているような気がしたんだ。胸が締めつけられる思いがした。いくら僕が内気だとはいえ、あんな瞬間に遭遇しては……！　僕は声をかけようかと思ったが、彼女は僕に気がつくと、はっと目を伏せて離れていってしまった。だがそのとき、道の反対側にふらふらした足どりの燕尾服を着た男が現れたかと思うと、ものも言わずにいきなり走りだして彼女を追いかけはじめた。彼女は風のように足早に遠ざかろうとしたが、男は全速力で追いかけ、追いつき、彼女は悲鳴をあげた。でも僕はこのとき運よくステッキを持っていた。僕が急いでかけつけると、男は逆らいようのない道理を察知し、黙って退散した。彼女の黒い睫毛にはまだ涙が光っているが、口元には笑みがこぼれている。

「ほらね、どうして僕から逃げたりしたんですか。こうして一緒にいれば、はじめからなにも起こらなかったのに」

「でも私、あなたのこと知らなかったから、あなたもああいう人かと思って……」

「いまなら僕のことを知ってるっていうんですか？」

「少しは。ほら、たとえばね……、どうしてあなたは震えているの？」

「ああ、君はすぐに見抜いたんだね！」彼女が賢い子だとわかって、僕は嬉しくなった。

「君は一目で僕の正体を悟ったわけだ。その通り、僕は女性には奥手なほうで、ドキドキしてるんだ、そうさ、ほんの数分前にあの男が君を驚かせたときに君の心臓がドキドキいっていたより、もっとだ……。驚いてるっていうのかな。夢をみているみたいなんだ、いや、夢にも思わなかったよ、この僕が女の人と話をするなんて……」

「そんな、まさか……」

「本当だよ。女の人にはすっかり縁がなくなってしまっていて……というより、女性と親しい関係になったことなんてないんだ、一度も。ずっと独り身だから……何を話したらいいのかさえわからない。いまもそうなんだ、僕は君に失礼なことを言ってないかな。正直に答えてくれないか……」

「いいえ、そんなこと、全然。正直に言ったほうがいいなら、そうね、そういう奥手なかたって、女性に好かれるものだと思う。もっと言うなら、私も好き。だから、私の家に着くまで、あなたを追い払わないことに決めたわ」

……ぱたん、と僕は栞も挟まずに文庫本を閉じる。おかしい。普通に読んでいるだけのはずなのに、どうしてもヒロインに新名が重なってしまう。いや、べつにそれ自体は困ったことじゃないはずなんだけど……。立ちあがり、試しに本棚からトルストイの『アンナ・カレーニナ』をとってぱらぱらとめくる。リョーヴィンがキティに会いにいくときの、「人混みのなかの彼女を見つけるのはイラクサのなかに咲いたバラを見つけるのと同じくらい簡単だった」という箇所を読めば、たとえ百五十人の大教室でも足を踏み入れた瞬間に新名を見つけられるあの感じを思いだしてどきっとするし（イラクサのなかのバラって、感覚としてぴったりな表現だと思う）、「彼女のおとなしい、落ちついた、正直な目の表情を見ると、会うたびにまるで不意をつかれたように驚く」という描写にも身に覚えがあって顔が熱くなる。落ちつけ。少なくとも僕がここで本を読んだところでその内容を新名が知っているはずなんかないのに、なにもかも知られてしまっていると錯覚しそうになる。まずいな。枚下先生がどういう以前に、僕がちょっとおかしくなってきているのかもしれない……。

それでも僕は『白夜』に戻り、あとはひといきに読み終えた。小説としての魅力に惹きつけられたのだと思う。空想が好きすぎるこの夢想家は、女の子には慣れていないとかいいながらもゴーゴリが『ネフスキイ大通り』で描いていた画家よりもずっと饒舌で（僕はこんなふうにしゃべれる自信はない）、ナースチェンカとのやりとりも（概してしゃべりすぎではあるけれど）血の通った人間らしい会話になっている。ふたりは白夜のペテルブルグで四日のあいだ毎晩会ってお互いの話をする。彼女は目の不自由なおばあちゃんと暮らしているんだけど、そのおばあちゃんがやたらと過保護で、昼間は自分のスカートをおばあちゃんのスカートにピンで留められてしまっていてどこにも行けない。だけどあるときその家に下宿人としてやってきた若者に、彼女は恋をした。彼女も空想が好きだったけど、その人が本を貸してくれるようになってからは、もうそれまでのような空想はしなくなる……うん？　なんか、ここにひっかかるな。少し考えてまとめておくか。

授業当日。今日こそは授業開始の瞬間を見届けてやる、と意気込んで、僕は時間ぎりぎりに教室に入り席についた。時間に余裕があると、先生が来る前にいつうっかり「体験」に突入してしまうかわからないからな。白い長机が並ぶいつもの明るい教室に、おなじみのメンバーが続々と入ってきて席についていく。新名はすでに辞書と青いペンケースを机に並べて、なにやら課題図書とは違う分厚い本を読んでいる。僕は思わず息を殺し、音をたてないようにそっと椅子を引いて席につく。新名はなにかを読んでいるとき、まるでその場からいなくなっているみたいな顔をしていて、僕はそれを見るたびになにかとんでもなくすばらしいものを見たような気がする。なんていうんだろう、無防備でありながら神々しい、っていうのかな……まるで本を読んでいる新名のまわりを見えないなにかが守っているようで、誰も邪魔なんかしちゃいけないんだって思わされる。

横を見ると、入谷はぶかぶかのバケットハットをかぶって、机につっぷして寝ている。気配を殺している僕がきたことになんか気づく様子もない。べつに、入谷の居眠りを妨げないように静かにしてるわけじゃないんだけどな。

枚下先生はガイダンスのときと同じように、十時四十分ちょうどにドアを開け、ふさふさの白髪頭を輝かせてのしのしと教室に入ってくると僕たちの前に立ち、教室を見渡した。

そして、

「さて、ではいってらっしゃい」

とだけ言うと、いつもは細めている目を突然かっと見ひらいて、各自が机の上に出していた本ひとつひとつを一気にぜんぶ見た――いや、いちどに全員の本を見るなんてことが人間にできるわけがないんだけど、どうしてもそうとしか言いようがない。とにかく、誰がどんな本を持ってきているかを（まだ鞄から出していない本も含めて）一瞬で把握した――と思わせるような顔をしたんだ。それと同時に、みんなは先生が「把握した」本をひらいて読みはじめる。新名もいつのまにか課題図書を読んでいるし、さっきまで眠っていたはずの入谷も、寝ぼけた顔で机にひじをついて文庫をひらく。その夢遊病のような目にいささかぎょっとしたと同時に入谷の持ってる角川文庫の装丁が目に入り、（あ、僕とは違う翻訳だ）と気づいて、自分の持ってきた本に手をかけた……のがまずかった。手は自然に本をひらく。自分の目が文字を追うことを自覚する暇もないうちに、僕はペテルブルグの古い家にいた――


その小さな家に、私は目の見えないおばあちゃんと一緒に暮らしている。私……？　あれ、そうか、これはナースチェンカの目線だな。

そう、それで十五歳のときに、私がおばあちゃんにちょっとしたいたずらをした。そしたら、たいしたいたずらじゃなかったのに、おばあちゃんは自分のスカートに私のスカートをピンで留めちゃって、「いい子にならないと、ずっとこのままだからね」って言われて、それきり昼間はいつも、なにをするにもピンで留められたままの生活をしている。

うちには中二階に貸部屋があって……それまで住んでいたおじいさんが亡くなってからは空き部屋になっていたんだけど、あるときそこに新しい下宿人がきた。まるであつらえたみたいに、どこか遠くからきた、若い人だった。ある日の朝方、彼が一階に降りてきて、おばあちゃんに壁紙の張り替えを頼んだ。私はなぜだか顔が熱くなって、慌てて立ちあがった。ピンで留められていることなんて、すっかり忘れて……。下宿人の彼に見られないようにこっそりピンを外してから立てばよかったのに、そうしないで急いでその場を離れようとしたから、その勢いでおばあちゃんの揺り椅子が滑って動いた。

ああ、私がこんな生活をしているのを、この人に知られてしまった……。そう思ったら、私は真っ赤になってその場に立ち尽くして、突然泣きだしてしまった。恥ずかしくていたたまれなくて、絶望的な気分で……。おばあちゃんが追い打ちをかけるみたいに「なに突っ立ってるんだい」なんて言うから、よけいに涙が溢れてくる……。彼は、私が恥ずかしい気持ちでいっぱいになってるのを見てとると、軽くお辞儀をしてすぐに立ち去ってしまった。

私はそれ以来、かすかな物音でもすると身をすくめて、あの人かもしれないと思って、そのたびに念のためそっとピンを外した。だけどいつも予想は外れて、あの人はなかなか来なかった。二週間ほど経ったころ、彼は本を貸してくれた。おばあちゃんはしきりに「その本は道徳的な本かい」って訊いてきたけど、ウォルター・スコット[†18]だって言ったら、それならいいって。そのあとも彼は次々に本を貸してくれて、それで私は本がなくちゃいられないくらいに本を好きになって、まえみたいに中国の王子様のところへお嫁にいくなんていう空想はしなくなった。

そんなとき、階段のところで偶然あの人にばったりと会った。私はおばあちゃんになにかおつかいを頼まれてたところだった。彼は立ちどまって、本の感想を訊いた。それから一週間後にも、また階段のところで会った。「こんにちは」って言われたから、「こんにち

†18　ウォルター・スコット（1771–1832）作家。歴史小説家の代名詞的存在として世界的に知られ、ロシア語圏でも青少年を中心に絶大な人気を誇った。代表作に『ミドロジアンの心臓』『アイヴァンホー』『ケニルワースの城』など。

は」って返した。そしたら彼は、

「一日中おばあさんのとなりにいて退屈じゃありませんか」

って。そう訊かれたら私、なぜだかとたんに恥ずかしくなって顔が熱くなって、悔しい気持ちになった。立ち去ってしまいたかったけど、その勇気もなかった。彼が、

「あなたはとてもいい娘《こ》だ。こんな風に言ってしまってすまないけど、僕はあなたのおばあさん以上にあなたのことを思って言っているつもりです。あなたには、遊びにいけるような友達はいないんですか」

って言うから、私は、

「いないわ。一人、マーシャっていうお友達がいたけど、プスコフへ越していってしまったから」

って答えた。その日の夕方、彼はうちに来て、私とおばあちゃんを観劇に誘ってくれた。劇の感想はとても言葉にできない。あの人はずっと優しい目で私を見ていて、私は夜ベッドに横になっても、すごく誇らしくて楽しい気持ちのまま、一晩じゅう熱にうかされてた。

そのときは、きっとこれからは頻繁にうちに来てくれるようになるだろうと思ったのに、彼はそれきりほとんど来なくなってしまった。二回くらい劇場に行ったけど、見るからに

私がおばあちゃんのそばに座らされっぱなしなのをかわいそうに思っているだけで、それ以上はなんとも思っていないって素振りだった。それで時が経つほど私はどうかしてしまって、座っていても本を読んでいても、なにをしていても落ちつかなくて、突然笑いだしたり、おばあちゃんにいじわるなことをしてみたり、そうかと思えば泣きだすこともあった。でも彼は、例の階段で顔を合わせることがあっても……

「はい、おかえりなさい」

下宿人の「彼」が現れるはずの階段の向こうから急に枚下先生の声が響いてきて僕は教室に引き戻され、がくっ、とずっこけそうになる。いいところだったのに邪魔された気分だ。まあいいか、あとでまた続きを読めば。でもこんなふうに「体験」が名残惜しいなんてこともあるんだな。まさか自分がナースチェンカになるとは思わなかったけど、不思議と違和感はない。でも、そうだよな。小説って、性別や年齢やそのほかいろんな条件の違う人物にもなってみることができるのが面白いんだってこと、あやうく忘れかけてた。過保護なおばあちゃんと二人きりの単調な生活のリズムは僕自身にもなじみのあるもののような気がする。だけどあの「下宿人」は……。僕はそっと視線をあげて、新名を盗み見る。

あれは新名だった。どこが、と言われても困るけど——それこそ性別でもないし顔でも性格でもない、存在そのものの核みたいなところで、あの「彼」は確かに新名だった。新名には、もとからどこか中性的なところがある。「優秀な人によくある、いくらか中性的で、なおかつそれを少しも恥じない繊細な人」——ロマン・ロラン[†19]の小説にでてきた、そんな表現が似合う。まあ、いまの体験のなかで新名があの「彼」になったのは、新名を「待ち望む恋人」にしたい僕の願望でしかないのかもしれないけど……。

「今回の『白夜』ですが、まずはこちらを」

いつのまにか下りていたスクリーンに映像が映しだされる。夏の、白夜のペテルブルグだ。ドローン映像の早回しだろう、鳥みたいな視点から聖堂や運河やネフスキイ大通りが見下ろされ、右上にデジタル表示された時刻がすごいスピードで回っていく。『白夜』でふたりが会っていた午後十時を過ぎても、街は昼間のように明るい。深夜になってようやく薄暗くなるけれど、またすぐに空は白くなっていく。

†19　ロマン・ロラン（1866–1944）作家。代表作に『ジャン・クリストフ』『ベートーヴェンの生涯』『戦いを超えて』『魅せられた魂』など。ここでの引用は『ピエールとリュース』のなかでピエールと兄について語られている箇所を湯浦が自分にひきつけて解釈している。

「ま、これは余興ですが」

ぷつり、と枚下先生は映像を止めて、

「白夜のペテルブルグはいかがでしたか。今日は後ろの席からいきますか。青山さん」

と首を伸ばして頭を反らし、教室後方を見やる。青山さんは明るい色の長い髪を指先でくるくると弄びながら、えーっと、と少しのあいだ宙を見つめ、おもむろに、

「ナースチェンカはサイテーだと思います」

と始めた。入谷はぱっと振り返り、とびきりの冗談でも聞いたみたいに眉をへの字にして「なはは」と笑いをかみころしている。

「この主人公の夢想家みたいなタイプの人って、現代でもいると思うんですよ。オタク気質っていうか。好きなマンガを読んで空想するのがなによりも楽しかったり、推《お》し……好きな登場人物と話してみたいって考えたり、そういう人もいっぱいいるし。で、ナースチェンカも自分のこと夢想家だって言ってて……ってことは主人公の気持ちもわかるはずなのに、恋人が約束の日からたった数日現れないだけでひとりで待ってることもできなくて、都合よく主人公を振り回すだけ振り回して、結局いなくなっちゃって……後味悪いなーって思いました」

うっ、初回に続いてまた青山さんにけなされてしまった。いや、けなされたのは僕じゃなくて僕が体験した役割だけど。あれ。でも、だとすると青山さんは夢想家の役割を体験したんだろうか。じゃあ入谷は？　それに新名は……？

違う違う、今日はそういうことに惑わされないって決めてたんだ。僕は意を決して、初めて自分から手を挙げてみる。すぐに気づいた枚下先生に目配せで発言をうながされ、あらかじめ考えてきたことを思いだしながら口をひらく。

「確かにこのふたりは都会で孤独な生活を送ってきて空想が好きだったっていうところは共通してるんですけど、僕が最初に気になったのは、ヒロインは下宿人の若者に本を貸してもらって読書を好きになってからは、それまでみたいな『中国の王子様のところへお嫁にいくなんていう空想はしなくなった』と言ってることです。それに対して主人公は彼女より知識はあって、たとえば彼女の言った『中国の王子様』を『清皇帝』とわざわざ言い換えています。にもかかわらず、彼にとっての読書はいつまでも現実との接点を見出せていないんです。つまりヒロインははじめは読書の喜びも知らずに孤独な世界にいたけど、覚えたての読書がそれまでの幻惑的な空想から現実の世界に導いてくれる手引きのような役割を果たしたのに対して、主人公は読書によって自分の頭のなかに作りだした妄想の世界に安住することにばかり熱心で、都合のいいものしか見ようとしていない。このふたりはもともと『孤独』といっても心がひらかれているかいないかの違いがあって、訪ねてきた友人までもを邪険にして暗箱のような空想に閉じこもっていた夢想家の孤独はあまりに閉鎖的で、おばあちゃんにピンで留められていながらそのおばあちゃんも含めて周りの人を思いやれていたヒロインの孤独と、決して同種のものではなかったんじゃないかと思います」

よし、なんとか言いきったぞ、と僕は息をつく。枚下先生は右手をあごにあてて、

「よく考えてきましたね」

とにわかに口元をほころばせる。ああ、事前に答えを考えてきたってことまで見透かされてるのか、と僕は若干しゅんとなるが、先生は続けて、

「文学作品における登場人物の『読書』の描かれかたには、なにかしら重要な意味があることが多いですから、目のつけどころもいいと思います。いいそびれましたが、ナースチェンカの行動を疑問視する青山さんの読みも、読者の倫理的な観点としてももちろん有りうるものといえるでしょう。では次に……」

と言って青山さんの前に座っていた眼鏡をかけた女の子を指し、その子はいま見た白夜

の映像が綺麗で行ってみたいと思ったとか、主人公たちはそういう非現実的な感じのする白夜の雰囲気にのまれて一緒に夢でもみていたような感じなんじゃないかと語っている。途中で新名が発言者のほうを振り向いた拍子に一瞬だけ僕と目が合い、僕も慌てて後ろを向いて、眼鏡の子の発言を聞いているふりをする。でも言葉が頭に入ってこない。自分が話していたあいだは少し気が紛れていたのに、もうまたいつもの心の状態に戻っている——教室のなかの、新名がいるところだけがじんわりと明るくあたたかい気がして、僕はその場所から片時も意識が離せない。

なんとなく楽しい気分だったせいか時間が経つのが早く、気づけばその日の授業はすべて終わり、僕は帰りの道を歩いていた。『白夜』の主人公じゃないけど、僕は夕暮れどきが好きだ。仕事を終えた人々が職場や任務から解放されて家路を急ぎつつ、さて夕食をとった後はなにをしようかとあれこれ考えてみるような時間。少し前までは僕もよく、読んだ本の主人公になったつもりで空想を繰り広げていた——無名の詩人が名声をあげていく物語も、デミアンとの友情も、ジャン・クリストフの人生も、すべてがこの手のなかにあり、僕は自由自在にそのなかを泳いでいけた。だけど最近はだめだ。新名の存在を意識してからというもの、自由なんてものはぜんぜん魅力的じゃなくなってしまった。なにを読んでも、どこまで続くかわからない夢のなかをあてどなく冒険していくより、わずかでもいいからどこかに彼女の面影を探すほうを選んでいる。僕の空想は彼女という存在に制限されていて、その不自由が心地いい。つまり僕はすべてを握る万能な主人公じゃなく、本のなかから彼女を探しだす探偵になったってことかもしれない。といっても、このへっぽこ探偵の仕事は楽なものだ。新名はどこにでもいるんだから。プーシキンの抒情詩のヒロインはいつだって彼女だし、ジュコフスキー[†20]の「空想の女神」も彼女だ。

春の終わりのゆるゆるとした風が吹いている。だいぶ日が長くなった。大学図書館の坂の下のコンビニに寄ってペットボトルのお茶を買い、リュックに押し込みながら店を出る。信号を待っているあいだに、いつだったかこの交差点で新名の姿を見かけたときのことを思いだし、それだけで手足に軽く痺《しび》れたような感覚がはしる。蕎麦屋の青いのれんの向こうに見える明かりも、もうすぐ咲きそうな植え込みのツツジの紅色も、すべてが彼女の記憶を宿して熱を放っている。

†20　ワシーリー・ジュコフスキー（1783–1852）詩人。『イーゴリ遠征物語』の現代語訳や数多くの西欧詩の翻訳でも知られる。「空想の女神」はゲーテの詩《Meine Göttin》の翻案に用いられた言葉。詩そのものは、ゲーテの原作と比較するとより切なく抒情的な調子が強いことが指摘されている。

そのとき、背後から突然短い車のクラクションの音がして振り返り、図書館に続く坂道を見上げると、カーブのセンターラインをはみ出しそうな勢いで下ってきた車のヘッドライトが目を直撃した。まぶしくて目を閉じる。ライトを上げて走っていたんだろうか、すごい光にまぶたの裏がチカチカして、こめかみが痛む。僕は右手で目頭を押さえてそっと目をあけ、手を離してふたたび前を見た。車はスピードを落として右折し遠ざかる。あれ？

全身に緊張が走る。交差点の向こうに新名が立っている。僕は豆鉄砲をくらった鳩みたいにまばたきをしてみる。やっぱりいる。見間違いじゃない。ついさっきまでわずかな記憶だけに彩られていた周囲の景色が急激に色褪《あ》せ、後景に退《ひ》いていく。新名は僕を見つけると、ごく自然にほほえんで手をふった。まるでちょうど今日この時間にここで僕と待ち合わせをしていたとでもいうように。いや、ただ僕に気づいて手をふってくれただけだ。だけど歩行者の信号が青に変わっても、新名はそのままそこに立っている。待ってくれているんだろうか。僕は道を渡る。横断歩道を歩く短い時間のあいだに、どうやって声をかけたらいいのかを超特急で考える――「こんにちは」ってのは他人行儀だし、「いま帰り？」って訊いても「うん」って言われたらどう続けるか困るし、「お茶しない？」じゃ大昔のナンパみたいだし、「家こっちなの？」だとストーカーみたいだし、「お嬢さん」っ

てのは『白夜』の主人公さえ恥ずかしくて言えなかった台詞だし……などと考えているうちに道を渡りきって、

「ひさしぶり」

と、考えうる限り最もまぬけな声のかけかたをしてしまう。新名はけげんな顔で僕を見る。そりゃそうだ、さっきまで同じ授業に出てたんだからひさしぶりでもなんでもない。なにかフォローしなきゃと焦ったあげく、

「元気？」

というさらにおかしな言葉が口をついて出る。なに言ってんだ。半年ぶりに会った友達か。けれども新名のけげんな顔がふっとゆるんで「うん、元気」と笑われると、急に自分がすごくいいことをしたような、頼もしい人間になったような気がしてくる。新名は、

「今日、こっちなんだ」

と、数メートル先のバス停を指す。どうやらバス停に向かう途中で僕を見て足を止めたってことらしい。新名が待っているのは僕が乗るのとは別系統のバスだった。僕が、

「これが『白夜』なら、『あなたの過去を話して』ってなるところかな」

と、苦しまぎれに授業の話をすると、新名はすました顔で、

「『考えてみたらあなたのことまだ全然知らない。誰かに訊こうかとも思ったけど、本人に訊くのがいちばんいいって思い直したの。ね、あなたの過去を話して』？」

と返す。えっ、すごい、覚えてるのか。僕は調子に乗って、記憶を頼りに思いだせる部分を諳《そら》んじて続けてみる。

「『過去って……。僕には話して聞かせられるような過去はなにも……』

「『そんな。じゃあこれまでどうやって暮らしてきたの？　過去がないなんて』

「『過去なんて呼べるものはなにもなしに』

「『どういうことよ。誰ともまったく会わずにってこと？』

「『いや、会うといえば会うけど……でもやっぱり僕は孤独なんだ』

「『じゃあ、誰とも話さないの？』

「『ほとんどまったく話さない』

と、そこまで『白夜』の再現をしたところで僕は可笑しくなって笑いだした。新名も笑う。なにをやってるんだ僕たちは。誰もいないバス停で観客のいない二人芝居なんかして。

そのとき新名の乗るバスがゆっくりと近づいてきて、行き先をアナウンスする運転手の声がこの時間の終わりを告げる。乗り込んでいく新名に手をふって、バスが見えなくなるまでぼんやりとながめる。急に歩いて帰りたくなって、僕はバス停をあとにする。夢想家が一晩中歩き続けたくなったのも無理はない。新名とこんなふうに話せるなんて、笑ってくれるなんて、奇跡みたいだ。『白夜』の断片がぐるぐると頭のなかをめぐる――いまならわかる。これまでより、はるかによくわかる。これからは、夢みることさえ意味をなくしてしまうだろう。現実に、彼女の傍でこんなにも幸せだったのだから。けれども感謝しよう、愛らしい君に、そして君が僕を追い払わなかったことに……。

なにも手につかないまま夜になりうわの空でシャワーを浴びベッドに横になってもさっぱり眠れる気がしなくて、リュックに手を伸ばして授業でもらったプリントをひっぱりだす。さすがはドストエフスキー、たったひとつの短編なのに、参考資料だけでもすごい量だ。もしこれが有名な長編とかだとどのくらいの量の参考資料があるのか、考えるだけで気が遠くなる。えーと、なになに。『白夜』の場合は、ヒロインが下宿人に連れていってもらう劇『セビリアの理髪師』[†21]の作中での役割とか、『白夜』のなかの「一」と「二」と

†21 『セビリアの理髪師』
（1816）ボーマルシェ原作のロッシーニによるオペラ。愛の手紙が物語展開の核になる箇所をはじめ、『白夜』は多くの点で『セビリアの理髪師』と共鳴するように書かれている。

いう数字の使われかたの分析なんていうマニアックなものもある。作中劇といえば、さっきの新名との会話はそれこそ演劇みたいで楽しかったな。僕は頭のなかに新名の声を呼び起こす。でもあの声の魅力を説明することなんてできるだろうか。繊細で柔らかくて予測がつかなくて神聖で、ときに不思議なほど隙だらけで……。

深夜二時をまわってようやくうとうととしながら、僕は授業での自分の発言を思い返していた――心がひらかれている孤独と、閉ざされている孤独。いまの自分はどっちだろう。新名がどこかで笑っている限り、僕は世界に向かってひらかれた心でいられる。だけどその気持ちが空想の域を出ているのかと訊かれたら……。でも、少なくとも僕は確かに現実の新名と話したじゃないか。とはいえ、あれは小説のなかの台詞だった。いや……待てよ。ほんとうにあれは現実だったのか？

頭から冷水をかけられたような気がして目をひらく。暗い部屋のなかで自分の鼓動だけがうるさく鳴っている。いいか。落ち着いて、順番に考えろ。まず今回は枚下先生の思い通りに体験なんかしてやらないと決めてから、予習として『白夜』を読んだ。授業では結局作品に入り込んでしまったけど、意外にもヒロインの視点だった。そして一日の授業が終わって帰り際に新名に会った。だけど二限以降の記憶がいつになく不確かだし、新名と話したことといえば『白夜』のなかの台詞ばかりだ。場所はペテルブルグじゃなく大学近くのバス停だった。でも『ネフスキイ大通り』のときも「体験」から目覚める直前には雑居ビルとか現代の要素が混ざり込んでいたし、そもそも新名が小説のなかの台詞しか話さないなんておかしいじゃないか。僕だってどうしてせっかく会えたのに『白夜』の話しかしなかったんだ。それになんで周囲に誰もいなかったんだろう。あの時間にしては人通りが少なすぎた。しかもどうしてそのあとも僕は、歩きながら小説のなかの言葉ばかりを思いだしていたんだ？

　不意に授業の最初に入谷が本を読みはじめたときの夢遊病のような目を思いだし、背筋が寒くなる。僕がもし、ずっとあんな目をして夢をみていただけだとしたら……つまり……もし、あれがすべて枚下先生の授業の「体験」のなかのできごとだったとしたら？新名と僕はほんとうはバス停で話してなんかいなくて、僕の読書体験のなかに現実の光景が混ざっていただけだとしたら？

　まるで白昼夢だ。新名の存在すら幻に思えてきて僕はばさりと頭から布団をかぶり、そんなわけがあってたまるか、と考える。僕は確かに交差点で新名に会った。きちんと話をしたとはいえないかもしれないけど声を交わした。『白夜』の話をしたのは授業でやった共通の話題だからだし、偶然会えた状況が重なって面白かったからだ。あの通りにはひとけのないときも多いし、読んだ小説を思いだしながら歩くのはいつものことだ。なにもおかしなことなんてなかった。あれはいつものバス停だった。ぜんぶ幻だなんて嘘だ。

これも『白夜』の幻想の力なんだろうか。だとしたら僕は、この幻から現実に戻るために、なにをしたらいいんだろう。周囲に向かって心をひらいて人に思いやりをもって生きていくには、暗箱に閉じこもらないためには、どうしたらいいんだろう。どんな朝でもいいから、はやく朝がきてほしい。いかに素晴らしい幻想だって、永遠に幻のなかだけで生きていたくなんかない。現実の新名に、現実の世界で笑っていてほしい。

第四講

距離を越える声

——アレクサンドル・ゲルツェン『向こう岸から』

アレクサンドル・ゲルツェン（1812–70）
貴族の庶子として生まれ、少年時代に農奴解放をはじめとした社会的目標を掲げて活動を志すものの、逮捕、流刑ののちに西欧に出国。以降、ロンドンで「自由ロシア出版所」を設立、新聞『鐘』をはじめとする出版物を発行。国外での出版を利用し検閲を逃れた、亡命文学の先駆的存在。代表作に『過去と思索』『泥棒カササギ』など。

『向こう岸から』

邦訳は長縄光男訳（平凡社ライブラリー、書影）。農奴制を批判し西欧文明に憧れたゲルツェンは一八四八年、二月革命のパリに居合わせ衝撃を受け、リアルタイムで手記を綴る。併せて同時代の文化人との交流を記した長縄光男著『ゲルツェンと１８４８年革命の人びと』（平凡社新書）も読むと理解が深まる。

今回の課題図書はアレクサンドル・ゲルツェンの『向こう岸から』だ。だけど授業予定のプリントをもういちどよく見て僕は呆然とした。「参考：『過去と思索』（全三巻）、長縄光男『評伝ゲルツェン』」。か、か、『過去と思索』ってこのまえ図書館で見かけたけど、三巻っていっても一冊一冊が辞書ぐらいの厚さで、いちどに持って帰るのもたいへんそうな分量だったよな。評伝のほうも負けず劣らず厚かった。

来週までにぜんぶ読むのは無理だし、さてどこからとりかかったらいいのだろうと思案して、課題の文庫を机のわきにどけ、近所の古本屋で見つけて以来愛用している『世界文学小辞典』を本棚から取りだして「ゲルツェン」の項目をひく。ケ……ケストナー、ゲーテ……あった、ゲルツェン。ざっと読んでみると、一八一二年、裕福な地主貴族とドイツの下級官吏の娘のあいだに生まれたが、両親は結婚しておらず庶子だったために父親が自分の苗字ではなくドイツ語の「ヘルツ（心）」からとってゲルツェンという苗字を作ってつけたこと（ヘルツなのにゲルツェンになるのは、Hの音がロシア語ではゲーになるせいで、ハムレットはガムレットになるし、ハリー・ポッターはガリー・ポッテルになる）、一八二五年のデカブリストの乱や一八三〇年のフランス七月革命[†22]に感銘を受けて思想を形成していくこと、言論の自由を求めロシアの厳しい検閲を逃れてロンドンに「自由ロシア出版所」

を作り、新聞『鐘』をはじめとする刊行物を出していたことが書かれている。

課題の『向こう岸から』は一八四八年フランスの二月革命[†23]の渦中で書いた手記を中心にした考察の書で、解説によると同時期に書かれた『フランスとイタリアからの手紙』が時局論的なのに対して、こっちは哲学論、文明論といった趣がある、らしい。

とんでもなく難しい本なんじゃないかと身構えたものの、いざ読んでみると『向こう岸から』は魅惑的な本だった。まずこの本は当時十五歳だった息子のアレクサンドルに宛てたメッセージからはじまる――自分たちは古い偽りを壊してそのあとに橋をかけ、そこを渡る新しい世代である子供たちに道を託して、「人間の理性と個人の自由と友愛の名において」その道を祝福すると。それから数ページのところでさらに、太字で書かれた「人間の尊厳のために／自由な言論のために」すべてを捧げるという覚悟が目に飛び込んでくる。熱い男だな、ゲルツェンって。一章は「嵐の前」。ゲーテの引用で

†22　七月革命――1830年、ウィーン体制で復古したブルボン王朝を打倒した市民革命。ヨーロッパ各地の自由主義運動に影響を与えた。

†23　二月革命――七月革命後に成立したブルジョア体制に対して、1848年、普通選挙を求めたプロレタリア革命。ヨーロッパに革命運動が広まり、ウィーンやベルリンで三月革命が起きた。

はじまる章が多くて嬉しくなる。もちろん当時の議論の的になっていた問題をもっとよく知らないとわからなそうな部分もあるし、すべてをうまく飲み込めている自信はないけれど、気になった箇所にふせんを貼って読み進めていく。次の章は「嵐の後」。最初の「二月二十四日」という日付に一瞬どきりとする。二〇二二年二月二十四日――この数ヶ月、ウクライナ侵攻開始の日付を目にしない日はなかった。でもそうか、二月二十四日は二月革命が始まったさなかでもあったんだな……。

いま起こっている戦争を意識したこの箇所から先、『向こう岸から』は不思議なほど現代にリンクしてくるようになった。いや、僕の意識のほうが現代のことを同時並行で考えはじめたっていうほうが正確なんだろうけど、読んでいる感覚としてはゲルツェンがこっちに来てくれたような感じがしたんだ。

二月革命から臨時政府、総選挙を経てパリは激動に呑まれていく。労働者たちの請願と請願の却下、そして民衆の蜂起。人々の決意と不安が渦巻く街……。六月二十六日の夕刻、一斉射撃の音を耳にしたゲルツェンは友人たちと目を見合わせ、「軍が民衆を銃殺しているんだ」と気づいて一同は言葉を失くす。身の毛もよだつ劇的な瞬間だ――「このような瞬間のゆえに憎しみは十年に及び、復讐の念は生涯続く。このような瞬間を許す者たちに災いあれ！」……。四昼夜にわたる殺戮。数千の死者。ゲルツェンは考え続ける。自分たちはロシアの暴力的な専制と西欧の文明とを対比してきたが、西欧の近代化した文明を持つパリでもやはり国家がこんなふうに無惨に人を殺していくなんて……。人間の尊厳、言論の自由、求めていた信念、個人の尊重……そのすべてを、六月の殺戮に対して感じた「このような衝撃を体験した以上、生身の人間が今まで通りでいることはできない」という苦悩が貫いている。惨状を目の当たりにした痛みは、人の思考を変えてしまう。どうしたら憎しみを止められるのか、どうしたら血を流さずに社会を変えられるのか、どうしたら人の痛みを蔑《ないがし》ろにせずに思想を形成できるのか……。僕は夢中でふせんを貼っていく。

一八四八年のパリを思い浮かべながらも絶え間なく、本のなかのゲルツェンに手伝ってもらうような心持ちでいま起きている戦争を思う。嘘みたいだ。ウクライナという文字を見ただけで思考が止まってしまいそうだった自分が、いままで目を背けなければ耐えられなかった多くのことを正面から考えられている。まるでゲルツェンが身代わりになって痛みを引き受けてくれているみたいな感覚に浸りながら本を読み終えると、手にした文庫はブルーグレーのふせんが無数に生えたハリネズミみたいになっていて、顔をあげると窓の外はしんと暗い。

ぐう、とお腹がなる。そういえばここんとこ空腹ってあんまり感じていなかった気がする。立ちあがって閉め忘れていたカーテンをひいて、ほとんどからっぽの冷蔵庫を開け、冷えた麦茶をコップに注いで一気に飲み干す。この力強さはなんだろう。戦争が始まってから感じ続けている不安が解消したわけでもないし、希望が生まれたってのとも違う。だけど、麻痺したみたいに止まったまま途方に暮れていた思考回路が動きだしてくれた。「考えることができる」って、それだけでこんなにありがたいことだったんだ……。

授業の日。はりきって朝早くに家を出る。あの本を「体験」するって、どんな感じになるのかな。バスを降り、スマホでゲルツェンを検索しながら校舎に向かう。「ロシア社会主義思想の父」とか「フェミニズムの先駆者」とかいったフレーズが目に入ってくる。授業開始の十五分前に教室に入り席につき『向こう岸から』をひらく。けれどもすっと「体験」に吸い込まれるあの感覚はまだ訪れない。かわりに、さまざまな時代の特徴を分析する箇所がやけにくっきりと目に留まる――社会を良くしようとする精力的な人々の考えが社会の目指すところと一致して改革が進む時代があり、その社会改革の動向が継続されているゆるやかで緩慢な時代があり、そしてもうひとつ、暴力や虚偽や残虐が露呈し人間の尊厳の喪失が大多数の人々の一般的な行動規範となる恐ろしい時代というものもある……。

その表現におのずとニュースの戦争映像が重なる。繰り返される暗い時代……。

かたん、と前の席の椅子がひかれて目をあげると、黒いカーディガンを羽織った新名《にいな》が僕を見下ろして、

「おはよ」

と微笑んでいる。

「お、おはよう」

思わずどぎまぎとしながら、椅子に置いた鞄からペンケースと辞書を取りだしている新名を見上げる。そうだ——と僕は思いたち、

「あのさ、先週の帰りってバス停のとこで会ったよな」

と訊いてみる。『白夜』をやった日の夜に感じた「ぜんぶ幻じゃないか」という迷いは、次の朝起きてみれば「いくらなんでも考えすぎだ」という結論に至ったのだけど、それでも本人に訊きたい。このさい変なやつだと思われてもいいから、あれが現実だったのかどうか確かめたい。新名はきょとんとした顔で僕を見て、

「なあに、記憶喪失ごっこ？」

と返して笑う。新名はなぜだか人の質問に正面から答えないことが多い。いまの返事も

イエスかノーかの答えではないけれど、どこか幼さの残るその声があの日の記憶とぴったり重なり、ああ、大丈夫だ、と思う。あのとき、僕は確かにこの声を聴いていた。この声を捏造するなんて僕にできるわけがない。

「あ、さいきんもの忘れがひどくてあの日は何曜日だったかなって……」

と苦しいいいわけをひねりだそうとしていると、突然ばさっと目の前が暗くなったと同時に、入谷《いりや》の「はよー」という声がする。挨拶がわりにお気に入りのバケットハットを人の頭にかぶせてくるのは、機嫌がいいときの入谷の悪い癖だ。僕はかぶせられた帽子をむしりとって入谷の頭にかぶせなおし、もう前を向いてしまっている新名と、校門のところで配っていた反戦集会のビラを机の上に置いて席につく入谷を上目遣いで交互にうらめしく眺める。くそーせっかく話せてたのに、化けて出てやる……と冗談混じりに思っていると、教室前方のドアがひらいて枚下《まいした》先生が入ってきた。先生はほくほくと頬を紅潮させて、

「今日は若干イレギュラーでして、プレゼントがあります」

と、どっさり抱えてきたコピー用紙の束を配りはじめた。そして配りながら、

「ゲルツェンに入りやすいように、私が翻訳した資料をピックアップして印刷してきたので、目を通していただきたい」

と説明し、みんなの手に資料が行き届いたのを確認して教卓に両手をつき、

「では、いってらっしゃい」

とにっこり笑う。いつもの十倍はあるプリントの束に目を落とし、本とどちらを先に読んだらいいのか質問しようと思ったその瞬間、立ちくらみに似た感覚とともに心に重い鉛のようなものがのしかかってくる。目をあけると僕はベッドに横になっていた――

一八四八年の革命から二十年あまりが過ぎた……旧世代の知識人は「自由、平等、友愛」を夢みていたが……結局のところ、個人の自由の代わりに国家の自由や民族の独立を享受することで反動と妥協してきた……。けれども残念なのは、平等の代わりに種族の格差が、友愛の代わりに地形的境界によって隔てられた民族間の憎悪が生まれてしまうだろうことだ……。

ずしりと胸が重い……。『向こう岸から』の時代から二十年も経っているということは、いま頭に流れ込んできているのは晩年のゲルツェンの思考だろうか。ベッドのわきにある窓から差し込む木漏れ日が目に刺さる。カーテンをひこうと手を伸ばし、自分の乾いた手の表情に驚く。

ああ、だけど別の——遠い昔の記憶もある。目を閉じてすぐまぶたの裏に浮かぶのは、一八二五年のデカブリストの乱から二年後に、イリヤとともにモスクワの雀ヶ丘にのぼった[†24]ときのことだ……（あ、今回のイリヤはゲルツェンの親友ニコライ・オガリョフに化けてるんだな）。僕たちはまだ十四、五歳だったかな……。ふたりともまだあどけない。頭のなかにはこれから目指すべき未来が駆けめぐっている——農奴制と専制の廃止を、憲法の制定を……。夕陽が僕たちを照らしだす。息を切らして頬を染めて丘に立ち、汗をぬぐう。沈む夕陽に教会の丸屋根が輝き、街は丘のふもとからどこまでも広がり、爽やかな風が吹きつける。しばらくそうして立ちつくしたのちに、僕らは互いに肩を寄せあい、不意に抱き合って、誓った——「僕らはこの闘いにすべてを捧げよう」と。芝居がかっていると思われるかもしれないけれど、僕はいまでもこのときのことを思うと泣きそうになる。本気だったからだ。僕たちはそれを一生かけて証明してきたつもりだ。人間の尊厳を。言論の自由を。農民に体罰を与えない社会を。たとえすべては阻まれる運命にあったとしても……。

†24　雀ヶ丘の誓い——1827年（ただしゲルツェン本人は26年と記している箇所がある）、少年時代のゲルツェンとオガリョフがモスクワを見渡せる丘にのぼってたてた誓い。1978年にはこの場所に記念碑が建てられた（現存）。

それから……あれは一八三九年十二月十八日のペテルブルグだ……。僕は二十七歳だった。劇場で『ハムレット』を観て感激のあまり涙ぐむどころか大泣きして、家に帰ってすぐに妻に宛てて「ハムレットは恐ろしく、偉大だ」と手紙を書いた。髑髏《どくろ》を手に「このへんに唇があったのに、いまはどこにいった？」と語るハムレットの面影が目に焼きついていると……。そして妻からの手紙を読み返した。愛の息づく手紙を何度も、何度も……。そのことも手紙に書いた。もともと、手紙は僕と彼女をつないでくれた特別なものなんだ。

妻とはその一年半ほど前に結婚していた。僕たちはいとこ同士で、ふたりとも実の親ではなく親戚のもとで育てられ、それぞれに孤独と親しんでいた。五つ歳下の彼女の存在は以前から知ってはいたけれど、それまでは妹みたいに思っていた。僕と彼女をほんとうに近づけたのは流刑地シベリアで交わした手紙だった。あのとき……一八三四年、まずオガリョフが「皇帝を誹謗する歌をうたった」という事実無根の罪で逮捕された。それから僕が逮捕されるまでの短いあいだに彼女と親しく話す機会があり、彼女がとても賢く（賢いといっても単に知識ゆえの頭のよさというより、心が賢い、とでもいう感じだ）僕たちの考えを深いところで悟っているのが伝わってきて、僕はかけがえのない友を得たと嬉しくなった。流刑地へ送られることになっても、文字通り直前まで彼女に手紙を書いていた。

流刑地とモスクワで手紙を交わしているうちに、妹のように思っていた彼女への想いは類をみないほど崇高なものへと変わっていった。だけど僕たちの変化に目ざとく気づいた彼女の伯母が、思想犯となった僕との関係を許すわけにはいかないと、彼女にしきりにほかの縁談を勧めた。そうした外からの邪魔だけではなく、内面的にも僕は悩んだ。現代の社会における男女関係の不均衡に目をつぶりたくはなかった。それに、相手を完全に自分のものにしたいという欲望は愚かなものだともわかっていた。気がおかしくなりそうだった。その正気を失いそうなほど混沌とした感情のひとつひとつを懸命に言葉に託して手紙に書き並べた——これは地上の愛と友情のあいだにある特別のものだ。君が僕に抱いている感情だって、それが単なる友情だなんて僕は信じない、と。彼女は、「あなたに対して抱いているのは最も崇高な友情で、愛のためにはあなたよりも良い人を見つけなければならないはずだけれど、そんな人は決して見つかることはないでしょう、でもあなたへの愛より大切なのは神への愛です」という返事をよこした。社会に認められないことはすなわち神に背くことだという教えは広く浸透していた。ところがなおも手紙を交わすうち、なにか説明のつかない力でもはたらくかのように、僕たちの言葉ははからずも次第にその、最も崇高な領域に近づいていった。僕は現地で関係を結んだ婦人のことも自分のなかにある思想的な迷いも彼女への消えない想いも、なにもかも隠さずに書いた。このころの僕はおそらく生涯でいちばん、超越的な存在を傍らに感じ続けていた。

彼女と結婚してからは、ますます女性がおかれた社会的立場について真剣に考えるようになった。こんなに賢く才能のある娘が「家庭に尽くす」以外の選択肢を持てないなんておかしいじゃないか。だけど社会に根ざした規範は彼女の心の奥にも浸透している。僕は彼女に手紙を書く――「君は自分の、ものを書く才能に気づいていない、愛と信仰に育まれた君の言葉は、僕の書いているあらゆる雑誌記事なんかよりもずっと崇高だというのに」。けれども彼女はかたくなに答える――「私には才能どころか能力すらありません、あったとしてもとうに潰されてしまって日の目をみることはありませんでした」と……。

それもいまになっては懐かしい思い出だ……。西欧に出てからは彼女を知識人サロンの中心にさせようともしてみたけれど、人見知りの彼女には向かなかった。だけど僕たちは一緒にたくさんの本を読んだ……ゲーテやシラーを、ジョルジュ・サンド[†25]を……。

僕たちが訴えてきたことをひとつひとつ思い返す。現代はあのころの僕たちが描いた未

†25　ジョルジュ・サンド
（1804–76）作家。ショパンとの交際関係でも知られる。代表作に『魔の沼』『愛の妖精』など。

来からはほど遠い。世界は反動を繰り返し、争いをやめようとしない。しかしそうであるならば、いつの日かまた僕たちが考えたことを考え直すときがくるのかもしれない。ちょうど僕たちが前世紀の本から刺激を受けて現代の問題を見つめる手がかりにしたのと同じように……。

　青く茂る若葉の隙間から差す光が老いた目に沁みて目を閉じると、まぶたがじんわりと熱くなる。頬をつたう涙の意味が絶望なのか希望なのかがわからないまま目をひらくと、僕は同じような陽の光が差す空間に——いつもの教室にいた。

「ゲルツェンは作家であり思索家でもあり出版人でもあるわけですが」

と、枚下先生はいつもより静かな声で話しはじめ、僕は慌ててシャツの袖で涙を拭う。

「いかがでしょう、みなさんの感じたゲルツェンはどのような人でしたか」

と問いかけて教室を見回した。最前列の男子学生が手を挙げる。社会学部からきている熱心な聴講生だ。

「僕はゲルツェンをロシア最初の社会主義者と認識してたので、西欧とロシアの対立とか民衆本位の視座とか、のちの思想家や革命家に与えた影響とかに興味があったんですけど、すごいですね。ゲルツェンは、社会主義もいずれ発展すればそのうち保守主義と同じくらい極端で凝り固まった体制になって、それに抵抗する新しい力が出てくるだろうってところまで考えててびっくりしました。それで思ったんですけど、僕たちがふだん社会主義っていわれて漠然とイメージするものって、あたりまえですけど二十世紀以降に作られた印象でしかなくて、ゲルツェンが書いている当時の専制君主制の社会構造の問題点には現代にも通じるところがたくさんあるし、社会主義とか自由主義とか共和主義とかいう概念については、まず現代的な理解をいったんカッコにいれたうえで、ゲルツェンが言わんとしてることを探っていかなきゃいけないんじゃないか、と思いました」

枚下先生はうむ、と大きく頷き、

「大事な心構えから入ってくれましたね。そもそもゲルツェンは人がなにかしらの大義名分によって思想が硬直的になって生身の人間が見えなくなり、肝心の人間のほうが虐《しいた》げられるような構造に対しては極めて批判的でした。なに主義であれ、それがある社会において規範として神のようにあがめられるようになれば、その立場を唯一絶対だと主張する者たちが、人の命すらたやすく殺《あや》めるようになる。しかもそれは『正義』としておこなわれるだろうと。だからこそ『完成度の高い理論』と『人間』ならば迷わず人間のほうを選ぶ。

そこがゲルツェンの魅力でもあり、教科書的な解釈の範疇にはなかなか馴染まないところでもあります」

と返す。入谷が手を挙げながら、

「人間が先ってことですか？　『にんげんがさき、主義は後。りくを』[†26]みたいな」

と真面目な顔で訊く。枚下先生はふにゃりと苦笑いし、

「その表現にはちょっと飛躍がありますが、言いたいことはわかります。ソ連時代の一九六〇年代末、いわゆるプラハの春以降に体制批判と改革の文脈で『人間の顔をした社会主義』という標語とともに言論の自由を求める運動が広まった時期がありました。昔からよく考えるんですが、もしゲルツェンが二十世紀後半から現代にかけて生きていたらまずはソ連の問題点を鋭く批判したでしょうし、ソ連崩壊後のロシアで再編成された強権の下で虐げられた人々の痛みも汲みとってくれただろうと思います。そうそう、実際に六〇年代当時から反体制派として活躍していたウラジーミル・ブコフスキー[†27]は、十五歳のときにゲルツェンの『過去と思索』を読んで、その観察眼の鋭さと自由にものを

†26　相田みつをへのオマージュ――「にんげんはねえ／人から点数を／つけられるために／この世に生まれて／きたのではないんだよ／にんげんがさき／点数は後／みつを」

考えることのできる能力とに多大な感銘を受けたと語っています。ブコフスキーは私よりひとまわり上の一九四二年生まれで二〇一九年に亡くなってしまいましたが、ロシア現政権の強権政治にも最期まで強く反対していました。十五歳でゲルツェンに感銘を受けたのは、だてじゃなかったんでしょうね……」

と、懐かしそうに目を細める。「ものを考えることのできる能力」と聞いて、予習で読んだときの感覚を思いだす。確かに僕も「読んだ人の目をひらかせてくれるような思考だ」と思った。プリントにはトルストイがゲルツェンについて、内なる発電機を持ったような人物だと知人に語っていたという言葉も載っている。かかわった人が自分の頭で考えたくなるような、人にエネルギーを与えることのできるような人物。でもそうだとしてもそれってどういう類の能力なんだろうと考えていると、目の前の新名が手を挙げる。

†27　ウラジーミル・ブコフスキー（1942–2019）人権活動家。第二次世界大戦中に疎開先のバシキールに生まれる。少年時代にフルシチョフのスターリン批判演説を聞いて衝撃を受け、ゲルツェンに倣い人権活動を決意。モスクワ大学に入学するが反体制活動に参加し大学を除籍。地下出版活動をしながら政治犯の問題に取り組み幾度も逮捕される。1976年に亡命、のちイギリスに定住しケンブリッジに学ぶ。ソ連崩壊後の1992年にはモスクワ市長候補に推薦されるが辞退。その後長らくプーチン体制に反対する政治活動を続けていた。

「個人的には、ゲルツェンの文章がそういう効果をもたらしてくれるのは、矛盾を直視したうえで考えを詰めていくことを恐れないからかもしれないと思いました。社会の矛盾はもちろんですが、自分自身のなかにある矛盾もそうだと思います。たとえば若いころは、いっこうに改善しない民衆の苦しい立場を思って西欧近代文明に憧れていたんですよね。でもいざパリで二月革命の混乱に遭遇したことで、それまで思い描いていた文明とはまったく違う残酷な現実を見ることになって、ゲルツェンも、狂気に陥るか、知ることの苦悩に耐え続けるかというくらいに追い詰められるけれど、結局、知ることや考えることは放棄しない。いつでも周りより『弱い立場の人』がどこにいるのかを知ろうとして、その結果それまで考えていたことと矛盾していたら、いったんは頭のなかで対立化させていた概念同士を、それらの関係性そのものから捉えなおしていく。現代的な意味での『二項対立を崩す』っていうのとは少し違うと思いますけど、ゲルツェンにはそういう、自分の思い込みがどこにあるのかを常に省みるような頭の柔らかさがあったんじゃないかなって。いつまでもそういうふうに考え続けるって、誰にでもできることじゃない気がします」

　さらに数人がたて続けに手を挙げる。枚下先生はみんなの質問に答えながら、国民国家の問題点などゲルツェンが先駆的に論じたテーマは非常に多くあることを指摘する。そういえば「国家」っていうのも初回の授業でキーワードにあがっていたな。でもゲルツェンは国家を語るときもほかのすべてを——それこそキーワードにあった愛とかそういったものを同時に考えている。理性と感情を同時に進行させていくような思考、というか。

最後にドストエフスキー作品が好きだという三年生が「会話の内容がドストエフスキーの登場人物の会話に似ている」と発言すると、枚下先生は「もちろんです」と頷いて、

「ドストエフスキーは非常に熱心にゲルツェンを読んでいましたからね。とりわけこの『向こう岸から』と、ほかにも『フランスとイタリアからの手紙』と『誰の罪か？』あたりは、ドストエフスキーを研究するうえでも欠かせません。ゲルツェンを読まずしてドストエフスキーを語るなかれ、といっても過言ではない」

と語気を強めた。

授業が終わり入谷と一緒に食堂に向かう。屋外の席で新名が友達とパンを食べているのが目に入る。「心が賢い」女の子……。ゲルツェンの妻はナターリヤという名だったけど、僕の体験のなかの彼女はもちろん新名だった。もし新名とあんなふうに手紙を交わすことができたら、僕はいったいなにを書くだろう。

昼どきの人の流れに押されるようにして僕と入谷はのろのろと列に並び、皿をひとつず

つ受け取ってトレーに載せていく。ごはん、アジフライ、豚汁、きんぴらごぼう。運よくふたつ空いた席を見つけて並んで座り、

「ゲルツェンがいま生きてたら、なにしてたかなあ」

と言ってみる。入谷は「湯《ゆ》浦《うら》はあいかわらず真面目だねえ」とにやつきながらも、

「少なくとも学食の百円朝食は激賞して定番メニューにしてくれたんじゃね？『貧しい学生にごはんを食べさせてえらい！』って」

と答えて大盛りの竜田丼をすごい勢いでかっこんでいる。僕は、

「じゃあ言論の自由は？」

と訊きながら、考える。ほかの授業でもやったけど、ロシアの言論規制はひどい状態だという。近年の状況は悪くなるばかりで、とりわけ戦争を前にした二〇二一年はあらゆる自由なメディアが残された場を次々に奪われていく年だった。そしていま、二〇二二年の開戦とともに弾圧は歯止めがきかなくなり、報道の規制どころか一般市民のスマホの中身を街頭で警官がチェックするなんていうこともおこなわれているらしい。あ、警察権力の肥大ってのもゲルツェンの本にあったな……。

「たぶんネットで活躍しただろうね。報道サイトとかユーチューブの『鐘』チャンネルと

か作って」

「あ、確かに。語学もかなりできたみたいだし、各言語版も充実してそう。でもいまはネットも規制が強まってて、ロシア独自の回線に切り替えるって話もあるって聞いたけど」

「まじで鎖国じゃん」

入谷は猛スピードで食べ終えたどんぶりをわきによけてノートパソコンを取り出し、

「すまん、次の授業発表担当なんだけど準備が終わってなくて、やばい」とパワポを起動する。

「ぎりぎりだなあ」

「崖っぷちで生きていたいんでー」

ネットで調べた画像をスライドに埋め込んでいく入谷を横目にアジフライをかじる。

「鐘」チャンネルってのはいいな。こんなに情報が溢れている現代だけど、だからこそどの情報をどのくらい信じていいのかわからずに戸惑うこともある。戦場についての衝撃的な映像が実は捏造だったとか、何年も前の別の場所のものだったとか、そういう類の話もあるし、戦争に限らずそもそも似通った多量の情報の海にさらされ続けていること自体にも、溺れてしまいそうな不安が常につきまとう。でもゲルツェンだったら信頼できる媒体を作ってくれるかもしれない。あらゆる方面の「弱い立場の人」を決してとりこぼさないような……。

なんかそういうことって僕たちにもできたらいいけど無理かな、と考えていたところで、入谷が「保存中、あと三十秒」と表示されたパソコンの画面を見つめたままぼそっと、

「やりたいよな、『鐘』チャンネル」

とつぶやく。

「ユーチューブ？」

「じゃなくても、なんかこう自由にいろいろやれて、人が集まってくるような」

「うん、なんかできるかな」

「できるんじゃない？」

なにができるかなんてさっぱりわからないのに、入谷にあっけらかんとそう言われるとほんとうにできるような気がしてくる。

「でも、いまできることっていったら勉強会とか読書会とか、同人誌とか？」

「もうひとひねりほしい」

入谷が朝から持ち歩いているビラが目に入り、手にとってひらいてみる。反戦集会……

ひとひねりってこういうことか？　勉強会や同人誌よりはもう少し能動的に社会とかかわりが持てるような、なにか……。もう少しでそのなにかを思いつきそうな気がしながら定食を食べ終え、僕たちは食堂を出る。

「わりい、教室行ってこれやるわ」

入谷は歩きながらパソコンをショルダーバッグにしまい、向かいの棟に走り去る。僕は屋外のベンチに腰掛けてもういちど文庫本をとりだし、ふせんのついたところを拾い読みする——血と狂乱の残忍な出来事は、人を無気力で視野の狭まった状態にしてしまう。感覚が鈍って無自覚に攻撃的になった者が増え、苦痛の声がこだましていく。ゲルツェンは遠くから聞こえてくる呻き声にも、決して耳をふさぐことができない。人の苦しみを視野の外に追い出すことができない。新名が言ったように「矛盾を直視することを恐れない」で「周りより弱い立場の人」のことを考え続ける……。そんな生きかたができるだろうか。入谷なら「できるんじゃない？」って言うかな。そういえばさっきの僕たちの「鐘」チャンネルの話はなんとなく雀ヶ丘のゲルツェンとオガリョフみたいだったんじゃないか？　いや、あんなにかっこよくはないし、入谷は生涯どころか次に会ったときには忘れてしまっているかもしれないけど、「できる」って言ってくれるやつが身近にいるって、心強いもんだな。オガリョフはゲルツェンに負けず行動派で、相続した土地をすぐに二束三文で手放して学校や工場を作って人のためになることをしようとするんだけど、見事に失敗して、結局ロンドンのゲルツェンのところに転がり込むんだっけ。計画性がいまいちないところは入谷に似てるかもしれない。

ひらいていた本に急にかげりがさす。水滴がぽつりと頬にあたり、見上げると黒い雲が空を覆っている。あ、予報だと雨が降るんだったと思いだして本を閉じ、急ぎ足で三限のある棟に向かうが、またたくまに勢いを増す雨にシャツが濡れていく。

校舎に入りリュックからハンカチを出してばさばさと水滴を拭う。ふと自分の手に目が留まる。まだなんの労働も知らない白く頼りない手に、さっき「体験」した晩年のゲルツェンの乾いた手の記憶を重ねてみる。あのとき感じていた胸の重さ……。もし少年時代に感じた社会への改革の想いを生涯をかけて貫いた先の未来が、打ちのめされてしまうほどひどいものだったら……。じゃあ、あのときのゲルツェンは無念だっただろうか？

三限の教室に入り席について窓に流れる雨水をながめる。

いや違う、無念なんかであってくれるな、と僕は思う。前回の……『白夜』の主人公がいくら本を読んでも孤独の殻に閉じこもるばかりだったのは、それがいかなる行動にも結びつかなかったからだ。そんな生活を「罪」だと感じていながらそこから抜け出せないいなんて、さぞつらいだろう。ゲルツェンの思索が力になる理由のひとつは読む人に行動を促すからで、心の奥底から湧いてでるような、思考と衝動とが結びついた意欲に基づいて自らの人生の舵を握れるのなら、それだけで、たとえ思うようにいかないことがあったとしても、きっとずっと幸せなはずなんだ。

雨はいっそう強くなる。二限の教室を照らしていた陽はゲルツェンの部屋に差していた木漏れ日と同じ太陽で、地球が百五十回くらい太陽のまわりを巡ったあとでも変わらずに僕たちを照らす。いつかロンドンに降っていた雨もまた、川になり海に注ぎそして重たい雲になり、落ちてきて僕たちに容赦なく降りつけている。

繰り返す歴史のなかで、ゆるやかな惰性と抑圧の時代の次に訪れるのが「暴力や虚偽や残虐が露呈し人間の尊厳の喪失が大多数の人々の一般的な行動規範となる」恐ろしい時代だとしても……そうした時代が晩年のゲルツェンの胸に重くのしかかっていたのだとしても……いまの僕はそのゲルツェンの思考に助けられて、ようやく歩きだすことができる気がしている。ゲルツェンの声は、「向こう岸」から、おそらくは彼自身が目論んだよりもはるか遠くの「此岸《しがん》」に——いまここにいる僕のもとに、確かに届いたんだ。

第五講

悪魔とロマンティック

——ミハイル・レールモントフ『悪魔《デーモン》』

ミハイル・レールモントフ（1814–41）

モスクワの貴族の家庭に生まれる。早くから詩を書き始め、ペテルブルグの士官学校を卒業し近衛士官となる。プーシキンの死に際して書いた「詩人の死」によって名を知られ、抒情詩、劇詩、散文などを書いたが、元同級生のマルティーノフとの決闘によって26歳で死亡。代表作に『現代の英雄』『ムツイリ』『悪魔』など。

『悪魔《デーモン》』

邦訳は『デーモン』前田和泉訳（エクリ、書影）、『ムツイリ・悪魔』一條正美訳（岩波文庫）など。一八二九年、十四、五歳のときに着想を得たのち、大幅に改訂した。生前は活字になっておらず、朗読会や手稿の形で読まれていた。画家ミハイル・ヴルーベリによる絵画化作品は広く知られ、二十世紀初頭の文学にも多大な影響を与えた。

今回の課題図書はミハイル・レールモントフの『悪魔』だ。あ、これも物語詩か。プーシキンの『盗賊の兄弟』よりは長そうだけど、原文もコピーしておこう。

レールモントフのことは少しは知っている。レールモントフは二十六歳で死んだ。プーシキンの三十七歳も若いけど、二十六なんてまだ人生が始まったばかりだ。でも早熟なレールモントフは十代のころから詩を書いていたという。注目を浴びるのは、プーシキンが決闘で倒れた直後に「詩人の死」という詩を書いてからだ。この詩はプーシキンの死が単なる個人的な諍《いさか》いの結果じゃなく政治的に仕組まれた企てだっていう告発[†28]になっていて、もちろん当時は活字にできなかったけれど、手書きの写しで広まった。ちなみに一説によるとレールモントフは「プーシキンが決闘で倒れた」と耳にした日の夜、厳密にはまだ息をひきとっていないうちに「詩人が死んだ」と詩に書いていたらしい。なんだか不謹慎な気もするけど、不吉な予感が的中して書かずにはいられなかったのかな。そういえば伝記についてはあんまり知らないや、と思って『世界文学小辞典』をひくと、レールモントフは幼児期に母を亡くして祖母にひきとられたのち、祖母と父との不和など

†28　プーシキンは1837年にダンテスとの決闘によって死亡。表面上は妻ナターリヤをめぐる社交界での侮辱を理由とした個人間の決闘とみなされたが、その裏には政治的な企みがあったとされる。

によって「性格をそこない、わがままで奇矯でシニカル」な人物に育ったとある。のっけからずいぶんな言われようだ。同時代の人がそう書いてるってことだろうか。

本棚にある岩波文庫は『ムツイリ・悪魔』と二作が一冊になっているけれど、僕は『ムツイリ』のほうしか読んでいなかった。文庫本を抜きとってベッドに横になり、めくりながら記憶を辿る。ムツイリっていうのはグルジア語で勤めに出ていない修道士のことで、ずっと修道院にいた少年が脱走してわずか三日のあいだ自由を謳歌する話だ。この「自由」というテーマをはじめとして、レールモントフの作品にはプーシキンが扱っていた題材を受け継いで発展させているようなものも多いんだよな。創作上の師弟関係ってとこか。

悪魔を題材にした詩もやっぱりプーシキンが先に書いていて、ロシア語の授業で読んだことがある。前半で、自由や愛や芸術が心を満たす人生の幸福なひとときが描かれたのち、後半ではしのびよる悪魔に刺々《とげとげ》しい言葉で心に毒を流し込まれてしまう心境が描かれる。悪魔は愛も自由も信じず、理想をばかにして、人生をただ傍観し冷笑するばかり。

プーシキンの「悪魔」は、悪魔という抽象的な存在についての王道の解釈っていうのかな。人が生きる気力をなくして、素朴な愛情が心から湧きあがってくるのがどんな感覚なのかさえも忘れてしまったようなときに、「ああ、これは悪魔の仕業だな」と考える。そういうときの心の動きそのものを描いている感じだ。

　ところがレールモントフの「悪魔」はだいぶ違って、悪魔がもっと具体的な意志と心理を持った個別的な存在のように描かれている。かつては天使《ケルヴィム》だった彼は天国を追放されて堕天使《だてんし》に――悪魔《デーモン》になり、罪深い大地の上を飛びまわる。悪魔はべつだん楽しくもないのに数々の悪事をはたらくけれど、誰に邪魔されることもなく、いつしか悪事に飽き飽きしてしまっていた。出だしからいきなり「悪事に飽き飽きして」いる悪魔なんて、すでに悪魔としてちょっとおかしい。

　悪魔は、コーカサスの山の上を飛んでいるときにある女の子をみつける。するとその瞬間に胸が高鳴り、天使だった時代の感覚を一気に思いだす。まだあどけなく笑うその女の子はもうすぐ結婚する予定で、婚礼の支度が進められていた。悪魔はまず、彼女のもとへ馬で急ぐ婚約者の胸をやましい思いで満たす。すると彼は礼拝堂で祈る慣習を無視して先を急ぎ、花嫁へのキスを思い描いたのち、賊《ぞく》に襲われてあえなく殺されてしまう。馬は婚約者の亡骸を乗せて女の子の家に辿りつく。女の子は深く嘆き悲しむ。

　泣き続ける彼女に、悪魔は天使だったころの心で彼女をなぐさめようとささやきかける。

「泣かないで。大丈夫だよ、彼は遠く天国の優しい光に包まれている。君が泣いたってただその澄んだ瞳が曇るばかりで、もう彼には届かない。だから泣くのはやめなさい」と。でもしょせんは悪魔だから、その声に惹かれるほど彼女の心はますます暗くしめつけられ、ときおり耐えきれないつらさに声をあげて泣くと、通りがかりにそれを聞きつけた人は「あれはおそらく洞穴に閉じ込められた山の霊のうめきだ」と思うほどだった。

　読み進めるのが苦しくなって、そっと本を閉じ枕元に置く。ヒロインに新名《にいな》を重ねるのはもう習い性のようになってしまっているけれど、苦しいのはヒロインの苦悩を慮《おもんぱか》っているせいだけじゃない。恋慕う相手に想いを伝えるほどにその人を苦しめてしまうなら、悪魔はどうしたらいいのだろう。

　プーシキンの回のときに入谷《いりや》が持ってきたみたいな朗読音声も探せばあるんじゃないかと思いたってスマホで検索すると、いくつかの音声ファイルがヒットした。そのひとつを再生して、毛布から手を伸ばして天井から長く垂らした紐をひっぱって電気を消し、目を閉じる。薄闇に音が流れはじめる。

　再生した音声は朗読だけじゃなく効果音も入ったラジオドラマで、背景にずっと低音で風の唸る音が入っている。ああ、こういう感じか。音ってすごいな。雪を頂いた山岳地の上を飛ぶ感覚が伝わってくる。吹き抜ける風になった気分だ。眼下には雄大な自然がどこまでもひらけている。そのまま山から山へ、豆粒のような人間たちの営みを見下ろして飛び続けるうち、川で水汲みをする彼女の、ひときわ鮮やかに輝く姿を見つける。朗読のロシア語が完全に聞きとれるわけじゃないけれど、さっき読んだばかりだからどこを読んでいるのかはわかる。たたみかける詩のリズムの心地よさにうとうととし、なおも音に身を任せる。

彼女は僕のささやきに思い悩み、もう誰とも結婚しないと心に決め、修道院に入っている。高い塀に囲まれて、静かに暮らそうとしている。けれどもどこに行こうと僕は彼女を離しはしない。彼女は聖者たちに祈ろうとしても、知らぬまに僕に祈っている。僕は夜更けに床についた彼女の耳元でささやき続ける。そうして僕とのたたかいに疲れた彼女は、とうとう声を聞きとどける。彼女は知ってしまった——熱に浮かされるように枕が熱く、息は荒く、躰《からだ》は抱擁を求めて乱れ、唇はキスを……。

パンツに湿った感覚があり、続いてカーテンの隙間からまっすぐに僕の目をねらってきた朝の光がまんまと目に突き刺さる。まぶしい。

時間を見ようとスマホの電源に触れるが、画面は真っ黒なままだ。ああそうか、昨日音声を再生したまま寝ちゃったのか。スマホを充電コードにつなぎ、眼鏡をかけて机の上の時計を見ると、まだ六時だ。なにかを忘れているような、妙にすとんとした気持ちでふとんをはねのけようとして、ぎくりとする。あ……。

ベッドの上でパジャマと下着を脱ぎ、すっぱだかで洗面台まで歩いていって下着をすすぎ、脱いだ服と一緒にとなりの洗濯機に放り込んで蓋を閉めスタートボタンを押す。そのまま風呂場に直行して熱いシャワーを浴びてかきむしるように頭を洗い、ジーパンとシャツを着てカフェオレを淹れ、コンビニのチョコスティックパンをかじったところで洗濯終了の電子音が鳴る。手早くベランダに洗濯物を干し、いてもたってもいられずにリュックをつかんで外に出る。歩くにしても早すぎる時間なのはわかっているけど、家にいたくなかった。

梅雨入り前の突き抜けるような青空が広がっている。外の空気ってこんなに爽やかなものだっけ、とまるで何年も牢屋にいた囚人のような気持ちで深呼吸をする。はたから見たらさぞかし間抜けな顔をしているんだろうな。ありとあらゆるくだらない考えが頭に浮かんで、なにひとつまともな思考につながらない。鈍器のような罪悪感が胸に沈んでいる。

全身を支配している気だるさが心地いいのがよけいに僕の悪のしるしのような気がする。なにも悪いことなんてしていないのかもしれない。僕はただ課題図書を読んでいただけだ。でも夢というものが願望の現れだとしたら、僕の夢のなかの新名はあまりにも……。

　川沿いの道を歩き、崖を利用した大きなすべり台のある公園の前を通りがかると、早い時間だというのにもう親子連れがちらほらいて、子供たちがはしゃいで走りまわっている。しゃべりながら笑う、子供にしか出せないさえずりのような笑い声が音楽のように流れてくる。ロマン・ロランの言葉に「子供の魅力は音楽のようだ[†29]」っていうのがあったな。大人たちが演奏するものよりも、確実に心に沁みる音楽。

　ふと（授業なんてさぼっちゃおうか）という考えがよぎり、（いやいや、それこそ悪魔のささやきじゃないか）と自分で突っ込んで、思わずへんな笑いがこみあげる。公園の花壇の縁に腰かけて川をながめながら、考えるともなく考える――悪魔のはたらきって、いくつも連動するのかな。色欲の次は怠惰だなんて。でもだとしたら、悪魔になんか負けてやるもんか。それに気が進まないの

†29　ロマン・ロラン『コラ・ブルニヨン』第6章「渡り鳥」より。主人公が、かごいっぱいのビスケットをちいさな両手で抱きかかえてひとつもこぼさずにぴょこぴょこと階段をあがる、くいしんぼうでいたずらでかわいい孫娘の姿を思いだしたときの言葉。

は怠惰のせいじゃない。怖いんだ。今日の授業で自分がいったいどんな体験をするのかが。

それでも僕は意を決して教室のドアをあけた、が、その瞬間「ひゃっ」と叫びそうになる。よりによって新名がひとりで席について『悪魔』を読んでいる。

「なによ、おばけでも見たみたいに」

新名が僕をちらっと横目で見て、冗談ぽく口をとがらせる。

「あっ、ごめん、ほんとにごめん！」

うしろめたい気持ちを隠せず謝る僕に新名は軽く眉をひそめ、

「……？」

と無言の視線をなげかける。

「えっ、いや、あ、綺麗な本だね」

慌てて僕は新名の手にしている本をほめる。僕の持っている文庫とは違う、ヴルーベリがレールモントフの『悪魔』を題材に描いた絵が表紙に使われたおしゃれな本だ。新名は表情をゆるめ、

「うん、このまえ駅前の本屋さんでロシア関連書特集やってたでしょ。ウクライナ関連の時事的な本が多かったけど、この本も混ざってたの。ほら中にも絵があって」

と、パラパラと本をめくって絵を見せてくれようとする。僕は新名の席におそるおそる近づく。甘い鈴蘭みたいな整髪料の匂いがする。教室後方のドアから二、三人の学生が入ってくる。新名は絵のページをひらいたまま、

「でも実はまだちゃんと読み込めてないんだ、先週あんまり時間とれなくて」

とちいさく肩をすくめる。ああよかった、と安心すると同時に、「新名は読まなくていいよ」と言いそうになり、すんでのところで思いとどまる。課題図書だってのに止めるわけにもいかないだろ。だいたい理由はなんて説明するんだ。「えっちな本だから」とでも言うつもりか？　いやそんなことより、なにか新名の言葉に返事を……ええと……。

「おーい」

いつのまにか席についていた入谷が僕の服の裾をひっぱって、

「どーした湯浦《ゆうら》、ゆでたまごみたいに赤くなって」

と、にやにやしている。なんだよ、こいつも悪魔にやられたのか？　新名もつられてくすっと笑う。僕は二人から思いきり顔をそらし、

「ゆ、ゆでたまごは白いだろ」

と反論にもならない反論をしながらリュックを下ろして席につく。そして「あれ、そう

いう言い回しがあったような気がしたんだけど、赤いのってなんだっけ、ゆでだこか。普通に間違えた」とぶつぶつ言ってる入谷をよそに文庫本をとりだし、あてずっぽうにひらく。ええい、こうなったらやけだ。悪魔にでもなんでもなってやる。

僕はもうずっと、彼女の名前を際限なく心の内でくりかえしている。彼女の清らかな心の面影は、はるか昔、僕が穢《けが》れを知らない天使だったころの記憶を呼び覚まし、悪事に倦み疲れた心はふたたび神聖な感覚に満たされている。もう闇を司《つかさど》っていたころのことなんて思いだせない。僕自身も闇から脱却しつつある――いまの僕は闇でもなく光でもなく、明るい夕暮れのようなものだ。彼女がいれば僕は愛そのものにだってなれる。

それでも聖堂に足を踏み入れるのは勇気がいった。どこからともなく歌が聞こえてくる。甘やかな柔らかいメロディー。まるで天上で作られた奇跡のような歌だ。その音色に揺さぶられ、（ああ、懐かしい天使がくるんだ）と感じる。ともすれば旧友は、仲間たちから忘れ去られていた僕を思いだし、なぐさめにきてくれたのかもしれない。初めて知る愛の哀しみと畏敬が僕を満たしていく。涙があふれる。そして目の前に、天使が現れる。

ところが天使は口をひらくなり「どうしておまえがこんなところにいるんだ」と僕を咎《とが》め

た。「立ち去れ。ここはおまえのような邪悪な者のくる場所じゃない。誰も悪意など持っていない。彼女を惑わすのはやめろ」。冷酷な天使にそう疎《うと》まれたとたん、頭がカッとなって嫉妬が心に湧きあがるのを感じ、僕は反射的に腹の底に力を入れて「彼女は僕のものだ！」と叫んでいた。「もう遅い、彼女は僕のものだ。天使《おまえ》に悪魔《ぼく》や彼女を裁くことなどできない。僕が彼女を愛するんだ」と。天使は憐れむような目で僕を一瞥し、空へと消えた。

　彼女はもうずっと前から誰かを待っている。それはほかでもない僕だと告げる時がきた。修道院の寝室に入ると、彼女は僕に気づく。

「……誰？　どこからきたの？　なにがしたいの？」

「君は綺麗だ」

「いいから質問に答えて。あなたは誰なの？」

「かつて真夜中の静けさのなかで、君の心に語りかけ、なぐさめたのは僕だ。僕は誰からも好かれはしない、天の敵、悪の権化。僕は全能で不死だ。けれどもいまの僕は君のしもべだ。君を知って以来、自分の力が急にうとましくなった。人間の不完全さが愛しくなった。君と離れて暮らすのが怖くなった。君がいなければ永遠などなんの意味もない」

「やめて。あなたの言葉は火のよう、毒のよう……。ねえ、どうして私のことが好きなの？」

「どうしてって？　僕にだってわからない。でも君のおかげで僕はこの罪深い頭から荊《いばら》の冠をとることができた。過去のすべてを捨て去ることができた。いまはもう、喜びも苦しみも君のまなざしひとつで決まるんだ。僕の持てる力のすべてをかけて君を愛している。僕はかつて天国にいたときでさえなにかが足りないと感じていたけれど、それはあのころすでに僕の心が君の面影を求めていたからだったんだ。ねえ、僕の苦しみを知ってほしい。すべてを知り、すべてを感じ、すべてが見えていながら、なにもかもを軽蔑し、憎んで生きようとするのが、どんな生きざまだかわかるかい」

「どうして私にそんなつらい話をするの？　あなたは罪を犯したんでしょう」

「君に対する罪じゃない」

「そんなこと、誰かに聞かれてしまったら……！」

「僕たちはふたりきりだ」

「でも神さまは？」

「神さまだって僕たちのことなんか見てないよ、神さまは天国のことで忙しくてね、地上のことまでかまっていられない」

「そう……。あのね、あなたが誰なのかはわからないけど、私はいつのまにかあなたの声を聞くのがひそかな楽しみになっていたの。だけどもしあなたが嘘をついて、私をだまそうとしているとしたら……？　ねえ、どうして私の心なんかがほしいの？　ほかのすべてよりもいいだなんて、そんなことはないでしょう。じゃああなたは、悪とは決別するって誓うことができる？」

「誓うよ、世界の始まりと終わりの日にかけて。君との逢瀬や別離にかけて、天国と地獄にかけて、君の初めての涙と最後のまなざしにかけて、喜びと苦しみにかけて、そしてこの愛にかけて——僕にはもう、復讐心もプライドも虚栄心もない。僕のいなくなった地上は晴れて幸福なときを迎えればいい。愛したい、祈りたい。どうか信じてほしい。僕は君を神聖な存在として選んで以来、手にしていた力など君の足元に放りだしてしまった。この気持ちは決して揺るがない。君はこのままでいたら高い塀に囲まれたまま、情熱も持てずに萎《しお》れてしまうだろう。ねえ、僕は君のために星をとってきて輝く冠を作ろう。紅い夕焼けからリボンを作って君の腰に巻こう。君のまわりを爽やかな香りで包もう。トルコ石と琥珀であでやかな御殿をたてよう。君のためなら海の底にでも雲の向こうにでも行って、地上のすべてを君にあげるよ。どうか、僕を愛してほしい……！」

僕は熱をおびた唇を彼女の震える唇にそっと重ねた。けれどもその瞬間、その心に致死の毒が入り込み、彼女は悲鳴をあげる。その悲鳴にはすべてが込められていた。愛も苦しみも、そして、短い人生に告げる別れも……。

嫌だ。だめだ。そんなことがあっちゃいけない。誰かに内臓をかきまわされているようなぐちゃぐちゃな気持ちで目をあけると、ほんの一瞬、僕は教室の天井のあたりにいた。いや、実際に体が浮いてたわけなんかないんだけど、まるで幽体離脱でもするみたいに、新名や入谷やほかの学生たちや枚下《まいした》先生の頭が見えて、それからすとんと音もなく落ちるように長机に向かって前を見ているいつもの目線に戻った。

な、なんだったんだいまの？　悪魔の体験の名残りか？

「さて問題です」

と、枚下先生は無表情で話しはじめる。

「この物語詩の主な登場人物は、何人いるでしょう」

なんにん？　えーっと、ヒロイン、悪魔、天使、死んだ婚約者、ヒロインのお父さん、で五人。あ、「主な」ってことはお父さんは入らないのかな。

前の席の新名が手を挙げる。ああよかった、と僕はまた思う。新名はちゃんと元気だ。悪魔の毒なんかにやられてはいない。

「……ひとり、ですよね？」

口元に手をあてて考えながら、確かめるように新名は訊く。

「そうともいえますね、ちなみにそう考えた理由は？」

と、枚下先生は返す。（ひとり……？）と僕は内心で首をかしげる。

「いま読んでいてなんとなく感じただけなんですけど、この女の子の人生になにが起こっているかを考えると、そういうふうにも読めるかな、と思いました。婚約者を失って、心に溜まっていた情熱の行き場がなくなって、悲しみと混乱のなかでなぐさめを探すうちに、邪悪な声が聞こえてしまう。そして聞き続けるうちに、声の主が悪魔なのか天使なのかすらわからなくなっていく……」

あ、そうか。プーシキンの「悪魔」みたいに、この話もやっぱりそう読めば読めるようにできているのか……。悪魔が詳細に描かれているからわかりづらいとはいえ、ヒロインの心情がそれだけ入り組んだ複雑なものだと仮定するなら……。そうであればこそ、ヒロインの泣く声が「霊のうめき」に喩《たと》えられているのも頷ける。つまりすべては彼女の心のなかの葛藤を具現化したもので、彼女は精神的にそれらと一体化している状態だ。でも、だとしたら僕はいったいなにを「体験」したんだ？　ヒロインの心の一部になったっていうことか？

「なかなか鋭い意見ですね。実はレールモントフには『タマーラ』という詩があるんですが、それをお読みいただくと新名さんの見解の裏づけになるかもしれません」

　と、枚下先生が言い終わるか終わらないかのうちに、

「あの、いいですか」

　と、窓際の渡辺さんが痩せた手を挙げる。枚下先生は「はい」と頷く。

「私の学生時代には、レールモントフの『ムツイリ』や『悪魔』は、社会の不完全さゆえに行き場をなくした魂の苦悩を書いているのだ、という解釈があったと思うのですが、そういう考えかたはもう時代遅れなんでしょうか……」

　退職後に学士入学で入ってきた渡辺さんの学生時代といえば、一九六〇〜七〇年代かな。あ、そういえば、と僕は岩波文庫の「序」をひらく。確かにここで除村吉太郎《よけむらよしたろう》という有名な昔のロシア文学者が……そうそう、「真の意味の民主主義の実現した社会では『ムツイリ』の主人公には、修道院をひそかにのがれなくても、広汎な活動の可能が与えられるで

あろうし、『悪魔』の主人公にとっては『悲しい悪魔』として空をとび、ひそかにタマーラへの愛のうちに救いを求める必要はなくなるであろう」と書いていて、「一九五一年二月」という年月が刻まれている（タマーラというのはヒロインの名前だ）。うーん、なんだか不思議な……それこそ神さまみたいな視点だ。だってこれじゃあ、「もし理想の社会が実現したら『ムツイリ』も『悪魔』も読む必要がなくなる」みたいだ。だけど不自由も色欲も皆無の世界ってのは想像がつかないし、だいいちレールモントフってそんなこと考えてこれを書いてたのか？

「時代遅れということはありませんよ」

と、枚下先生はにこやかに答え、

「社会における文学作品の位置づけや役割を、理想的な社会像やそれに向けた問題意識とひきあわせて考えるような研究は現代にもたくさんあります。ただ、そうですね、現代だとそうした研究はかつてに比べて細分化していて、ポストコロニアル批評やフェミニズム批評といった形で展開されることが多いですが。レールモントフの場合は彼が軍人であったことも考慮に入れ、コーカサスの側からはどう読まれうるかという視点の研究もあります」

と続け、プリントを配りはじめる。新名が前の席の学生からプリントを受けとり、振り向いて僕に渡す。その一瞬を僕はいつもよりどきどきしながら迎え、プリントを差しだす新名の手から目を上げられないまま、一枚とって残りをとなりの入谷に回す。

「いまお配りしているプリントに資料をいくつか載せておきました。同時代人の回想録は一九六〇年代になってようやく活字になったものもあり、伝記研究はその後だいぶ進みました。まあ、進んだといっても謎は多いんですけどね。容姿だけをみても、美形だという人から非常に醜いという人までいろいろいます。性格も、おだやかで人あたりも良かったと書いている人もいれば、絶えず嘲笑的でいじめる相手を探していたと書いている人もいる。同時代人の回想はえてしてなにかしらの思い込みがつきものなわけですが、レールモントフについては多くの場合に共通しているのが書き手の主観的判断が顕著だということで、ひょっとしたら彼は人に冷静な判断をできなくさせるようななにかを持っていたのかもしれませんね」

プリントにはレールモントフが知人に語ったとされる言葉もいくつか載っている。そのなかに「あの悪魔のモデルは誰なんですか」と訊かれて「私自身だ」と答え、さらに「いや、悪魔より自分のほうがもっと悪い」と語ったという話がある。プリントの裏には『悪魔』の手稿のバリエーションや創作メモの抜粋があり、そこにも「私はデーモンと同じ、悪に選ばれし者」という一節がある。

「えー、なんかこのヒト自意識やばくない？　中二病っていうか……」

と、唐突に教室の後ろのほうから青山さんの声がする。発言したというよりとなりの席の友達に言ったつもりみたいだけど、それにしては声が大きいので静かだった教室に響く。

でも僕もちょうど、（これっていわゆる露悪だよな）と思ったところだったから、青山さんの言ってることはわかる。ただ、中二病っていう概念が当時あったのかどうかはともかく、レールモントフは実際十四、五歳でこの作品の着想を得たっていうから、中二病というよりむしろほんものの中二の歳だけど……（そう考えれば露悪もかわいいもんかもしれない）。枚下先生も青山さんの言葉を聞きとめ、なぜだかふふん、と嬉しそうに笑って、

「ええ、プーシキンとレールモントフを比べたときに、際立って違うのがこのあたりです。批評家のブィコフ[†30]は、もしプーシキンがキリストだとしたら、レールモントフ

†30　ドミートリー・ブィコフ（1967–）作家、批評家。古典から現代作家まで幅広い知識で文学講義を展開。2021年秋からアメリカの大学で教えていたさなかにウクライナ侵攻が始まり、以降ロシアに戻っていない。2022年7月にロシア政府から外国エージェントに認定された。

は初期のキリスト教のようなものだという喩えかたをしています。つまり同種のテーマをひきついではいるものの、プーシキンの天真爛漫な世界に比べて、レールモントフの世界は天と地、光と闇という具合にすでに引き裂かれてしまったあとの世界だと。だからこそ悪魔が独立した現象となった、とみることもできるわけです」

と話す。そりゃあまあ確かに「俺は悪魔だ」なんて開き直ってるプーシキンは想像がつかない。プーシキンの場合はそれこそ「悪魔」の詩ひとつをとってみても、「人が悪魔的な心の動きにとりつかれてしまったときに、そうではなかったころのことを思いだせるように」と願って書かれたような、読者への思いやりが伝わってくる内容になっている。でもレールモントフはそうじゃなかった、ってことか。

「悪魔を描くことや、悪魔に肯定的な評価が伴うこと自体は、文学史においてさほど目新しい事例ではありません。ゲーテの『ファウスト』にしても、メフィストフェレスは優雅で高貴な特徴を持っていますし、レールモントフの場合はバイロンの悪魔的な作風にかなり影響を受けています。レールモントフ自身は『いや、私はバイロンではない……』という言葉で始まる詩を書いていますが、こういうのは作家の主張を文字通りに受け取ってはいけない好例です。わざわざ『誰々ではない』と宣言しているのは、それだけ意識していたということでもあり、レールモントフがバイロンを熟読し、なおかつそれを隠したがっていたという同時代人の証言もあります」

入谷が手を挙げて、

「えーと、ちょっとわかんないんですけど」

と口をはさむ。

「この悪魔って、どこが『悪』なんですか？　なんか、たいして悪いことしてないっていうか、少なくともこの話のはじめから終わりまで、ただこの女の子のこと好きになって、もう悪さはしないって誓って天使に戻りたがってるだけで、もしレールモントフがこの悪魔に自己を投影してたとしても、それが『悪魔的』ってことになるとも思えないんですけど。むしろ純情すぎて野暮ったいくらいだし、だったら途中で出てきていきなり悪魔を断罪する天使のほうがよっぽど悪いやつってことにはならないんですか？　かつての友人が改心しようとしてるのを無視して追い払うなんて薄情すぎるし、もし実際に身近にいたら悪魔よりこの天使のほうがずっと嫌なやつですよね」

「いい質問ですね」

枚下先生はふんふんと頷く。

「冷酷で薄情な天使が悪い、というのは一理あります。小説『現代の英雄』でも、主人公が、自分は全世界を愛する覚悟ができていたのに誰にもわかってもらえなかったから憎むことを覚えたのだと語るくだりがあり、類似のテーマが展開されます。とはいえ、この悪魔が悪事をはたらいているかいないか考えてみましょう。確かに悪魔自身は、天使だったころの心を思いだしている。しかしまずヒロインの婚約者を誘惑してその心をやましい思いで満たし、それゆえに婚約者は祈りの慣例を破って先を急ぎ、結果的に死んでしまった。これはよろしくない」

「でもそれって、悪魔が直接的に手をくだしたっていうより、そのくらいのことでうっかりしてた婚約者が悪いんじゃないですか？　それか単に運が悪かったのかもしれないし」

「ええ、しかしそれが悪魔のはたらきなんですよ。誘惑によって人の心の動きや、運をも司れる。そう考えると、そのあとの展開においても悪魔自身は無自覚のままヒロインに悪さをしているのがわかるでしょう。端的にいってしまえばこの悪魔の悪事は『誘惑』です」

　枚下先生はそう言ったきり、石のように黙ってしまった。教室に不自然な沈黙が訪れる。あ、こういう突然の沈黙ってフランス語とかロシア語とかのことわざで「天使が通りすぎた」っていうんだっけ。いや、この状況だと悪魔か？

「でもそれじゃあ、現実なんて悪魔だらけじゃないですか……」

沈黙の天使を追い払うように、入谷がぼそっとつぶやく。枚下先生は一瞬だけにやりと、それこそ悪魔のような笑みを浮かべたかと思うと、

「まさしく！」

と、よく通るテナーの声を響かせ、

「バイロンの『カイン』[†31]のなかのルシファーの台詞には『もしおまえや、おまえの息子たちを、なにか目新しい非凡なもので惑わす女がいたら――知っておきなさい、相手はまさしく誘惑者であると』という言葉があります。

みなさんは『目新しい非凡なもの』で魅了すること、あるいは魅了されることが、罪深い誘惑だと考えたことがありますか。現代の世のなかにおいてはそんなことは日常茶飯事どころか、たとえば消費者に商品を売るという商売の観点からはむしろやるべきこととして推奨されています。しかもそれがとうに飽和

†31　『カイン』1821年刊行の戯曲。アダムとイヴ、その息子のカインとアベル、その妻のアダとチラを登場人物とし、カインを主人公とする。カインは楽園の近くで見たルシファーを天使より偉大と感じ彼に近づく。善悪や生死に対する既存の感覚に挑戦するバイロンの「悪魔的」作風の代表作。レールモントフはこの作品に多大な影響を受けており、『悪魔』の手稿には『カイン』の引用を含む献辞がついている。

状態になっているから、企業は往々にして荒唐無稽なアイディアや場当たり的な『目新しさ』や『非凡さ』を捻出して日々しのぎを削っている。まさに悪魔だらけですよ」

と、どこまで本気なのかわからない演劇的な口調でひといきに語った。みんなは枚下先生の気迫に押され、ふたたび教室に天使が舞う。


授業が終わっても妙な脱力感から席を立つ気になれず、リュックのポケットからスマホをとりだして、枚下先生が新名に勧めていた『タマーラ』という詩を検索する。なんだか胸がざわざわする……。あった。

ええと、崖の上に古風な塔が建っていて、そこに王女タマーラは暮らしている（この詩ではヒロインは王女らしい）。彼女は「天使のように美しく、悪魔のように邪悪」だという。なるほど、ヒロインの造形のなかに天使や悪魔が比喩として用いられている。これなら確かに天使も悪魔もヒロインの内面の現れってことの裏づけになるかな。それで、その先は？

夜更けの霧のなか、黄金色の灯火が輝く。タマーラの声は願望と情熱に満たされ、なにもかも覆いつくすほどの熱と力を持っている。柔らかな羽毛のベッドで、彼女は旅人を待っている……。そして旅人は訪れ、熱をおびた腕と腕が絡み、唇と唇が重なり、奇妙な、野蛮な音が、一晩じゅう響いていた……。

○△◇□☆……！

思わずスマホをぶん投げそうになったところで、入谷が、

「おーい、メシ……」

と言いかけて、

「え、大丈夫か湯浦、今度こそほんとに顔が真っ白だぞ？」

と僕を覗き込む。教室にはいつのまにかもう誰もいない。

「入谷……」

「ん？」

「わかった」

「なにが」

「あいつだ、枚下先生が悪魔だっ！」

入谷の目が点になる。それから軽く笑って「んな……」となにか冗談で返そうとしたけれど、こちらの様子がただごとではないのを見てとったのか、ふう、とひと息ついてから、睨むように僕を見すえる。

「湯浦」

「……だって」

「落ちつけ、話なら聞くから」

「うん……」

僕だって自分が混乱してるのは認める。でも、あんまりだろ。なにが世のなか悪魔だらけだ。なにが誘惑者だ。いつも不気味に笑って、毎回毎回わけのわからない授業で僕たちを惑わし続けているのは先生じゃないか。人の心をもてあそんでいるのはこの授業じゃないか。おまけにそれだけじゃ飽き足らずあんな……あんな詩を新名に……。

「泣くなよ……」

「泣いてない」

あいかわらずの晴天の下、僕たちは構内のベンチに腰かける。ピクニック日和とでも言いたくなるような青さが、そらぞらしく僕を見下ろして笑っている。

「要するに湯浦は、今回だけじゃなくいままでも含めて、どこまでが枚下先生の授業でどこからが授業じゃないのか、わからなくなってる、と」

僕の話をひととおり聞き終えると、入谷はそう結論づけた。

「まあ客観的にいえばそうなるのかな……」

それじゃあ僕がおかしいみたいだけど……みんなは平気なんだろうか。

「なーるほどねえ……。いや、俺もわかるけどさ、枚下先生があんまり普通じゃないのは。でもだからって悪魔ってのはさすがに今日の授業にひっぱられすぎじゃん？　その詩だって、先生の言ってた文脈からしたら、ヒロインに天使と悪魔の両方の喩えが使われてるから紹介しただけだろ」

「そうかもしれないけど……」

「新名本人に訊いてみれば」

「なにを？」

「なにって……その詩の感想でもなんでも」

「入谷、テキトーに言ってるだろ」

「ばれた？」

入谷は「がはは」とガキ大将みたいに笑うと、ふいに怪談話でもするような悪だくみ顔になって、

「あ、でもレールモントフの卑猥な詩なら士官学校時代のがすごいらしいぞぉ……」

と身をのりだし、スマホを出して検索画面をスクロールする。

「しかもいわゆる腐女子が好きなやーつ」

「え？」

「あー、純情な湯浦にはとても見せられないなーっ！」

そう言うと入谷は屈託なく笑い、僕に見せようとしていたスマホをさっと隠してポケットに入れ、構内のパン売り場のほうへ走りだす。

のろのろと立ちあがって入谷のあとを追いながら、新名の感想を聞いてみるというのはテキトーな思いつきにしては悪くないような気がしてくる。もちろんあの詩じゃなくて、『悪魔』のほうのだけど。登場人物をヒロイン「ひとり」ととらえた新名は、どんなふうに作品を読んだんだろう。悪魔の視点からみれば、あの話は叶いようのない無情な恋を描いた作品のようにもみえるけれど、もしそのすべてがヒロインの内面だけで起こっているのだとすれば、悪魔の純粋さはとりもなおさずヒロインの心の清らかさゆえの産物だし、悪魔の毒にやられてしまうのは彼女の心がそれ以上生きるのを拒んだことを暗示していて、それでも天国に召される結末は、極度の苦悩を経て彼女の魂がようやく救われたっていうことになるんじゃないかな……。

　そこまで考えてふと、（ひょっとしたら、それは最初に感じたほど根本的な違いじゃないのかもしれない）と思いあたる。つまり悪魔に実体があるにせよないにせよ、あの女の子の心のなかでは同じことが起きているんじゃないだろうか。心というものを主体としてみるなら、すべてはその心に映しだされた投影図のようなもので、たとえばそれは、僕が枚下先生のことを悪魔だと思おうと天使だと思おうと現実が変わるわけじゃなくただ僕の認識の問題だってことと同じで……。

「凹《へこ》んでる湯浦君には特別に、よりどりみどりのパンを選ばせてしんぜよう」

　走って戻ってきた入谷が、惣菜パンがいくつか入った袋を広げてみせている。

「べつに凹んでるわけじゃないけど、食欲ない……」

「食欲は、食べてるうちにわいてくる。お、五七五」

「なんだっけそれ、あ、ロシア語のことわざか」

「ん、食欲にせよなんにせよ、やりはじめればあとはなんとかなるってことだな」

「わかったよ……」

　好物のチーズフランスと紙パックの紅茶を選んで受けとり、財布から三五〇円を出して入谷に渡し、パンをかじる。口のなかのわずかな水分がパンに持っていかれてごわごわし、少し間をおいてパンがふやけてようやく、うまい、と感じる。人間なんて現金なもので、さっきまでのわだかまりが薄らいでいくのがわかる。きっと、悪魔にしても天使にしても（あるいは、そう喩えたくなるような心理状況にしても）、ふだんは人の思考の周囲にふわふわ飛んでいるだけで、深く心に入り込んでくることは稀なんだ。ましてあのヒロインみたいに悪魔や天使の葛藤をすべてひとりで抱え込むなんて、よほどのことがない限り……。

でも、じゃあ新名はどうしてあの女の子の心境がわかったんだろう。心理的な共感がないと容易には思いあたりそうにない答えに、なぜあんなに簡単に辿りついたんだろう。その種の深い悲しみを知っているんだろうか……。

ざわざわと再び心が騒ぎだす。もし新名の、僕がずっと憧れてきたあの洞察力が、なにかとても悲しい体験によって培われたものだとしたら……。

暗い思いをすりつぶすようにフランスパンの固い生地を噛《か》みくだいては飲み込む。わからないことをひとりで考えたってだめだ。

次に新名と話すときは、きちんと目をあわせよう――。カラになった紅茶の紙パックをストローで吸ってべこべこ鳴らし、入谷の後ろをついて階段をのぼりながら、僕はささやかな決意をする。

第六講

布団から出たくない

――イワン・ゴンチャロフ『オブローモフ』

イワン・ゴンチャロフ（1812–91）

ロシア南部ヴォルガ沿岸のシンビルスクの富裕な穀物商の家に生まれる。モスクワ大学卒業後に役人となり、県知事秘書、検閲局、大蔵省貿易局などで働きながら小説を書いた。代表作に『平凡物語』『オブローモフ』『断崖』『日本渡航記』。

『オブローモフ』

邦訳は米川正夫訳（上中下、岩波文庫、書影）など。三十代のオブローモフは、田舎に三百人の農奴と領地を持つ青年で、五十代の使用人とともに暮らし、ごろごろとソファに寝そべり続ける生活を送っている。幼馴染のシュトルツはそんな彼を心配し、活気ある人生へと連れ戻そうとする。

ここしばらく気だるい感覚が続いている。梅雨入りしたせいか、遅れてきた五月病なのか、はたまた『悪魔』の後遺症か、とにかく布団から出たくない。なんだか熱っぽいような気がして計ってみると、ピピピと鳴った体温計は三十六度九分という、あるともないともつかない実に微妙な数字を表示している。いっそ高熱でも出てくれたほうが気が楽になりそうなのに……。今回の課題図書は文庫で上中下の三巻というけっこうな分量だから早めに読んでおかないといけないんだけど……。……イワン・ゴンチャロフの『オブローモフ』か。ゴンチャロフは日本史の教科書に出てきた。一八五〇年代当時、役人として世界各国を回っていて、その途中で日本にも来ている。『日本渡航記』は彼の旅行記から日本について書かれた部分を翻訳したもので、幕末の日本を外国人の目から詳細に描いた本は貴重だから、日本史の研究者にも重宝されているんだっけ。

そのゴンチャロフの小説家としての代表作が『オブローモフ』だ。布団から手を伸ばしてリュックをたぐりよせ、古本屋で見つけてきた文庫本を取りだす。ほこりっぽい古書のチョコレートみたいないい匂いがする。寝転んで本を読めるってのは幸せだな、と思いながらページをひらく――

ペテルブルグのとある部屋で、三十二、三歳のオブローモフという青年がソファに寝ている。柔和で温厚で人柄のよさそうな顔立ちだが、その思考は自由な小鳥のように顔のうえを飛びまわり、集中してものを考える様子がまるでない。ちなみに彼がソファで横になっているのは病気のせいでもなければ疲れて休んでいるためでもない。ほとんど毎日いつも家にいて、寝室でもあり客間でもある部屋でお気に入りの（寝返りをうったびにてろんと体の動きについてくるところがすばらしい）ガウンを着てソファに寝そべっている。そういう生活スタイルなのだ。

へえ。いまの自分を見てるみたいだぞ。オブローモフはいちおう田舎に領地を持つ地主貴族で、ザハールという初老の使用人をひとり抱えているけれど、このザハールもまた主人に似てやる気がない。

　布団のなかで読むのにうってつけの本だな、とにわかに読書意欲が湧いてきてページをめくるが、主人公も使用人もやる気がなさすぎてさっぱり話が進まない。オブローモフはその日いつになく早く、朝八時に起きた。前日に田舎の百姓頭から、農作物が不作だとか管理をしっかりしなきゃいけないとかいうしちめんどくさい手紙を受けとってしまったせいで気が重い。それだけじゃない。いま住んでいるペテルブルグの家の契約が切れるので引っ越さなければいけないかもしれないのも気がかりだから、不安要因がふたつもあるのだ。目が覚めた瞬間こそ「よし、顔を洗って紅茶を飲んで、やるべきことにとりかかるぞ」と考えてみるものの、何十分もソファに寝たまま動かない。ついにスリッパに足を通そうとソファから片足を伸ばしかけるが、結局「やっぱりやめた」とひっこめてしまう。いつのまにか九時半になっているのに気づいて起きあがろうと思うが、（いやまてよ、百姓頭からの手紙をもういちど読んでから起きればいいか）と思いなおして「ザハール！」と使用人を呼ぶ。ザハールはのそのそと起きだしてくる。灰色のチョッキに灰色の上着を着てほおひげを生やした田舎暮らしのころのままのザハールのいでたちについて、オブローモフは直せとは言わないできた。子供のころからオブローモフの世話をしてくれている彼は、父母を亡くしたオブローモフにとって、懐かしい田舎のわずかな残り香を感じさせてくれる人物でもある。

そんなわけで、びっくりするほどストーリーは進まない。「昨日きた手紙どこにいったかな」「そんなの知りませんよ」「おまえってやつは、いつだってなんにも知らないんだから。そのへんにあるだろ、探してくれよ」とやりとりをしたのち、実は探していた手紙はオブローモフ自身が掛けていた毛布のあいだから出てきたり。ほこりがたまって蜘蛛の巣のはった部屋の文句を互いに言いあってふたりともため息をついたり。でもオブローモフはソファに寝たままだ。

次々に知人が訪ねてくる。どこかに出かけようと誘いにきたヴォルコフは一日に十ヶ所も遊びにいく場所があると自慢するが、オブローモフは「一日に十ヶ所も……かわいそうに」と考える。書類をぱんぱんに詰め込んだ鞄を持って現れたスヂビンスキーは昇進したというのでオブローモフはお祝いに食事でもどうかと誘うが、彼は仕事で忙しくてそんな暇がなく、オブローモフはやはり「朝から晩まで書類に追われるなんて、かわいそうに……」と考える。それから雑誌に記事を執筆しているというペンキンは、産業から流行の思想までを網羅する雑誌を読ませようとしたり、『淪落《りんらく》の女に対する収賄《しゅうわい》官吏の恋』なる最新の小説を熱心に勧めたりするが、オブローモフにとってそれらは、心を忘れた人々が頭だけで書いている文章に思え、読むだけで心がぎすぎすしてしまいそうな気がするのだった。

オブローモフだって本を読まないわけじゃない。読みはじめると夢中になって、その内容をつかみかけることすらある。けれどもしばらくすると本は読みかけのまま放置され、また天井を見つめている。いっときの熱が冷めると放りだした本にはもう戻らない。学生時代はそれなりに勉強もしたが、課題として与えられた部分だけ読んでしまうとそれ以上の好奇心など示さなかったし、そこへ学友のシュトルツがもう終えたはずの科目について知識を深められる図書など持ってきてくれようものなら、しばらく黙ってシュトルツを見つめたあと、「ブルータス、おまえもか」などと言いだす始末だ。オブローモフは思う。幾何学にしても代数にしても、そんなものがオブローモフ村の生活の役にたつとは思えない。ほんとうの人生はもっと、ぜんぜん別のところにあるはずなんだ。穏やかで芳しい、やさしい生活は……。

そうしてオブローモフがソファから起きないまま上巻の大半が過ぎた。なんだこの斬新な小説は。ほんとうに十九世紀中盤の作品なのか。

でも上巻の最後でシュトルツが訪ねてきて、オブローモフは喜んで駆け寄り、そこから物語が（というか主人公が物理的に）動きはじめる。あ、上・中・下のうち中巻が分厚くて上巻と下巻が薄めなのはなんでだろうと思ったけど、内容的に区切りのいいところで分けたのか。上巻は寝ていて、中巻で動きだして、下巻は結末、という感じに。

授業の日までに三巻を読み終えた僕は、少しだけ元気になっていた。どうしてなのかはよくわからないけれど、もやもやしていた頭が少しだけ軽くなっている。

教室はいつもより閑散としていた。ほかの授業の課題提出と重なったのか、あるいはみんなもオブローモフに感化されて布団から出てこられなくなったのか。めずらしく入谷《いりや》までいない。授業開始の時間になると枚下《まいした》先生も心なしか眠たそうな顔をして教室に入ってきて、

「えー、本日の授業はゴンチャロフの『オブローモフ』ですが」

と授業をはじめたと思うと「……ふむ」と右手で存在しないあごひげでもなでるような仕草をして教室の後ろのドアを見つめる。思わず振り返るとドアが開いて、入谷が、

「遅れてすんません」

と言いながら入ってくる。枚下先生は、

「遅れても来ないよりはいい《ルーチシエポーズナ・チエームニカグダー》、ですよ。まあそんなことを言うほど遅れてもいませんが」

と流暢なロシア語を発したかと思うと、すでにいちばん言いたいことを言い終えたように満足そうな顔でこんどは窓の外に目をやり、

「今年の梅雨は空梅雨《からつゆ》ですかねえ……」

とつぶやく。その視線を追うように光を浴びる緑の木々を見ると、木々は急にのびのびと天に向かい葉を広げていく——

空が近い。初夏のにがよもぎが素朴に薫り、澄んだ小川の水が楽しそうに戯れ、なだらかな丘が続いていく。この村の周囲には高い山も切りたった崖も荒々しい海もなく、すべてがのどかな輝きを放つ——ここが僕の故郷、オブローモフ村だ。あたりでは牛が鳴き羊が草をはみ、鶏が放し飼いになっている。この村でとくに好かれている鳥はうずらだが、食用ではなく愛玩用で、家々の軒先では手編みの籠《かご》に入ったうずらが歌をうたっている。

僕はまだ七歳。ころころとよく太り、ほおは赤く、みんなに愛されてわがままいっぱいに育ってきた。朝がきて目を覚ました瞬間から心にほがらかな楽しさが湧いてくる。乳母がくつしたをはかせようとするのでわざと足をじたばたさせて困らせてみる。なにかほしいものがあるときは、まばたきひとつするだけで大人たちが寄ってくる。ものを落としてしまっても、すぐに気づいてひろってくれる。母さんは僕を抱きしめてキスをしてお祈りを教えたあと、僕を散歩に連れていこうとする乳母に向かって「あんまりうちから離れないようにして、くれぐれも危ないところへは行かないで、牛や馬にも近寄らないように気をつけてくださいね」とあれこれ長々と注意をする。でも「危ないところ」といったって、ここには泥棒も熊や狼もいないから、風変わりな野犬が出た谷が危険だとうわさされ、さらにそのうわさに尾ひれがついて、あたかも妖怪が出るかのように恐れられているくらいだ。

僕は母さんの「くれぐれも」が終わるまえに外に飛びだしてかけまわる。乳母が慌てて追いかけてきて「まったくコマみたいにちょこちょこ走りまわって！」と叱ろうとする。母さんは「暑いんだからあんまり日なたにいると体をこわすわよ」と心配している。

この村のいちばんの関心ごとはおいしい食事だ。料理人たちはいつも長々と話しあって日々の献立を決めている。特別なお祝いごとの日のための七面鳥や鶏はくるみを餌にして大切に育てられ、貯蔵庫にはジャムや蜂蜜やビスケットが蓄えてある。とりわけオブローモフ村のミートパイは絶品だ。昼食をとったあとは村じゅうが満足して魔法にかかったように眠りにつく。僕もまた、（母さんと散歩にいきたいな……）などと考えながら、眠気に誘われてうとうととしはじめる……。


「はい、そろそろ起きてください」

枚下先生の声に目をあけると、首から肩にかけて授業中に寝てしまったとき特有の軽く寝違えたようなしびれがはしる。首の後ろを左手で押さえてひねりながらとなりを見ると、入谷はまだ机につっぷして爆睡している。そういやオブローモフの名前もイリヤだったな。

つんつん、とボールペンでひじをつつくとイリヤ、じゃなかった入谷はようやく目をあけて、右手で目をこすって体を起こす。ほかの学生たちを見ても、だいぶ深く眠って……いや、オブローモフの世界に行っていたみたいだ。いま僕が体験したのは上巻の後半でオブローモフが自らの幼少期のことを夢にみる場面だ。

「さて今回は長めの小説ですが、まずはなんでもいいので、この作品について気づいたことや受けた印象を教えていただけますか」

枚下先生の問いかけを受けて（なんでもいい、ってのは難しいな）と考えていると、最前列の学生が、

「感想っていうか、質問なんですけど」

と話しはじめる。

「別の授業で文学作品の人物名について習って、ゴーゴリとかドストエフスキーとかの登場人物ってなにかを意味している苗字が多いって聞いたんですけど、オブローモフの苗字を辞書でひいたら、折れたとか割れたとかいう意味らしいんで、人生に対してなんていうかこう、折れちゃったイメージなのかなと思ったんだけど、あってますか？」

枚下先生はうんうんと頷き、

「ええ、いわゆる『ものいう苗字《ガバリヤシャヤ・フアミリヤ》』というものですね。オブローモフの苗字についてはプリントにもう少し詳しく書きましたが、注意してみると主人公だけではなくほぼすべての人物の苗字に意味が込められています。友人のシュトルツは父方のドイツ系の苗字を名乗っていますのでこちらはドイツ語ですが誇りという意味、それからヒロインのオリガ・イリインスカヤの苗字はイリヤという名前から派生した苗字で、主人公イリヤ・オブローモフとの親和性を示唆していますね。オブローモフの家に遊びにくる人たちも、がつがつと日にいくつもの遊ぶ予定をこなすオオカミ《ヴオルク》のようなヴォルコフ、泡《ペノ》のように表面的で浅い知識をひけらかすペンキンと、それぞれに意味が隠されています。よくロシア文学は名前がややこしいとも言われますが、こうした苗字の意味を念頭において読むとだいぶ面白くなってきますね」

と語る。じゃあこの脇役たちは無理に訳すなら「オオカミ太郎」とか、「泡ぶく次郎」とかになるのか。

「おや、感想はもう終わりですか、今日はみなさん静かですね」

先生に訊かれて、みんななんとなく顔を見合わせる。考えがうまくまとまらないながらも、僕は手を挙げてみる。

「みんなもそうかもしれないんですけど、この小説を読むとオブローモフみたいになりたくなるっていうか、これって単なる無為《むい》徒食《としょく》じゃなく、なにもしたくないってのも一種の行為なんじゃないかっていう気がして……。ゴンチャロフは怠惰を批判するつもりで書いたんですよね？　でもそれにしてはオブローモフはすごく心が清らかで、なにもしないことによってその清らかさが守られているような、そういう魅力があるようにも思えるんです」

「はい、それはこの小説の本質的なところであり、こういうタイプの小説の内包する問題でもあります。たとえばジャック・ロンドンの『ジョン・バーリコーン[†32]』という小説は、自身も子供のときから酒とつきあわざるをえなかったロンドンが酒との闘いを書いた作品で、禁酒キャンペーンにも利用されましたが、読めばどうしたって酒が飲みたくなる。ウィリアム・スタイロンの『見える暗闇[†33]』は鬱病を描いた自伝ですが、やはり読んでいるうち

†32　『ジョン・バーリコーン』（1913）ジャック・ロンドン（1876–1916）が少年時代からの酒とのつきあいを綴った自伝的小説。題名は大麦・麦酒を擬人化して酒の讃歌として親しまれてきたイングランド民謡から。作中でアルコール依存症の症状を「ピンクの象が見える」とした表現は広く有名になった。ディズニー映画『ダンボ』（1941）でシャンパンを飲んだダンボの周りでピンクの象たちが踊るシーンはこれに由来する。

に一度は、自分のなかにある『鬱』に共鳴する要素を解き放ち、増幅させてみたいような気になってくる。人の陥る闇や苦悩や病にはどこか魅惑的なところがあり、作者がそれを内側からわかっていればいるほど、小説はその魅惑の部分もおおいに描きだしてしまうわけです。では『オブローモフ』はどういう技法でそうした効果をもたらすようにできているのか、考えてみましょう。みなさんは読んでいて『この部分の描写はほんとうに必要なのか』と疑問に思った箇所はありませんでしたか。たとえばオブローモフの夢への導入箇所では長々と、なにを夢にみるだろう、海だろうか、いや荒々しい海など願い下げだ、切りたった崖のある山もだめだ……云々と、海や山を詳細に描きながら語っています。うつつはおろか夢にも出てこないものについて長々と語る必要などまったくなさそうですが、批評家のブィコフは、これは催眠術の手法によく似ていると指摘しています。読んでいるほうもいったいなにを読まされているかわからないまま、主人公が夢にさえみないものについて考えをめぐらせ、あれもだめだこれもだめだと思わされたあとで、

†33 『見える暗闇——狂気についての回想』（1990）ウィリアム・スタイロン（1925–2006）が深刻な鬱病に陥った経緯を描いた自伝的作品。鬱に陥る際の精神状態、睡眠薬の依存による症状の悪化、さまざまな抗鬱剤の使用ののち強烈な自殺願望を抱く経緯などを率直かつ克明に描いた。

満を持して桃源郷のようなオブローモフ村が登場し、過保護なお母さんのぬくもりやおいしそうな料理をたっぷりと味わえる……」

　そう。僕はここから動けない。シュトルツは僕をなんとかこの状態からひっぱりだそうと、知り合いに紹介してくれたりほうぼうを連れまわしてくれたりするけれど……。それにあんなにいい女の子まで、突如として僕の人生に現れた……。でもどうしたらいいんだ。彼女は僕を好きだというけれど、それはただちょうど彼女が人を愛する準備のできていたところに、シュトルツが僕を指差して、「ほら、あの人だ」って教えたせいなんだ。鏡に映る、いかにも甲斐性のなさそうな自分を見るたびに思う。彼女にはいつかほんとうに好きな人ができて、そのときようやく僕に対する気持ちなんて間違っていたと気づく……そうなるにきまってる。だとしたら僕はすでに人のものを奪っているようなものじゃないか。こんな恋は罪だ。良心の汚点だ。

　わかってる。こうしてなにもかも先まわりして考えるから行動できないんだ。彼女を見つめているだけで、自分が彼女からなにかを吸収しているのがわかる。頭がぼうっとなって、左の脇腹の心臓に近いところが痛んで……だけどその先は底なしの深淵だ。いつか彼女がほんとうのことに気づくまでの苦悩のはじまりだ。

行動しろ、と人はいう。だけど人脈作りとかキャリアとか、どうしてみんなはそんなものにああも熱心になれるのだろう。そんなことをしたって人間の人間らしい調和は崩されるばかりだ。だいいち、行動っていったって、行動するためにはどうしたらいいんだ。住居と大家、田舎の領地の問題、結婚、奔走に続く奔走……考えるだけで身もすくむような面倒ごとばかりじゃないか。

シュトルツは変わらないな。勤勉で友達思いで。学生時代も僕の好きなものを足がかりにして興味の幅を広げさせ、思想や学問の領域にどうにかしてひっぱっていこうとした。その熱意が伝わってきて、ある時期はあいつみたいに遠い理想に向かって努力をしようと誓い、ともに涙したこともあった。その熱も大学卒業とともに冷めて久しい。

僕だっていまでもたまに、人類の悲しみに思いをはせ、高遠な思想をものにする高揚を感じた当時のことをぼんやりと思いだして、心の奥底がなんともいえずにうずくことがある。でもいざソファから起きようと思っても、だめなんだ。気づけばいつのまにか日が暮れて、部屋のなかが橙色に染まっているのを沈んだ気持ちで眺めている。そんな日々がいったい何日、何ヶ月、何年続いただろう。なにもかもわかっているはずなのに、意志も気力も足りない。だからこそ苦しい。けれどもそれを知ってくれているのはシュトルツだけだ。ほかの人からは僕は、ただ食べて寝ているだけしか能がない、なにも期待できない人間だと思われている。それもわかっている……。

「さて、そろそろいい時間になってきましたので、まとめに入りましょう」

……うん？　あ、またあっちの世界に行っちゃってたのか。なんだか今日はおかしいな。またもや凝った首に手をあてながら、みんなも寝ぼけた顔をしているのを横目で確認する。いつにもましておかしな授業だ。ソファでごろごろしているうちに授業の終わる時間が近づいているなんて。

「なにか印象に残っていることはありませんか」

と、再び枚下先生も似たような質問をする。印象……。ソファ。子供のころのこと。散歩。オブローモフ村の絶品ミートパイ……。

「はーい」

と、突然入谷が元気よく手を挙げてみんなのまどろみを破る。

「個人的に気に入ったところがあって——オブローモフがオリガと恋をしようとか行動を

しようとかいろいろ試してみたけど結局なにもかもあきらめて帰ってきたあと、即座にお気に入りのガウンに着替える場面なんですけど、俺もうちに帰ったらすぐ部屋着に着替えたいタイプなんですげーわかるんですよ。この小説ってほんとに催眠術みたいに、言っちゃなんですけど退屈な描写が続くところもあって、でもだからこそそういう、オブローモフが心から喜んでいたり安心してたりする部分が、怠惰の良し悪しなんかどうでもよくなっちゃうくらいリアルでした。あと、外から訪ねてきた人に『近寄らないでくれよ、寒い外からきたんだから』って、訪問者がまとっている冷気まで避けるところとかも、どんだけ家のなかでぬくぬくしてるのが好きなんだよって思うんですけど、でもほほえましいっていうか。俺ふだんは基本的に人生は行動ありきだと思ってるし、どっちかっていうとシュトルツの気持ちのほうがわかるんですけど、それでもオブローモフになってみたくなりましたもん」

　ふっ、と思わず笑みがこぼれる。いつだってひとつのところにとどまっていない入谷さえオブローモフになりたくなるっていうんなら、この小説の催眠術もたいしたもんだ。

「ええ、むしろ読み手にシュトルツ的なところがあってこそ、オブローモフに惹かれるとも考えられるかもしれません。ところでこのシュトルツは律儀で勤勉で友達思いな魅力的な人物として描かれていますが、なにかが足りないと思いませんか」

窓際の渡辺さんが、

「それなんですがね、私もよくできた人物だと感心して読んでいたんですよ。ところが最後まで読んだら作者が出てきて、シュトルツと話をする。それでシュトルツが、『オブローモフシチナ』つまりオブローモフ主義[†34]について語りましょうといって、この小説の全貌を語ったとくるじゃないですか。要するに『ただシュトルツだけがオブローモフを理解していたのだ』という語りもぜんぶシュトルツ自身が語ったということになりますね。これはまあ、ずいぶん自信家というか、遠慮のない人じゃありませんか」

と発言する。枚下先生は手にした文庫の最後のほうをめくりながら答える。

「それはまさにこの小説の面白いところで、ラストになってこの話はシュトルツが話した内容だったことが

†34　オブローモフ主義
——慣例では「主義」と訳されているが、「〜シチナ」という接尾辞は本来、主義主張というよりは、「〜的なもの（の蔓延）」を意味し、概して好ましくない現象について用いられる。「アラクチェーエフシチナ（アラクチェーエフ大臣の名から、反動政治のこと）」「ドストエフシチナ（ドストエフスキー作品的などろどろとした人間関係や心理描写を否定的にいう）」などがある。「オブローモフシチナ」は、怠惰、停滞、無関心、向上心の欠如などを総体的に指すものとされる。

明かされるわけですね。ほかでもないシュトルツが、このうえなく清らかな心をもったオブローモフが破滅していったのはどうしてなのかを話そうという目的で、眠そうな目をした『文学者』――すなわち作者自身とみられる人物に語り聞かせた話だと。ただしいまおっしゃった点についてひとついえるのは、シュトルツがした話を『作者』がまとめなおしたという設定であるならば、『シュトルツだけが理解していた』というのは話を聞いた作者の判断と考えることもできるわけですから、さすがにすべてがシュトルツの言葉とは断定できないかもしれませんが。しかしともかく最後の最後で読者は急にオブローモフから視点をひきはなされ、別の角度からオブローモフについて考えざるをえなくなる。シュトルツからみればやはりこれは破滅への道だったわけですし、最終的にはオブローモフは医者に『もう脂っこいものは食べるな』とドクターストップをかけられ、脳卒中を繰り返したのちに死んでしまう。脳卒中は現代人の死因の上位で、読んでいる我々にしても現実味のある破滅ですから、そう簡単にはオブローモフになりたいとも言えなくなるかもしれませんが、ああ、でもシュトルツについてはまだ意見がありそうですね」

　その言葉に誘われるように新名《にいな》が手を挙げ、

「私はむしろ、シュトルツが自分自身について詳しく語っていないことが気になりました。

全編を通じて彼はずっとオブローモフに行動させようと働きかけているはずなのに、なかなかその必要性が説得力をもって語られない。それで読んでいてずっと、もし行動を促すのであれば当然提示すべき意義が示し足りないんじゃないか、という気がしていたんです。シュトルツは、やろうと思えばそれができたはずなんじゃないかって。だから私がこのラストを読んで改めて思ったのは……そうじゃなくて、もしシュトルツが働く意義を雄弁に語っていたら、オブローモフはもっとみじめになってしまうかもしれない。だからオブローモフの心の清らかさに焦点をあてるために、シュトルツは一歩引いて主張を控えめにしていたのかな、ということでした」

　と発言する。

「そう、意義が語られず、わからなくなるようにできているというのはその通りで、最初のほうで出てくるオブローモフの友人たちなどは完全に無駄な仕事に奔走する人々として描かれています。あの時点ですでに読者は『世の中にはほんとうに無駄な仕事が多いなあ』と、大量の書類の無意味さや、そのシステムのなかで出世をすることのむなしさ、そうした生活が人を疲弊させ、他人や自分を傷つける原因になっていることについて、さんざん考えさせられてしまう。ゴンチャロフは次なる長編『断崖』でも役所仕事について、ただ役人たちが食いっぱぐれないためだけに存在する仕事として批判しています。作者本人も役人でしたから、そうした無駄な仕事の内情までよくわかっている。いま風にいえばブルシット・ジョブというものですが、現代では役所だけでなく大学や民間企業にまでそうした仕事が広がっていて、働くというより『働いていることにする』ための見せかけを生産している。その事実にどこかで気づいている人は、働く意味が見出せなかったり、精神を病んでしまったりする。そしてそのむなしさに気づかずに出世に邁進《まいしん》する人よりは、オブローモフのようにそこに気づいて身を引いている人のほうがよほど清らかに思えてくるわけです。最初に出てきた人物たちと比べるとシュトルツはどうやら意義のある仕事をしていそうではありますが、その実態はよくわからない。意義もわからないのにただやみくもに『怠けるのはよくない』という道徳観から働こうとしたって、そりゃあ心身に無理をきたしますよ。文学史の流れとしてはゴーゴリの『死せる魂』[†35]のマニーロフという人物にはオブローモフとの共通点も多いですが、こちらはもっと戯画的で、いま新名さんが指摘した『みじめになって』しまったバージョンのオブローモフといってもいいかもしれません。あるいは社会的意義ということを考えるならチェルヌィシェフスキーの『何をなすべきか?』[†36]がありますね。『オブローモフ』はこれより数年早いですが、まるであらかじめここに『なすべきことなどなにもない』というアンチテーゼをふっかけているようにも思えます。逆に行動に焦点をあてるならツルゲーネフの『父と子』のバザーロフも見逃せず……あ、ちょっと先走りましたが、まあロシア文学のなかにもオブローモフとシュトルツはいろいろなパターンとして存在しているわけです」

切れ目なく話す枚下先生がひと息つくのを待っていたかのように、僕のすぐ後ろに座っていた学生が控えめに「あの」と声をだす。あ、中国からの留学生だ。しばらく前に学食で一緒になって話をしたことがあるけど、留学してまだそんなに経たないらしいのに流暢な話しぶりで、中国では義務教育でもプーシキンを習うし、けっこうロシア文学を読めるっていう話をしてく

†35　『死せる魂』（1842）ゴーゴリが1830年代から死の直前まで書き続けた作品で、三部作の予定だったが完全な形で残っているのは第１部のみ。主人公の詐欺師チチコフは、農奴にかかる人頭税の計算が数年おきにしか実施されないために地主が持て余している「死んだ農奴」の頭数を買取ることによって偽りの大地主になって銀行から融資を受けようと企み、各地を巡るなかでさまざまな人々と出会う。そのうちのひとり、地主のマニーロフは怠惰で現状を変える意思を持たず常に甘い夢ばかりをみている。

†36　『何をなすべきか？』（1863）ニコライ・チェルヌィシェフスキー（1828–89）がペテルブルグのペトロパブロフスク要塞の獄中で執筆した小説。当時の男女の雇用問題を考察し、工業の成功した理想の社会や新時代の性道徳を志向。のちの革命思想に多大な影響を与えた。

れた。そういえばなんで日本の教科書はプーシキンやゲーテやロマン・ロランの良さを教えてくれないんだろう？　ほんの一篇の詩でもいいのに。

「ちょうどいま、中国で寝そべり族[†37]っていう動きがあって、それに似ていると思いました。『オブローモフ』は中国にいたときに学校の課題で読んで、そのときはドブロリューボフ[†38]の『オブローモフ主義とは何か？』を参考資料として読んだのもあって、当時のロシア社会特有の問題を中心に歴史的なところに視点がいってたんですけど、最近になって寝そべり族のことを考えたり、あといま先生の言ったブルシット・ジョブの話を考えたりしてみると、もっとずっとたくさんの時代や場所に共通することなのかもしれないですね」

　枚下先生は聞き終わると一呼吸おいてから満面の笑みを浮かべて、「うむ」と頷く。

「いいところに目をつけましたね。少し遠回りになりますが、こ

†37　寝そべり族——2021年ごろから中国で広まっている社会運動。競争社会や996労働制（朝9時から夜9時まで週6日働く）による過重労働に抵抗して、高額消費の価値観を拒否し、必要最低限の労働で生きることを目指す。

†38　ニコライ・ドブロリューボフ（1836–61）批評家、革命的民主主義運動の思想家。25歳で没したが、その著作は革命運動に大きな影響を及ぼした。

んな話をしましょう。概して昔の本を古典として大切に読もうとするときに気をつけなくてはいけないことがあります。それは当時の常識では当然と思われていた書きかた・読みかたについてです。この本にもありますが、たとえば『女とはこういうものだ』といった決めつけの表現や、あるいはもっと時代を遡るならプラトン時代の『奴隷とはこうあるべきで、云々』といった格言めいた表現があります。作者はその時代の価値観や社会制度を黙認したうえで、それとは別の主旨の発言をしている。もし我々がそこで黙認されている時代背景にすべて拒否反応を示してしまうなら——たとえば『奴隷制度は許せないからプラトンは読みたくない』ということになる。しかしそれでは古典の大半が読めなくなってしまいます。確かにそれらの価値観の多くは長い歴史のなかで、不平等をなくそうという動きによってある程度は葬られてきた制度です。『奴隷とはどうあるべきか』という問題が、そもそも奴隷制度がおかしいという認識が浸透して語られなくなったのは、人類としてはなかなかの進歩といえるでしょう。ところがいまになっても葬られない不平等な概念も多々あり、そのひとつが『国』という概念です。まずは一旦、これをあくまでも平等の問題として考えてみてください。生まれた国は誰も選べないのに、それを不平等と考え過去の遺物とするには、現代の社会はあまりにも国家制度に依存しすぎている。けれども現在一般的に言われている『国家』に対する無数の思い込みは、奴隷制度や男女差別と同様、ほとんどの人が生まれながらにして所属せざるをえないカテゴリに対する一種の差別意識にすぎません。『オブローモフ主義とは何か？』にしても、当時の批評家はこれをその時代の国や社会に起因する問題として捉えることで、農奴制をはじめとする社会制度の改善を目論んでいて、それはその時点では意義のあることでした。ですが、というかだからこそ、当時の批評家の読みをイタコのように現代の私たちが踏襲して『ロシアでは……』とやってしまっても、なんの意味もありません。私たちは、この問題が特定の国や時代に限られた問題ではないということを、とうにわかっていい段にきている。いやあ、いいですね。そういったことをどんどん自分で気づけるようになれば、読書はもっと楽しくなりますよ。おっと、時間です」

　そうして寝ぼけている僕たちに向かって枚下先生が大切そうなことを滔々《とうとう》としゃべり続けているうちに授業が終わってしまい、その日は一日中ほわほわとした気分のまま、ありとあらゆることを考えていた。ひとりで読んでいたときはただ寝ていたくなっただけだったのに、みんないろんなことに気がついてすごいなあ……。帰りぎわになってようやく、新名と目を合わせるという目標を今日も果たせていないことに思い当たるけれど、新名の姿はもう見当たらなかった。まあ、いいか。今度だ、今度。

ごく自然に、そんな僕にうってつけの「いま行動しなきゃだめだ」というシュトルツの叱責が頭に浮かび、続いて入谷の「新名本人に訊いてみれば」という言葉を思いだす。僕のなかのオブローモフはごろごろしたまま、「うん、わかってるよ」「でもまだ準備ができてないんだ」といいわけをしている。

だって僕にはなにもわからない。本を読むのは好きだけど、それがいったいなんにつながるのか。もうすでに就活の話をしている同級生もいるけど、シューカツというのは少し調べただけでとてもじゃないけどついていけない世界だった。新名は教職をとる授業にも出ているみたいだから、先生になるんだろうか。いい先生になるだろうな。いまから未来の生徒がうらやましいくらいだ。

新名への気持ちの正体もわからない。でもいいじゃないか、このままで。ただ教室のなかの新名がいる空間があたたかいだけで、充分すぎるくらいだ。僕にできることなんて、それを壊さないようにすることだけだ……。もう、悪魔のささやきなんて聞きたくない。

それでも、この「いま」が永遠に続くわけじゃないことはわかってる。ぐずぐずしたままでいたらいつか後悔することも。

　大学の裏通りから商店街を通って帰路を辿る。古風な雑貨屋や入ったことのないうどん屋や安売りの旗をかかげたスーパーの建ちならぶ雑然とした通りを行き交う人々とすれ違っているうちに、ふと『イタリア紀行』[†39]のなかに出てきた、考え込んでいたゲーテが知らない人にイタリア語で話しかけられたという言葉を思いだす。確か、「なにをそんなに考えているんです。考えると年をとるばかりです。ひとつのことに執着すると頭が変になります。人間はいろいろなことを雑然と頭のなかにとどめていなければなりません」……だったかな。

　僕が『オブローモフ』を読んで気分が軽くなったのは、この言葉を読んだときの気持ちに似ている。自分でも無意識のうちに、いつもどこかで考えているからだ――大学という場所は社会に出るまえの最後の猶予期間で、いまできることをやらなきゃいけない。せっかくだから思いきり勉強がしたいと思っていたけれど、どこかで「その先は？」という声が聞こえてくるようになって、まだ入学したばかりのつもりだった自分はみんなに置いて

†39　『イタリア紀行』 ゲーテが1786年から88年にイタリア全土を旅行したのちにライフワークとして取り組んだ旅行記。かねてから幾度も旅行を計画し断念していた憧れの地に身分を隠し極秘で旅立った。

いかれたような気になっている。同時に、そう急かす大人たちや社会に対して「なんのために？」という疑問も感じる。だけど他方ではそんなことを考えている自分がぐずでしょうがない人間のようにも思えてくる。でもそういう、もやもやとしかいいようのない気持ちや眠気すら描く方法はあるし、ひもといていけばちゃんとどこかに理由があって、僕だけじゃなくきっととてもたくさんの人が抱えているもののはずなんだ。

商店街を抜けて大通りに出る。湿度の高い夕方特有の匂いがする。

額に手をあててみる。微熱はもう、ない気がした。

第七講
恋にめちゃくちゃ弱いニヒリスト
――イワン・ツルゲーネフ『父と子』

イワン・ツルゲーネフ（1818–83）

オリョールの地主貴族の家に生まれ、モスクワ大学とペテルブルグ大学に学ぶ。当初は詩人を志していたが、『猟人日記』が評判を呼び、社会思潮を反映した散文で知られるようになる。二葉亭四迷の翻訳で日本文学にも大きな影響を与えた。代表作に『ルーヂン』『貴族の巣』『その前夜』など。

『父と子』

邦訳は工藤精一郎訳（新潮文庫、書影）、金子幸彦訳（岩波文庫）など。「ニヒリスト」のバザーロフとアルカージーというタイプの違う二人の青年とその親たち、早くに夫を亡くし多額の遺産を相続したアンナ・オジンツォーワと妹のカーチャ。さまざまな主張を持った彼らの、世代間の葛藤と対話が描かれる。

今回の課題図書はツルゲーネフの『父と子』だ。いよいよロシア文学って感じの有名作品だぞ。僕も高校のころに図書館で借りて読んだ覚えがある。主人公のバザーロフは「ニヒリスト」と呼ばれていた。とりあえず広辞苑の「ニヒリスト」の項目をめくってみると、

> ニヒリスト【nihilist】ニヒリズムの思想・態度をもつ人。虚無主義者。
>
> ニヒリズム【nihilism】(ツルゲーネフの小説「父と子」から広まった語)①伝統的な既成の秩序や価値を否定し、生存は無意味とする態度。無意味な生存に安住する逃避的な傾向と、既成の文化や制度を破壊しようとする反抗的な傾向とがある。②真理や道徳的価値の実在や客観的根拠を認めない立場。虚無主義ともいう。古くは老荘の哲学、仏教の空観、近代ではニーチェ、二〇世紀ではシェストフなど。

とある。そうか。そもそもニヒリズムっていう言葉が広まったきっかけが『父と子』だったんだ。じゃあバザーロフこそがニヒリストちゅうのニヒリストってことになるのか。でも前に読んだときの感じだと、主人公は僕がそれまで漠然と抱いてた「ニヒリスト」のイメージとは違った気がする。前回の授業で枚下《まいした》先生がちらっと言ってたけど、バザーロ

フはむしろ行動派っていうか、「逃避的な傾向」や「虚無」とは真逆の性格だったような……。

新潮文庫の表紙にあしらわれた切り絵ふうの冬景色のイラストとキリル文字が目にとまる。数年前までは読みかたもわからなかった文字だけど、いまは意味がすっと頭に入ってくるのが嬉しい。そうそう、日本語で『父と子』というとひと組のお父さんと息子にも思えるけど、原題は『父親たちと子供たち』と複数形になっていて、父親世代と子供世代を描いた、一種の世代小説になっているんだよな。

物語はある田舎の道端で、主人公バザーロフの友人アルカージーのお父さんが息子の帰りをいまかいまかと首を長くして待っているところからはじまる。大学を出たばかりのアルカージーはバザーロフを連れてきて、一行は馬車でアルカージーの実家に向かう。

バザーロフは医者の卵で、父親も田舎の貧しい医者だ。アルカージーは父と伯父にバザーロフを「ニヒリスト」として――「いかなる原則も鵜呑みにしない」「すべてを批判的な見地から捉える」人として紹介する。アルカージーの伯父さんはかつて大恋愛に敗れて以来の独り身だ。アルカージーはそんな伯父さんの人生をバザーロフに話して聞かせるが、バザーロフは「恋愛にすべてを賭けておいて、その賭けに負けたからといって意気消沈して、生涯なんの活動もできないほど落ちぶれるようなやつは男じゃない、オスじゃないね」と言い切る。そもそもいわゆる「恋愛」自体に否定的で「男と女の神秘的な関係だって？　こっちは生物学をやってんだ、そいつの正体はわかってる。目の解剖学でも勉強してみろよ、なにが謎めいたまなざしだ。いいや、そんなのはみんなロマン主義だ、たわごとだ、クソだ、芸術気取りだ」と容赦がない。伯父さんはそんなバザーロフをひとめ見たときから気に入らず、解剖用の蛙をつかまえてきたバザーロフに「学問も信じないのか」とつっかかる。バザーロフは答える――「技術としての学術、知識としての学術というものはあるにしても、学問全般などというものは存在しません」。つまりバザーロフが否定しているのは科学技術そのものじゃなく、それらを権威や崇拝の対象とする学術界隈の言説なんだ。

　ちなみにバザーロフは医者の卵だから、ニヒリストといってももちろん「生存は無意味」だなんて考えてないし、自然科学全般を自らの学ぶところとしていて、ドイツの学者たちを自分の先生とすら呼んでいる。ロマン主義的なものを否定するのは「まともな科学者は詩人の何十倍も役にたつ」と考えているからだ。早朝の蛙とりからはじまり実験に明け暮れるバザーロフの手はいつも赤い。「自然は崇拝の対象じゃなく工房で、人間はその工房の職人だ」と主張する彼は、誰に対しても率直で、力強く、賢い。農民や子供からも慕われ、普段は他人を見ると泣く乳幼児も彼にはおとなしく抱っこされている。同世代の仲間からは一目置かれ、アルカージーなどはほとんど崇拝といってもいいくらいバザーロフに心酔している。

　読み進めながら、バザーロフに嫉妬にも近い憧れを抱いている自分に気づく。うちの親父も医者で、兄貴もその道に進んだ。でも僕は……僕には向いていない。医学以前にあの世界に入れる気がしなかった。十九世紀の田舎の医者とは比べものにならない組織化された世界。ああいうのは兄貴みたいに誰にでも人あたりがよくて判断が早くて、他人との競争にも負けないタフな人間がなるべきなんだ。父さんは昔は僕にも期待をかけていたみたいだけど、僕が人と競うのがなにより嫌いで暇さえあればものかげに隠れて詩や小説ばかり読んでいるのを見て、じきにあきらめてくれた。だけど、あきらめはあきらめでしかない……。もし僕が競争なんかに気をとられずに、バザーロフみたいに医者の本質にまっすぐになれていたら……。そこまで考えて、（いやいや）と思いなおす。こんな空想をしている時点でバザーロフにはほど遠いじゃないか。でもバザーロフになってみられるのなら、今回の授業はちょっと楽しみだな。

朝、アパートを出る前に錆《さ》びついた集合ポストを開けると、ギリシャからのポストカードが届いていた。親父だ。いつも僕には無関心なのに、海外の学会に呼ばれたときだけは必ず写真入りのポストカードを送ってくる。写真にはバイロンの像が写っていて、アテネの地名が入っている。ひっくり返して表を見ると、ローマ字で書かれた僕の住所の下に角ばった文字でたったひとこと「事実は小説より奇なり」と記されている。……なんじゃこりゃ？　僕はそのすっとんきょうなポストカードをリュックにしまい、大学へ向かう。

木々の緑が濃くなり、キャンパスにも若葉の匂いが充満している。誰もいない朝の教室でいつもの席につき、『父と子』の文庫本をひらく――

アルカージーの実家に泊まった僕は、次の日誰よりも早起きをして、蛙をとりに出かける。道すがら出会った二人の少年に話しかけると、すぐになついて僕のあとをついてきて、

「ねえ、蛙なんかどうするの？」

と訊いてくる。

「おなかをひらいて、なかを見るんだよ。僕も君も、二本足で歩くところ以外は蛙と同じ

にできているからね。だから蛙をひらいてみれば、僕らのおなかのなかがどうなっているのかがわかるんだ」

「なんでそんなことするの？」

「もし君が病気になったら僕が治すことになる。そのとき、へまをしないためにさ」

「へえっ、お兄ちゃん、お医者さんなの？」

「そうだよ」

「ねえワーシカ、このお兄ちゃんがね、ぼくたちは蛙とおんなじだって。へんなの！」

「えー、ぼく蛙はこわいなあ」

「なにいってんだい、こわかないよ。かみつくわけじゃないんだから」

「さあ君たち、ぐだぐだ考えてないで水に入るぞ！」

ざぶざぶと水に入り、逃げようとする蛙をつかまえては袋に入れていく。手にあたる泥と水草の感触が気持ちいい。はじめはおっかなびっくりだった子供たちも次第に大胆になり、はしゃぎながら蛙をとっていく。

頭がすっきりと晴れている。さえない田舎にだってやることは山のようにある。

アルカージーの家に戻ると彼の伯父がさっそく顔をしかめて「なんだそれは、ヒルか？」と訊く。僕は「蛙です、実験用の」と手短に答えて部屋に蛙を置きにいき、戻ってきて食卓について急いでお茶を飲む。いましがたアルカージーから僕の話をきいていたらしい伯父は、「ドイツ人の学者のほうがロシア人より優れていると思うのか」とか、「芸術は認めないのか」とかいったことを尋問のように訊いてくる。まったく、よくそんなに次から次へと。日がな一日、昔日《せきじつ》を惜しむくらいしかやることがないくせに。

　ここには彼らのほかにフェーネチカという娘がいる。アルカージーの父親は早くに妻を亡くしていたが、自然にフェーネチカと恋仲になり、ちいさな赤ん坊をもうけている。アルカージーの腹違いの弟ってことだ。父親のほうは、もともと使用人の娘だった彼女との関係を息子にどう話したものかと戸惑っていたが、正義感の強いアルカージーは「父さんは彼女と結婚すべきだ！」と息巻いている。つまりはまあ、なにもかもうまくいってるわけだ……。

「さて、この小説が発表されると瞬く間に『ニヒリスト』『ニヒリズム』論争が巻き起こりました。ニヒリズムは善か悪か。ニヒリズムの目指すものはなにか――」

　枚下先生の単調な声が聞こえてきて、視界に広がっていた緑の田舎の中央に、先生とホワイトボードが現れる。（やっぱり……）と僕は考え始める。（やっぱりなんか、違うんだよな。この小説がニヒリズム論争の的になったのは確かなんだろうけど……）

「しかし」と、枚下先生は僕の心の動きを読むように続ける。「当時の論争はいまでいう流行語となり、社会現象にもなり、世界に広まり、はるばる日本にもきて、いまでも広辞苑の片隅にその情報が載っています。そういう場合によくあるように、この言葉にはその過程でたくさんの解釈が付加され、形を変え、当時は存在しなかった一般的なイメージがふくらんでいきました。こういう場合、その言葉に現在つきまとっているイメージに対して……そうですね、おおいに『ニヒル』になったほうがいいというところから始めましょうか」

教室全体が「なんだかうまいことを言われたぞ」という空気に包まれる。ニヒリズムの一般的解釈に「ニヒル」を——疑惑をつきつけるなら、どこから始めたらいいのか……。

「なんかぁ」と、珍しく教室のまんなかあたりに座っている青山さんが笑いながら手を挙げて発言する。「これ、めっちゃラブコメじゃないですか。最初、主人公と友達が二人で同じ人を好きになっちゃうのかと思ったらいつのまにかアルカージーは周りの人たちのいざこざまで流れとして味方につけてるし、あとアルカージーの告白にカーチャが『ええ』

って同意してるのに言われたほうは嬉しすぎて意味わかんなくて『ええ、って、それはどういう意味ですか、僕があなたを愛しているのを信じるという意味ですか、それとも……』ってなっちゃってるのとか、読んでて泣きそうだったんですけど」

　枚下先生はやにわに頬を染めて嬉しそうに笑い、

「ああ……、ツルゲーネフの作品をすべて読んでみても、このシーンの良さは身に染みますね……」と言葉を詰まらせる。「カーチャも泣きだしてしまうんですよね。そして、『愛する者の目にこのような涙を見たことのない者は、人間がどれほどまでに幸福になれるのかを知らないのだ……』という語りが入る」

　見ると、先生まで泣きそうな顔になっている。うん、僕もあのシーンはよく覚えている。でもそれがどうニヒリズムの話とつながるんだろう、いや、別に青山さんは感想を言っただけだろうけど……。先生はプリントを配りながら教室前方をゆっくりと歩き、話を続ける。

「あらためて前提からお話しすると、いまお配りしているプリントにもあるように、『父と子』は父親世代と子供世代の人生観の違いを描いています。時代は農奴解放前夜の一八五九年。『ニヒリズム』はバザーロフたち子供世代が目指す新しい思想として登場し、父親たちはプーシキンを愛読するロマン主義的な時代を生きてきた世代として描かれます。

実際に小説の冒頭では確かに彼らの対立が語られますが、その様相は次第に変化していきます。アルカージーのバザーロフへの盲目的な憧れも中盤では薄れていく。そうして彼がこの上ない幸福を感じる瞬間には、いま青山さんが指摘してくれたようなラブロマンス的な要素があったりするわけです。このあたり、ほかにも意見が聞きたいですね。入谷《いりや》君」

まだ青山さんのほうを向いていた入谷は、急に名前を呼ばれて「えっ……と」と大袈裟に首を伸ばして姿勢を正し、

「登場人物がみんな、やけに人の家に遊びにいくなーって思いました」

と発言する。みんながちょっと笑う。僕も（いや、それは確かにそうだけど、いまの話の流れに関係なさすぎないか）と思っていると、入谷は慌てて右手を軽く振りながら、

「いやつまり」と続ける。

「バザーロフとアルカージーみたいに大学で仲が良かった友達同士ならともかく、アンナ・オジンツォーワとカーチャの姉妹のところにも、ほとんど初対面でいきなり泊まりに行っちゃうでしょ。この時代の本を読んでるとよくあるパターンなんで、そういう交流スタイルだったんだと思うんですけど、それにしてもこの小説って、ほとんどそれだけで話が進んでいくんですよね。バザーロフは大学のある街から帰ってきていきなり実家にも帰

らずにアルカージーの家に泊まって、それから二人でオジンツォーワの家に泊まりにいって、そのあとバザーロフの家に泊まりにいって、またアルカージーの家に……って繰り返してて。若者の集まりも少しは出てくるけど、バザーロフはあんまり居心地がよさそうじゃないし。それって世代の違う人たちの交流を描くためにも必要なことだったのかな、ってこれはいま自分で話しながら思いついただけですけど……。でも親世代と子世代がまともに意見を交わすって、たぶんいつの時代も難しいことだし、いままで読んだ同時代の小説にも親なんてぜんぜん登場しない話もいっぱいあったのに、この小説の登場人物たちは曲がりなりにもそれをしようとしてるみたいだし。少なくともそういう対話の能力っていうか、いや、意志なのかな、そういうのがあるほうなんじゃないかっていう感じがしたんですよ」

　でた、入谷得意の「考えながらしゃべっているうちにそれっぽい答えが出てくる」やつだ。ぽかんとしていたみんなも、途中からほうほう、とうなずいて聞いている。枚下先生も聞き終えると両手を胸の前で組んで親指をくるくる回しながら「ええ」と答える。

「そうですね。世代というのはこの小説の中心的なテーマですから、これにかんしてはさまざまな面から考察が可能なわけですが、まず重要なのは、ツルゲーネフ自身が主人公たちの親世代であるということです。一般的には、ツルゲーネフはアルカージーの父親に最も自己を投影していたともいわれています。そして物語の結末を見る限りではこのお父さんがいちばん幸せになっていますから、それをもってこの人物は作者に肯定されているととることもできますし、同じく結末を重視する視点から、バザーロフに待ち受ける唐突な破滅は作者がバザーロフを否定的に描いている証拠ではないかという見方もあります。しかしそうした単純な肯定・否定を超えたところにある、登場人物それぞれの視点を意識してあらためて読んでみると、ニヒルだなんだといってなにもかもつっぱねようとする子供たちを見つめる親世代の視点に、なにかとてもあたたかいものがあることに気づくでしょう」

ああ、この小説にとって大事なものはなんだろうって思ったときにひっかかっていたのはそこなのかな、と僕は思う。アルカージーの父親は息子が大好きだ。冒頭で再会した親子の喜びはひとしおで、伯父にからかわれるほど何度も抱きあっている。アルカージーはいくらバザーロフを敬愛していても、父や伯父について悪く言われれば怒りだすし、バザーロフもそれに応じて「おまえのお父さんは確かにいい人だな」と認めている。バザーロフのほうの両親も愛情のかたまりみたいな人たちだ。バザーロフのお父さんは、アルカージーが「バザーロフは私欲のない、誠実な人です」ってほめるのを聞いて大喜びして、「まさにそうなんだよ。わしの名誉は、いつの日かあの子の伝記にただひとこと、『親はごく普通の軍医だったが、早くに息子の才能を見抜き、教育のためにはなにも惜しまなかった』と書かれることなんだ」と答えている。だいたいからしてバザーロフ自身も、ロマン主義的なものを否定し蛙を解剖し実験に明け暮れているのは、父と同じように医者になって、貧しい人々を治療するためなんだ。いったいこの熱血な若者のどこがどうニヒルなんだ、とつっこみたくなる。でもまあ、それはのちに「ニヒル」という言葉に退廃的なイメージが加わってしまっただけで、もともとバザーロフにはそんなところはなかったっていうことなのかもしれないけど……。でもなにか忘れている気がする。まだあったはずだ、気になっていたことは……なんだっけ？

　ふいに、少し前を歩いている新名《にいな》に気づく。黒い服を着たその後ろ姿、ゆるくウェーブのかかった髪に、僕はどきりとする。開花時期を過ぎたツツジの植え込みが道路脇に続く、大学付近のなだらかな坂道。あれ、いつのまに授業が終わったんだ？　違うな、また小説の世界に戻ってしまったのか。じゃあ彼女はアンナだ、いや、ニーナか。いや、名前はともかく、僕がバザーロフなら彼女の役割はきっと……。

「なにも信じない勇気を持っている人とお会いしてみたいと思って」

ヒロインの言葉を思いだす。そうだった。そう言われて僕は彼女と少しずつ親しくなった。けれども僕はだんだんと調子が狂って、些細なことでいらいらしたり、そわそわしてじっとしていられなくなったりして……そしてついに、ある変化が起こる。

ふと頭に浮かんだんだ——あのしなやかな腕がいつか自分の首に回され、あの誇り高い唇が自分のキスに応え、あの賢く優しい眼に、そう、あの優しさを込めて見つめられたら、僕はめまいがして、その瞬間にすべてを忘れるだろう——そう考えたとき、まるで悪魔にもてあそばれてでもいるかのように、頭のなかにありとあらゆる恥ずかしい考えが巡った。ときには彼女のほうもこれまでとは違ってきたような、その顔にどことなく特別ななにかが表れているかのように思えてきて、これはひょっとして……と考えたあたりで、僕はたいてい、足踏みをするなり歯ぎしりをするなりして、自分自身を拳でどやしつける。

もはやどうしようもない状態だ。うわついたものやロマン主義的なものをすべて否定してきたはずの僕が、いとも容易《たやす》く内面から湧きあがる感覚に囚われてしまった。いや、すべてを否定してきたからこそ隙のあいていた心の空間に、彼女の面影が入り込んでしまったのかもしれない。

　彼女を追いかけ、声をかける。

「君は恋をしたいんだ、でもできないでいる、だから不幸なんだ」

　ニーナは少しだけ驚いた顔をして、それから言葉を返す――

「私には恋ができないっていうの？」

「難しいだろうね。でもそれを不幸と呼ぶのはやっぱり違うな。むしろ逆だ、それが起こってしまった人のほうが哀れむに値するんだ」

「『それ』って？」

「恋だよ」

「どうしてあなたに、そんなことがわかるの？」

「べつに、聞きかじった話だけど」

　ああ、からかわれてるんだ、と僕は感じる。なのに僕のほうは胸がはりさけそうで……。

「まるでぜんぶ自分で体験したことみたいに言うのね」

「いや、なんとなく口をついて出ただけだよ」

　話しながら僕たちは川沿いの道まできていた。昨日までの大雨のせいで川の水が限界まで増水して濁っている。その流れに目を落とし、まるで僕の心そのものだ、と思う。増えるだけ増えて溢れそうになり、いつかの澄んだ感覚を忘れてしまっている。どうしたらもとに戻せるのか、川自身にはわからない。水はただごうごうと勢いにまかせて流れていく。

彼女はそんな僕の心の状態も知らずに無邪気に微笑んで話を続ける。

「ユーラ、なんだか最近おかしい気がする」

あ、そんなくだりもあったな。僕はその先を続ける。

「確かに最近の僕はおかしいかもしれない。でもこれは、純粋に内的な問題なんだ」

「なによ、内的って。それでもいい。あなたの内部でなにが起こってるのか、教えて」

その表現に僕は思わず苦笑いし、

「内部でなにが起こってるか、って、そんなおおげさな。まるで僕が国家か組織かなにかみたいじゃないか。それに心のなかを洗いざらい話すなんて、いつでもできるとは限らない」

と返すが、彼女は少しも引こうとせず、

「いいじゃない、試しに話してみれば。私、あなたのその張りつめた緊張感と抑制が解けるといいなと思ってる」

といたずらっぽく笑う。彼女が僕をそんなふうに捉えているなんて、と僕は動揺する。

「いまなんて言った？　緊張感と、抑制……？」

「うん」

「君は……僕がどうして緊張して自分を抑えていなきゃいけないのか、知りたいっていうのか」

「そうね」

僕は立ちあがり、川岸の柵に近づく。濁流は危険水域の線ぎりぎりのところを流れていく。水音に心臓の音がかさなる。水を見つめ、背後に感じる彼女の気配に話しかける。

「言っても怒らない？」

「ええ」

僕は振り返ったが、彼女の顔をまともに見ることができずに目線を落とす。そうして彼女の靴のあたりを見つめたまま、

「君が好きなんだ、ばかみたいに、気が狂いそうなほど」

と吐き捨てるように続ける。息が苦しく、手が震える。だけど臆しているわけじゃない。拒絶を恐れているわけでもない。ただ激しく重々しい欲望だけが全身を支配している。目

をあげて貪るように彼女を見る。立ちすくむ彼女のまなざしに迂闊な優しさが滲むのを感じとった僕はそれにすがる思いで素早く彼女の腕をとり体を引き寄せ、抱きしめた。いっさいの思考は途切れ、温もりだけがある。ほんの数秒のあいだそれ以外のすべてが消えていた。けれども彼女は我に返ったように両手で僕を引き離す。

その手の熱を感じとり、僕はようやく理解する——これは小説のなかじゃない。授業でもない。目の前にいるのは新名だ。頭がかあっと熱くなる。新名は少し首をかしげて僕を見たあと、そのままいままで通りに歩きだし、僕もなかば機械的についていく。うつむいた視線の先で自分の右足と左足が交互に出ているのがやけにちいさく見える。歩いている感覚もないまま川沿いから大通りに戻ってバス停に着き、僕たちは別々のバスを待つ。新名はとぎれとぎれになにかを話していたけれど、僕は彼女の声に聞き入りながらもその内容を理解できない。僕のバスが先にきて、なにか言わなきゃと焦る僕を、新名は押し込むようにバスに乗せて手をふった。

車内の湿気でバスの窓がくもっている。僕はふらふらとバスのいちばん後ろまで歩いて奥の端の席に倒れ込むように座り、白くなった窓ガラスに痛いほど額をおしつける。

　いつからだ？　どこまでが授業だった？

授業では——冒頭のシーンを「体験」して、青山さんと入谷が発言して、それから……。それから枚下先生が解説を続けた。入谷のいうように、『父と子』は「たとえ世代や主義主張が違っても人間的な関係を築いていくためにはどうしたらいいのか」を模索している小説でもあり、まるで父親たちは子供たちに対して「ああ、若いね。いいさ、なんでもつっぱねなさい。でもな、父さんたちは君たちが大好きだから、置いてけぼりにされるとちょっと寂しいんだよ」と語りかけているようでもあると。批評家のブィコフはツルゲーネフ作品の長所として「読者に対する要求が高くない」ことを挙げていて、決して完璧じゃない主人公たちに感情移入しながら読み進めるだけで充分に楽しめる作品になっていると。言いかえるならそれはエンターテイメント性の高さでもあり、一方ではそれが現代まで読み継がれる魅力となっているし、読むたびに新しい発見があるような多面的な物語づくりにも成功しているけれど、他方では作者の視点や主張を分析しようとすると難しくなる原因のひとつにもなっていると。

　そのあと演劇をやっている学生がメイエルホリド[†40]が戯曲化しようとした案について質問して、詩人マヤコフスキー[†41]がバザーロフを演じる計画があったらしいってことについても話してたっけ。詩に「僕はすべての既存のもののうえに『nihil』と書いてやる」とうたい、未来派のマニフェストではプーシキンを現代の船から放り投げようと嘯《うそぶ》いたマヤコフスキーは、図体の大きさも思い切りのよさも、恋をすると「男じゃない、ズボンを穿いた雲みたいに」なってしまう——恋に弱いところも、驚くほどバザーロフがはまり役で、結局舞台は実現はしなかったけど、もし上演されていたら伝説になっていたんじゃないかって……。

そうだ、授業の内容は覚えてる……でも僕はまだなにか足りない気がして、小説を読んだときの感覚を思いだそうとして——どこで授業が終わったんだ？

ついさっきの会話を思い返してみても、僕たちのやりとりはすべてほとんど小説のままだった。だとしたら新名は『白夜』のときみたいに、芝居ごっこにつきあってくれてたのか。でも仮にあれがすべて芝居だとして、僕が抱えているこの感情はど

†40　フセヴォロド・メイエルホリド（1874–1940）演出家、俳優。実験的・革命的な手法で、ブロークの『小屋芝居』、マヤコフスキーの『ミステリヤ・ブッフ』など20世紀初頭のモダニズムの戯曲の演出を数多く手がけた。スターリン時代の粛清の犠牲となり殺害された。

†41　ウラジーミル・マヤコフスキー（1893–1930）20世紀初頭のロシア未来派を代表する詩人。ここで引用されている「ニヒル」の詩は『ズボンを穿いた雲』(1915)の一節。

うなるんだ。僕の言った言葉にも、考えたことにも、なにも嘘がなかった。これまでいわゆる「恋愛」に対して距離をおきたいと思っていたことも、おそらくはだからこそ彼女の面影が僕のなかにすとんと入ってきて離れないのも、そのせいで悪魔に翻弄されかけたのも、絶えず自分を抑えていなくちゃいけないのも、ぜんぶ僕自身の心に起きていることなんじゃないのか？

「湯《ゆ》浦《うら》、なんだか最近おかしい気がする」

　耳の奥ではっきりと新名の声が聴こえる。あれは僕が言われたんだ。

　おかしいなんてもんじゃないよ、と僕は頭のなかの新名に返事をする。おかしすぎて正気を疑うレベルだ。よく、恋は病だとか盲目だとかっていうけど、こういうことじゃないはずだ。新名の目に僕はどう映っているんだろう。前は単純にわからなかったけど、いまは……きっと壊滅的に変なやつだと思われているだろうな。いや、変なやつどころじゃない、変態だ。まさしく変態じゃないか。小説の流れにかこつけていきなり抱きしめるなんて。

　猛烈に新名に謝りたい気持ちになり、バス停で僕を見送った新名が、それでも笑っていたことを思いだして苦しくなる。ごめん、新名、ごめん……。

アパートのドアを開けたところで玄関の段ボールにつまずいて転びかける。昨日届いた実家からの荷物が封を開けたまま放置してある。僕は無心で中身を箱から出していく。米、味噌、レトルトカレー。あ、これまた入ってる。中学生のころに好きだったチョコのかかったマシュマロ。どこでも売ってるって伝えたのに。母親から荷物が届くタイミングは親父の出張と重なることが多い。さみしいのかもしれない。

親父のポストカードを思いだしてリュックからとりだし、葉書類をまとめて入れている缶ケースに放りこむ前に、これまでに届いたポストカードを見返してみる。デンマークのカラフルな家と船、ウィーンのコンサートホール。それらにもひとことが添えてあったけど、「潮風が気持ちのいい街だ」とか、「時間がとれなくてどこにも行けなかったから空港で葉書を買った」とか、ごくふつうの内容だった。その上に今朝届いたおかしな一枚を乗せたとき、貼られた記念切手に本の絵が描かれているのを見て「あ、そうか」と思う。親父は僕が文学をやっているからバイロンの絵葉書を選んでくれたのか。切手まで凝ったのを選んで。それでバイロン作品からなにか引用しようとしたけど、思いついたのがこの言葉だけだったんだな——「事実は小説より奇なり」……。

ポストカードをしまって缶のふたを閉めて机の上に置き、リュックから今日もらったプリントをとりだしてベッドに寝転ぶ。プリントにはツルゲーネフの伝記紹介や作品解説、参考資料のほかに、枚下先生の訳した批評もいくつか載っている。『父と子』が西欧や世界の文学に与えた影響、ヘミングウェイのツルゲーネフ観、ツルゲーネフがいつも新世代の若者のトレンドに目を凝らしていたこと、作者の倫理観がほとんど語られないこと。あ、これは有名なやつだ——バザーロフはロシア文学のなかにほとんど初めて登場した「雑階級人」だったこと。これ以前のロシア文学の中心人物は圧倒的に貴族が中心だったけど、バザーロフは誇らしげに「うちのじいさんは畑を耕していた」と語っている。それまでにも貴族や役人にしては慎ましい身分の人物はわりあい好んで描かれてきたけれど、貧しい身分を誇りにしながら医学を身につけて積極的に活動する主人公はこの時代の最先端だ。あとの時代になるとこういう貴族以外の出身の主人公たちがもっと活躍して、貧しい農家や商家出身の作家も増えていくけれど、そんななかでバザーロフはいちはやく描かれた魅力的な雑階級人だった。アルカージーやほかの登場人物もそれぞれに魅力があるけれど、それはやっぱり彼らが愛情や思いやりに長《た》けているからなんだろうな。

　プリントが手を離れてぱらりと床に落ちる。

　ギリシャのどこかの郵便局で、無愛想な親父が頭をひねってバイロンの引用句を思いだそうとしている様子が頭に浮かぶ。抱きあって再会を喜ぶような習慣は僕たちにはないけれど、親父なりになにかを伝えようとしてくれたんだろう。それに、思えばあれはいまの僕にぴったりな言葉でもある——ほんとうに、事実は小説より奇になってるんだから。奇も奇、怪奇現象だ。なにが事実でなにが小説なのかが、どんどんわからなくなっていくなんて。

いや、事実……というか現実が、まるで現実じゃないみたいなんだよな。でもいまこれを考えているのは僕で、バザーロフじゃない。だいたい僕はバザーロフみたいなタイプじゃないって、自分でもわかっていたはずだ。それなのにどうしてこんなに主人公の気持ちに入り込んでしまったんだろう。新名への気持ちが強すぎるせいだろうか。なにかに対する思い入れが強すぎると現実のほうで起きていることに実感が持てなくなるというのは、それこそどっかで読みかじった気もするけど……。

仰向けになって天井を見つめる。いつもの白い教室が浮かび、親父の角ばった字が浮かび、バザーロフが病に倒れたときの両親の涙が浮かぶ。プリントが浮かび、雑階級人の話が浮かび、少年たちとともに蛙をとりにいった朝の情景が浮かぶ。けれども新名の体温を思いだすと、たちまちすべてが消えていく。まるであの体温にだけ「事実」があるみたいに。

第八講

土埃に舞う問い

――ニコライ・ネクラーソフ『ロシヤは誰に住みよいか』

ニコライ・ネクラーソフ（1821–78）
ポドリスカヤ県（現ウクライナ）の貧しい地主の家に生まれる。詩人としてデビューし、社会性と強い抒情の相まった独自のスタイルを切り拓いた。1847年から66年まで『同時代人』発行者、68年からは『祖国雑記』編集長を務め出版人としても活躍。代表作に『赤鼻のマロース』『デカブリストの妻』など。

『ロシヤは誰に住みよいか』

邦訳は谷耕平（岩波文庫、書影）、大原恒一（論創社）など。ネクラーソフ晩年の未完の叙事詩。農奴解放後のロシアで七人の農民が幸せな人を探して旅をする。一八六三年から十年以上をかけて執筆、さらに追加で数部書き加えられる予定だったが、約半分が書き残されたため、内容や構成を含めて謎が残り激しい論争を呼んだ。

今回の課題図書はネクラーソフの『ロシヤは誰に住みよいか』で、作品の舞台はちょうど前回の『父と子』のあと、つまりは農奴解放後の時代だ。「叙事詩」ってことはこれも詩の形式で書かれているのか。原文で読み通すのはたいへんそうだけど音くらいは聴いてみようと思ってネットで音源を探すと、あった。原題ではロシアではなく「ルーシ」という古い呼称を使っている。再生すると、陽気さと哀愁の同居した風情のある声が、威勢よく冒頭を読みあげていく。聞きながら翻訳を目で追う。

へえ、なんか昔話みたいな始まりかただな――「いつのことだか、数えてごらん。どこのことだか、あててごらん。広い田舎道のただなかで、七人の農夫が顔を合わせた」。そしてこの七人は、出会い頭にいきなり議論をはじめる。「このルーシでいちばん気ままに楽しく暮らしているのは、いったい誰だろう」と。ある者は地主だと言い、ある者はお役人だと言うが、みんなそれぞれに意見があり、いや神父だ、商人だ、貴族だ、皇帝だと、口々に主張する。原文は案外素朴な言葉が多くて、「農夫」「神父」「皇帝」あたりは断片的にだけど聞きとれる単語も多い。そしてひとことに「詩」といっても、プーシキンの時代の詩とはだいぶ雰囲気が違う。

農夫たちは歩きながら話に夢中になるあまり、いつのまにか夕陽が沈み夜がおとずれているのにも気づかない。通りかかった怪しげなおばあさんに「おやまあ、こんな夜ふけにどこへ行くんだね」と大笑いされ、彼らははたと顔を見合わせる。知らないうちにずいぶんと遠くまできていたらしい。「こりゃあ木霊《こだま》に化かされちまったんじゃねえか」などと言いながら、農夫たちはその場で野宿をすることに決め、お金を出しあいウォッカを買ってきて酒盛りをはじめる。なおも続く口論はやがてとっくみあいのけんかになり、その騒ぎに驚いたうさぎが逃げだし、雛鳥《ひなどり》が巣から転げ落ちる。焚き火のそばに寄ってきた雛鳥を農夫のひとりがつかまえて、「おらにも翼があったらなあ」とつぶやくと、「翼なんかいらねえ、パンがほしいや」ともうひとりが言い、「ウォッカもほしいね」と酒飲みが言う。「つまみにきゅうりの漬物もあるといいなあ」と誰かが調子づき、「昼には冷たいクワス[†42]がほしいぞ」「晩にはお茶がなきゃいかん」と盛りあがっていると、頭上に母鳥が飛んできて「うちの子を助けてくださったら、なんでも好きなものをあげましょう」と言い、雛鳥を渡すのとひきかえに魔法のテーブルクロスのありかを教えてくれる。そうして手に入れた魔法のテーブルクロスは、広げ

†42　クワス——ライ麦と麦芽を発酵させて作る飲みもの。微炭酸で色は黒っぽく味は甘酸っぱい。夏に冷やして飲むのが一般的。トマトやきゅうりやハムを細かく切ったものを入れればオクローシカと呼ばれる冷製スープになる。

ると屈強な腕が二本ぽんっと現れ、農夫たちが望んでいた食べもの飲みものを、ずらりと揃えてくれるのだ。農夫たちは大喜びで抱きあって、むだなけんかは二度とするまい、なんでも分けあい、話しあい、答えが出るまで一緒に探そう、と互いに誓い、ぐっすりと眠りについたのだった。

なんだ、やっぱりまるきり昔話じゃないか。魔法のテーブルクロスってのもロシアの昔話によく出てくるアイテムだし。それにしても、どこの農民も「おなかいっぱいになるくらい食べものがあったらどんなにいいだろう」と夢みてこういう話を考えるんだと思うと切なくなってくる。日本の昔話なら、大晦日に貧しいおじいさんとおばあさんのところに米俵を運んでくれるお地蔵さんとか、清酒の湧きでる泉とか。食べものを夢みるほどのひもじさを、僕はどのくらいわかっているのだろう。

授業の日は夏日だった。気がつけば六月も終わろうとしているが、ウクライナでの戦争は依然として続いている。昨日の朝、中学時代に仲が良かった（けどロンドンに越してしまった）渉《わたる》から久しぶりにショートメッセージが届いた。こっちが朝六時なら向こうは夜十時。渉は僕が早起きなのを知っているから、いつもそのくらいの時間に話しかけてくる。

大学の話をして、僕がロシア文学をやっているという話から戦争の話になった。数ヶ月前の開戦直後に世界的に広まった反戦の気運が、なにか別のものに変容している気がする、と渉は書いていた。「まるで世界じゅうが内戦をしているみたいだ」と。僕はそのメッセージを既読にしたまま、なんと返したらいいのかわからずにいた。世界じゅうが内戦をしていると思えるほど、情報を収集したり、誰かと意見をぶつけ合ったりしてはいないからだろうか。時差にして八時間という遠い街にいるせいもあるのかもしれないけれど、おそらくそれだけじゃない。僕たちは同じ本好きとはいえ、いつも違う視点から世界を見ていた。意見が合わないのかといえばそうじゃないんだけど、視点の置きかたや規模が違うのかもしれない。

　さんさんと陽の差す教室に入り、いつもの席につく。始業時刻になると、前のドアから枚下《まいした》先生がロシアの農民の着るようなシンプルな生成《きなり》色の長シャツを着てのっそりと登場し、「やあどうもどうも」と朴訥な仕草で右手を挙げて教壇に立ち、ぼろ切れのようなハンカチを出して額の汗をぬぐった。そしていつものように見下ろすような目でぐるりと教室を見回すと、

「みなさんはこのシャツをごらんになって、なんだと思いますか」

と訊いた。

「ルバーシカに見えまーす」

と、最前列の学生が言う。ルバーシカというのはロシア語で単にシャツのことで、現代のワイシャツなんかのことも指すけど、日本語に翻訳されたロシア文学のなかでカタカナ語として出てくる場合は、確かにいま枚下先生が着ているような立襟の農民服を指すことが多い。枚下先生は「ええ」と頷いたものの、

「そうでしょう、でも実はただそれらしい服を見繕っただけです」

とすっとぼけたことを言う。みんなが「えー、そうなんですかー」と笑い、教室が和んだところで枚下先生は本題に入っていく。なんだ、今日の先生はずいぶんサービス精神が旺盛だな。大柄な枚下先生にその素朴な服はよく似合っているけれど、なんでまたそんな演劇の衣装のようなものを着てきたんだろう。

「ものごとは、ある一定の文脈のなかになりたっています。たとえば同じ格好をしていても、もし私が園芸家で、市民会館で初心者向けにりんごの植えつけについてお話しするとしたら、集まった聴衆はこの服を見ても、ゆったりとした作業着としか思わないかもしれません。みなさんは今回の課題図書を読み、おそらくは挿絵に描かれていた当時の農民の

雰囲気を念頭に置いているからこそ、容易にこの服をロシアの農民服に結びつけることができた。というわけでそろそろみなさんも、こういう服を着てみたくなったでしょう」

魔法の着せ替えスイッチでも入れるみたいに枚下先生がぱちんと指を鳴らすと、教室の前方から巨大な扇風機を回したかのような風が起こり、その風が、教室にあるわけもない大量の土埃を巻きあげて吹きつけてくる。たまらず目を閉じ、風がおさまるのを待ってそっと目をあけると、僕たちはだだっ広い田舎道にいた。踏み均《なら》された道沿いには距離を示す木の柱がぽつりぽつりと一定間隔で立っていて、道端にはごぼうのような草が茂っている。僕はさっき枚下先生が着ていた服によく似た、膝まである白いゆったりとしたシャツを着て、腰のところでベルトがわりの紐を結んでいる。横を歩くイリヤは赤茶色のシャツにねずみ色のぼろい上着を羽織っていて、社会学部の聴講生は魔法のテーブルクロスを小脇に抱えている。定年後の渡辺さんは帽子をかぶり、優しそうな目をいっそう細めて後ろからついてくる。草の匂いの漂うなかをこうして教室のみんなで歩いているなんて、さながらフィールドワークだな。

僕たちはこのルーシで幸せに暮らしている人を探し求めて歩く。どこまで歩いても魔法のテーブルクロスが食事の用意はもちろん洗濯までやってくれるから生活には困らないが、文句なしに幸せな人はなかなかみつからない。すでに神父には話をきいてみたけど、神父の暮らしは気ままどころか、春のうららかな日も吹雪の吹きすさぶ冬も、昼でも夜でもおかまいなしに、やれ赤子が生まれた、やれ危篤だと呼び出されるし、死の床にいる者のうめきや哀れな孤児の涙といったやるせない場面に絶えず接していなければならず、気の休まるひまもないという。旅は続く。

「えー、どこかに幸せ者はいませんかー？　気ままに楽しく暮らしている人はいませんかー？　もしいたら、ただでウォッカをあげますよー」

と、イリヤが大声をはりあげる。僕もつられて楽しくなって、「いませんかー？」と続けてみる。ただで酒が飲めると聞いて、わらわらと人が集まってくる。そのうちひとりが僕らのほうに歩み出て、

「地主だって皇帝だって、人の力には限りがあらあ。でもおら、なんにもなくたって楽しいね。おてんとさまがあたってちょっくら酒でも飲めりゃ、もう幸せいっぱいさ」

とのんきに言う。僕が「でも、その酒はどうやって手にいれるんだ？」と聞くと、

「そりゃあいま、あんたらがくれるって言ったじゃねえか」

とくるものだから、イリヤが「こらっ」と追っ払ってしまった。幸せだと証明したら酒

をやるって言ってるのに「その酒をくれたら幸せだ」なんて、順序があべこべだ。

続いて片目の見えないおばあさんがやってきて、

「今年はかぶが豊作でね、うちのちっこい畑でも、こんなに大きなおいしいかぶがたくさん穫れたんだよ」

と自慢するが、僕らは笑って「うちへ帰って、そのかぶをつまみに一杯やってな」と追い返す。

次にきたのは兵隊あがり。幾度も戦争に出たが、死ななかったのが幸せだという。それは確かに本人は幸せに感じるだろうと、誰からともなく酒をふるまう。

だけど――と僕は考える。この人たちの幸せはどのくらい続きうるのだろう。かぶの豊作が幸せなら、凶作の年は不幸になる。兵隊が死ななかったのは幸運に違いないが、死を前提とした生業《なりわい》が「気ままで楽しい」暮らしとは到底思えない。そのあとに名乗りでた、大槌をふりまわして力仕事で家族を養う若者もいたが、遅かれ早かれ体力は衰える。その後はどうやって生きていくのか。どの人も、ほんの少し先の未来すら見えない生活をしている。なにしろここには、庶民の生活の保障などというものは、まったく存在しないのだ。

僕らは歩き続ける。人々の話にあわせて農民歌をうたい、日が暮れて歩き疲れたら魔法のテーブルクロスのふるまうごちそうで宴会をして眠り、目が覚めればまた歩きだす。たわわに実った野菜畑には子供たちが走りでてにんじんやかぶを運び、ひまわりの種をむしっている。

　歩きに歩いて辿りついたある貧しい村で、ひとりの百姓女のうわさを聞きつけた。その話によると、マトリョーナという名のもうすぐ四十歳になる女が幸せそうだという。僕らはその人を探し、白いシャツに農民風の上着を羽織って小さな鎌を肩にかけた彼女を見つけ、声をかけた。

「あなたが幸せそうだって、人に聞いてきたんです。詳しく教えてくれませんか」

「変なことをいう人たちね、いまは畑仕事の時間だから、おしゃべりしてるひまはないの」

　突然見ず知らずの僕たちに思いもよらないことを訊かれて戸惑ったような、心を痛めたようなその顔を見て、僕は心臓が止まりそうになる。ニーナ……。気丈そうにつっぱねるその目の奥に、いまにも壊れてしまいそうななにかがみえる。

「じゃあ俺たちが畑仕事をやっとくからさ、かわりに話をきかせてよ」

　と気軽に話を持ちかけるイリヤの肩に、僕は思わず手を伸ばして止めようとする。やめろ、イリヤ、訊くな。

いやな汗が噴きだすと同時に崖から落ちる夢を見たときのように足がひとつ大きく震え、僕は目をあける。教室を見回すと、みんなはまだ本に目を落としてぼんやりとした顔つきをしている。枚下先生も教壇に立ったまま目を閉じている。僕だけ先にあっちの世界から帰ってきてしまったのか。

だって、無理だ。この先を見るのは。ニーナは……いや、原作ではマトリョーナは、酒を飲まない両親のもとでのびのびと育った。けれども嫁にいった先は家父長制のこの国にありがちなすさんだ家で、遠くに働きに出た夫が留守にしているあいだは舅や姑につらくあたられる。夫が家に帰ってくると嬉しかった、と彼女はいうが、ぶたれたことはなかったのかと訊かれると、「いちどだけ」と答えてその詳細を明かす。そのうち彼女は男の子を産むが、畑仕事に赤子を連れていくのを姑に許してもらえず祖父にあずけることになり、祖父が居眠りをしているあいだに赤子は豚に食べられて死んでしまう。彼女はそのあとも子供を産むが、決して幸せにはなれないと思っている。

なによりつらいのは、農夫たちのうたう鞭打ちの歌に代表されるように、彼女の話の全般に当時の農婦が置かれた「普通」の基準――女や子供を折檻《せっかん》すべきと説いていた「家庭訓《ドモストロイ》」†43の影が感じられるところだ。農奴解放とともに家庭訓への批判も高まっていたとはいえ、多くの農婦はまだまだその影響下に置かれていた。彼女が頰を染めて語るささやかな過去の喜びや悲しみは、すべてその厳しい前提のうえに成りたっている。

僕が文庫本に触れることすらできずにただ身を固くしていると、教室のみんなはひとり、またひとりと本を閉じて、ノートやプリントをめくりはじめた。枚下先生も静かに目をひらき、話しはじめる。

「ネクラーソフはこの作品によって詩の形式にも大きな改革をもたらしました。それまで詩の世界にはなかった語彙や民衆の言葉を用いただけでなく、三拍子と二拍子の混合したリズムを使って詩の世界をぐんと広げた。しかし、詩というものに対して雅《みやび》なイメージを持っている一部の批評家や読者のなかには、ネクラーソフが粗野で卑俗な言葉を容赦なく

†43　『家庭訓』15世紀のノヴゴロドで生じた生活指南書が起源とされ、16世紀イワン雷帝時代の司祭シリヴェストルの編纂による版を基礎とした総合的書物。宗教的世界観から家庭の規範、生活の知恵、料理のレシピまで多岐にわたるが、妻は夫に絶対的に従属するものとし、妻と子に対する暴力を奨励し、女性への厳しい制限を課す方針は、家父長制の権化として人権意識の高まりとともに批判の対象となった。

詩に取りいれたことを歓迎しない人もいました。狭量に思えるかもしれませんが、十八世紀中盤に言葉を高・中・低の三種類に分けたロモノーソフ[†44]の三文体論では『低』にすら入らなかった言葉を使っていることを考えると、その拒否感もわからなくはありません」

　聞き慣れた枚下先生のテナーの声を聞いてやや平静を取り戻した僕は、（ロモノーソフの三文体論は、ロシア語史の授業で出てきたな）と思いだす。高尚な文体っていうのは教会スラヴ語や古風な言葉を用いて頌詩《しょうし》などに使う。中間の文体は教訓、哀歌など。低い文体は喜劇や寓話など。ただし侮蔑的な言葉はどの文体にも入れてはいけない、ってやつだ。

あれ？

「でも」

　と、僕は手を挙げながら言う。枚下先生は頷く。

「プーシキンがすでにそれらをうまく融合して、古風で貴族的な言葉から口語までを包括して、いろんなテーマを自由に語れる文体を見出したんですよね」

†44　ミハイル・ロモノーソフ（1711–65）物理学、天文学に通じ、百科事典的な知識を持った学者。芸術、経済学、教育の発展に寄与した。プーシキンは「ロモノーソフは最初の大学を作った。いや、むしろ彼自身が最初の大学だった」と称した。

「ええ、その通りです。ではここで、プーシキンの時代の作品とネクラーソフのどこが違うのか考えてみましょう。こういうのは同じジャンルの作品で考えるとわかりやすいんですが、この『ロシヤは誰に住みよいか』のジャンルはなんだと思いますか？」

その問いに即答できずに戸惑っていると、入谷《いりや》が口をとがらせて、

「叙事詩、って表紙に書いてあります」

と助け舟を出す。そういえば、と思い、僕も、

「昔話みたいだと思いました」

と言ってみる。それから新名《にいな》が手を挙げ、

「内容的には紀行文やルポルタージュに近い気がします」

と発言する。枚下先生はそれに応えて、

「みなさんその通りです。叙事詩というのは壮大なジャンルでして、ネクラーソフとしては作家人生の集大成になる叙事詩を書こうとしたのでしょう。具体的な内容からみれば昔話や、ラヨーク[†45]と

†45　ラヨーク――荷車に乗せた箱に拡大鏡つきのちいさな覗き穴がついた移動式ミニ劇場。客に穴を覗かせながら、ラヨーク師が中の絵を切り替えてストーリーを展開させていく。当初、宗教的な版画を見せながら悪魔やアダムとイヴをコミカルに描写する「楽園もの＝ラヨーク」が主流だったため呼称として定着したが、のちに内容は多様化した。

いう紙芝居に似た民衆文芸との共通点が指摘されています。紀行文という点では、ラジーシチェフの『ペテルブルグからモスクワへの旅[†46]』やゴーゴリの『死せる魂』が、テーマ的にも近いといえるでしょう。旅の理由や趣は異なるものの、いずれもロシアを旅しながら、庶民の暮らしや地主の悩み、役人の堕落などを描いており、作品をきっかけとして知識人のあいだで社会をどう変えていくべきかという議論が巻き起こるところもよく似ています。ではその流れにおいてネクラーソフが根本的に新しかったのはどこでしょう」

と訊く。

「農民たちの声を主役に据えているところですか？」

と新名が答える。枚下先生は満足そうに、

「はいっ」

と人差し指をたてて続ける。

†46 『ペテルブルグからモスクワへの旅』（1790）ペテルブルグからモスクワまでの各地の様子を観察するという形式で、当時の民衆の苦しみや専制政治の横暴を描いたアレクサンドル・ラジーシチェフ（1749–1802）の代表作で、社会批判の書として後々まで多大な影響を与えた。2014年にはアンドレイ・ロシャーク（1972–）によって原作とほぼ同じ道筋を辿る現代版ドキュメンタリー映画が公開されている。

「それです。ネクラーソフはこの作品のために、当時ようやく形になったばかりの、民衆語が豊富に入ったダーリの辞典を読み込み、自らも農民の話を聞き歩き、歌や口承文芸を集めてまわりました。文学史的にみればこの作品は『農民生活の百科事典』とも言われていますし、ネクラーソフの意図としては、農民の大半が文盲だった当時、この作品によって農民に言語そのものを贈りたかったのだ、とも考えられています。では先ほどの例に戻って、『ペテルブルグからモスクワへの旅』からみてみましょう。ラジーシチェフが旅行記という形を選んだ理由は、検閲をごまかすためでした。十八世紀末に西欧で感傷旅行がジャンルとして流行したのを受け、旅行記というたてまえで各章のタイトルを地名だけにすれば、単なる流行りの本とみなされて検閲にひっかからないだろうと考えた。内容としては虐げられた農奴の実態を描くという主旨はあるものの、視点は完全に貴族にありました。一七九〇年ですから、そもそも農民がなにかしらの一貫した思想を持った言葉を発することができるなどとは、ほとんど思い及ばない時代です。十九世紀に入ると、一八一九年にプーシキンが『田舎』という詩を書いています。冒頭だけを読むなら、樫の木がざわめき澄んだ小川が流れるのどかな風景を描いた田園抒情詩のようですが、実はそれは隠れ蓑で、後半から一気に社会批判の色を強めていく。地主の思うままに農民は痛めつけられ、いかなる無慈悲な仕打ちにも服従するだけの一生を送らなくてはならない。果たしてこの奴隷社会に素晴らしい夜明けは訪れるのか、と詩は問いかける。プーシキンの場合はラジーシチェフと比べて易しい文体にはなっていますが、農民はただ声なきうめきをあげる存在です。そしてゴーゴリの『死せる魂』は言語的にぐんと素朴な言葉に近づきます。それまでの貴族小説に多くみられたフランス語由来の言葉をなるべく使わないようにしたり、俗語やくだけた表現を取りいれたりといった類のことを意識的にやっている。しかしそれでも農民たち自身が雄弁に語りだすことはありません」

聞きながらあらためて、帝政時代の農奴とはどんな存在だったのだろうと考える。いままで読んだ作品のなかにもよく出てきたし、ゲルツェンをはじめ多くの貴族が農奴に対する体罰や厳しい仕打ちに心を痛めていたけれど、そこに彼ら自身の声はない。農奴解放の前後には農地の改革が盛んに題材になるが、たいていは貴族と農民たちとの意思疎通の難しさが描かれている。だからこそネクラーソフは、彼らに言葉を与えたいと考えたってことか。

そういえば予習で読んだときに衝撃的だったのは、地主からただ楽しむために嬲《なぶ》られ続け、自分が人間であることすら忘れてしまった奴隷のヤーコフの話だ。いくら酷い目に遭わされても地主に忠実だったヤーコフは、最後に残された復讐手段として地主の目の前で首を吊る。暴力的な社会構造のもとでは、その「暴力」を認識すること自体が困難になり、善良さも忠誠も「幸せ」につながりはせず、ただ虐げられるばかり。あのくだりを思いだすと、言葉を持たない犬がいじめられているのを見たあとのような後味の悪さがよみがえる。さっき配られたプリントによると、ネクラーソフは実在の事件からこの題材を得ているらしい。じゃあ、もしあの奴隷が言葉を覚えて、本を読めるようになったとしたら。あるいは、もしこの作品を読んで、自分の境遇を自覚できるようになれたら……。つまりネクラーソフは、それくらい直接的に農民のことを考えていて、そのくらい根元から社会を変えようとしていたってことなのか……。

「さて、そんなわけでネクラーソフはたいへんな苦労をして農民の声を集めてこの作品を書きましたが、一八六三年に制作にとりかかってからおよそ十年の月日を費やしても完成せず、そのまま七八年に亡くなっています。作中の農夫たちは、最後まで文句なしに幸せな人を探せずに終わってしまう。ここでみなさんに考えてほしいのですが、もしこの作品が完成していたら、幸せな人は見つかったでしょうか。見つかったとしたらそれはどんな人でしょう？」

タイトルの回収か、あんまりそういうふうには読んでなかったな、と出てきた登場人物をあれこれ思い返していると、

「あのですね」

と窓際の渡辺さんが手を挙げる。「はいどうぞ」と枚下先生は目を向ける。

「最初に農夫たちが集まって考える場面の、候補の出しかたが少し気になりまして。幸福かどうかを考えるときに、地主だ神父だ役人だって、職業や身分で考えるでしょう。しかし私はこの年になってしみじみ思うんですが、どんな身分だって、その立場なら幸せということはないんじゃないでしょうか。いやむしろ、そういう発想に陥ってしまうと幸せが遠ざかるといいますか。かくいう私自身も引退するまでは、年金生活に入ってやり残した勉強を地道に続けられるようになれば、ようやく穏やかで幸せな生活が手に入るんじゃないかと夢のようなことを考えていました。実のところ悪くはないと思っていますが、人の悩みは尽きないもので、どうにも穏やかとはいい難い、バタバタとした生活を送っておりますから。ああすみません、個人的な感想になってしまいましたが……」

渡辺さんは軽く首をかしげて口をつぐみ、プリントに目を落とした。

「ええ、いいところに気づきましたね。ネクラーソフの狙いがそこにあるかどうかは難し

い問題ですが、現代の私たちが自分に引きつけて読むとしたら、そういう読みかたがいちばん万能といいますか、応用自在な楽しい読みかたでもあるでしょう。古今東西、幸福についてはあらゆる解釈があり、文学作品のなかでもたくさんの格言めいた言葉が生まれていますから、みなさんも自分が知っている幸福の概念と作中の人々とを引き比べてみると新たな発見があるかもしれません。ちなみに教科書的な解釈としては昔から、最後の『大盤ぶるまい』の章に出てくるグリーシャという少年が幸福にいちばん近い、という読みがあります。少年は人々の幸せのために献身的に生きようと決意する。これは確かに希望にも思えますし、この少年に望みを託したくなる読者の心境はよくわかるのですが、献身や自己犠牲が他の章でまったく報われないことを考えると、はたして少年の未来が明るいと考えてもいいものか、悩んでしまいます。さて、ほかに意見はありますか？」

新名が手を挙げて、「いいですか？」と訊く。

「農奴解放という背景を考えるなら、読解の鍵になりそうなのは『お末裔《すえ》さま』という章の、現実を受け入れようとしない地主かなって思いました」

あ、あれは僕も印象に残ってる。なんていうか映画の『グッバイ、レーニン！』[†47]みたいな、いやちょっと違うけど、ともかく時代の急激な変化についていけない老地主の話だ。

ずっと権力にまかせて横暴にふるまっていた地主が、その生活の根本を揺るがされる農奴の解放という出来事を受け入れられずに卒中で死にかけ、昔のままの暮らしを望む。老地主を憐れんだ農民たちはあたかも自分たちがまだ農奴であるかのようなそぶりをしている。しかしその欺瞞が性に合わない農夫のアガープが、まるで「王様の耳はロバの耳！」と暴露するかのように地主を『道化』と呼んでその事実を伝えようとするが、それが地主の逆鱗に触れ、地主はアガープを折檻しろと命ずる。けれども農民たちはそんな理不尽なことはしたくない。仕方がないのでみんなで協力して老地主をだますことにする。農民たちはアガープを馬小屋に連れていき、アガープはさも痛めつけられているかのような悲鳴をあげる。みんなその芝居が面白くて、必死に笑いをこらえている。しかしうまくいったかと思ったのも束の間で、指一本触れていないはずのアガープは屈辱に耐えきれずに急死してしまい、最後には老地主も死んでしまう。

†47 『グッバイ、レーニン！』（2003）ヴォルフガング・ベッカー監督のドイツ語映画。東ドイツに住む母と息子。1989年、息子がデモに参加し逮捕されたのを見かけたショックで倒れ昏睡状態となった母親が8ヶ月後に目を覚ますと、ベルリンの壁が崩壊していた。息子は母にショックを与えないよう、資本主義社会の波が急激に押し寄せる現実を必死でごまかそうとする。

「この地主は極端な例かもしれないですけど、地主や農民だけじゃなく神父や役人も含めて、農奴解放によって幸せになったといえる人がほとんど出てきませんよね。読んでいると、作者は農民たちに話を聞き歩きながらずっとやるせない思いでいたんじゃないかっていう気がして……。だから、ネクラーソフが描きたかったのは幸せな人が見つかるかどうかじゃなくて、なかなか見つからないのはどうしてかっていう、その経緯かなって。あるいは作者は読者に、たとえばこの地主がもし横暴にふるまうことに対してこんなに歪んだ執着を持っていなかったら……っていう『もし』を考えて、その『もし』を実現するにはなにが足りないのかを、考えてほしかったんじゃないか……。もっというなら、社会の変化に対して見ざる聞かざるという態度が、いちばん幸福を――自分だけじゃなく、周りの人たちの幸福も巻き添えにして遠ざけてしまうものなんじゃないかと思いました」

　いいこと言うなあ、と、気づけば僕はまたぼうっと新名に見惚れている。

「ふむ。いまの新名さんの意見のおかげで思いだしましたが、この作品のタイトルとなっている問いは、ゲルツェンの『誰の罪か？』や、チェルヌィシェフスキー『何をなすべきか？』のように、社会に対して繰り返される命題のようなものでもあります。これらを並べてみて……」

と、枚下先生はホワイトボードにロシア語と日本語でそれらの題名を書き連ね、

「なにが違うかわかりますか」

と振り向いて訊き、教室を見渡す。なにって、いろいろありそうだけど……と思いながら文字を眺めているうちに、「あ」と思う。手を挙げようかと思ったとき、入谷が、

「疑問符がない！」

と叫ぶ。そうだ。ネクラーソフのタイトルには「？」がない。

「はいそうです。疑問文ではなく平叙文。とはいえ『誰に～か』という形である以上、疑問の要素はあるのですが、疑問を投げかけることが目的ではない。ネクラーソフの真意については諸説あるものの、若干無理をして日本語で説明するとすれば、『ロシヤは誰にとって住みよいのか？』というより、どちらかといえば『ロシヤなど誰に住みよいものか』となるとも考えられます。どうです。そうすると、答えではなく経緯と理由を重視した新名さんの読みが、よりしっくりくるでしょう」

はー、なるほど……。

それから枚下先生はちらりと腕時計を見て「そろそろ時間ですね」と言ったあと、もう一度着ている服をつまんで、

「ちなみに授業の最初にこの服について、てきとうに見繕ったと言ったのは真っ赤な嘘です。この服はね、ずいぶん昔にトゥーラの郊外で、農家のかたにいただいて気に入っているんですよ。手縫いで作ってくれたんです」

と、飄々《ひょうひょう》とした口ぶりで言った。え、なんなんだ、さっきと言ってることが違う。

「すげー、本物じゃん」

となりの入谷は素直に感心している。

「はい。嘘をついて申し訳がない。ただし、これにはちょっと理由があって、私の説明次第でこの服が本物に見えるか偽物に見えるかが変わるということを、みなさんに考えてほしかったんです。先ほども少し触れましたが、ネクラーソフの農民言葉や作風、あるいは詩人が優雅な文体そっちのけで『市民的』立場をとることについて、詩を高尚な枠に押し込めておきたい部類の人のなかには、趣味が良くないと見下す人はいまだにいます。どういうわけかそういう人はネクラーソフの農民言葉まで、本物じゃなく似非《えせ》農民風言葉だと批判する傾向にある。おかしなことですが、まあ、ものごとは疑ってかかれば偽物に見えるものです。みなさんが私の言葉を信じて先ほどまでこれがただ『それらしい』だけの衣装に見えていたとしたら、偽物という思い込みによってそう見えていたということになります。まあ、私が自分で言ったことですが」

「え、それで、ほんとはどっちなんですか……？」

入谷がほとんどひとりごとのようにつぶやく。

「そう何度も嘘はつきません。本物ですよ、信じてください」

と枚下先生は答えて大きく頷き、白髪の頭を揺らした。

食堂の行列に並ぶと、待ちきれずにおなかが鳴った。今日はまたずいぶんたくさん歩いたからな。毎日毎日何十キロも、昔の人はほんとによく歩いたもんだ。パンもきゅうりも安酒も、おいしかったなあ。

「あの魔法のテーブルクロス、持って帰ってきたかった」

と、僕は行列の先の「麵」という文字を凝視しながら言う。

「まあな、あれがあったら旅とか楽しそうだよな」

と入谷が答える。

「うん。洗濯もしてくれるし壊れたものも直してくれるし、生活の基本はだいたいあれに頼めるもんね。だからなのかわかんないけど、今日の体験って面白かったよな、フィールドワークみたいで」

配膳の丼ものコーナーで入谷がカツ丼を、麺コーナーで僕がもやしラーメンを受けとり、お茶を汲んで流れるように席につく。一口食べたところで入谷が、

「やべ、すげーことに気づいたかも」

と箸を持った手を止め、

「幸せなのって、あの七人じゃん？」

と目を輝かせ、言いながら自分でうんうんと頷き、カツ丼の続きを食べ始める。

「あー、なるほど？」

確かに魔法のテーブルクロスさえあれば飢え死にはしないし、日々の糧のためにきつい仕事をしなくてもいいし、横暴な地主に従わなくてもいい。あの物語に出てきたほとんどの人の悩みが解決しそうだ。そもそも七人の農夫たちだって、あれがないうちはとっくみあいの喧嘩をしていたけれど、手に入れた瞬間に友愛みたいなものが生まれて……。

「いや、でもそれってやっぱり幸せは不可能ってこと？　現実には魔法のテーブルクロスなんかないし、幸せな人をひたすら探し歩くだけの生活なんて、ふつうはできないし」

「ん。でもそれに近いことをした人間がひとりいる」

「え？」

「テーブルクロスがないかわりに、人の話を聞き歩くこと自体を生業にした人が」

「……ネクラーソフ本人だ……」

「そう」

　頭のなかで歯車が回り始める。

　ネクラーソフは農民たちの話を聞くのが好きだったんだろうな、というのは、作品を読んでいても随所で伝わってきた。それに――枚下先生の「集大成」という言葉を思いだすなら、残された人生をかけてそれまで大事にあたためてきた要素をすべて注ぎ込んで作品を作るのは、作家にとって最も幸せな作業なのかもしれない。

「じゃあネクラーソフは、農民の言葉を求めて歩くのが楽しかったのかな」

「まあ、わかんねえな。きつい話も多いし、楽しいばっかじゃなさそうだけど」

　食器を下膳口に持っていき、外に出る。時間を見ようとスマホをポケットから取りだした拍子に届いていたメッセージに気づき、

「へえ」

と思わず口にする。「？」と入谷が振り返る。

「あ、いや、イギリスに住んでる友達が一時帰国するから大学とかこのへん案内しろってさ、まだちょっと先だけど」

ふうん、と相槌を打つ入谷に、

「大学なんか見ても面白いかな、なに見せたらいいんだ？」

と訊くと、

「それこそフィールドワークしてもいいんじゃね？　この大学で気ままに楽しく暮らしている人を探し歩く、とか」

といつものノリで返し、

「えー、どっかに幸せ者はいませんかー」

とふざけている。その姿がさっきの体験で見たイリヤに重なり、いまにも草陰からボロをまとった農夫が「あっしは幸せですよ」と名乗り出てきそうな気がしてくる。

第九講

やり直しのないこの世界

――アントン・チェーホフ『初期短編集』

アントン・チェーホフ（1860–1904）雑貨商の家に生まれ店番をしながら育つ。16歳のときに家が破産し、一家を養うために新聞や雑誌に短編を投稿。大学では医学を学び、のちに中編『退屈な話』『六号病棟』などを発表した。晩年は戯曲に力を入れて『かもめ』『ワーニャ伯父さん』『三人姉妹』『桜の園』を著し、スタニスラフスキーのモスクワ芸術座において演劇史に新時代を築いた。

『初期短編集』

沼野充義訳『新訳 チェーホフ短篇集』（集英社、書影）は代表作と充実した解説つき。松下裕訳『チェーホフ・ユモレスカ』Ⅰ・Ⅱ（新潮文庫）は収録数が豊富。今回の授業では新聞やユーモア雑誌に「アントーシャ・チェホンテ」などのペンネームで作品を量産していた（その数四百編超）一八八〇年代の初期短編に焦点を当てた。

玄関を開けてリュックを下ろしながらいそいそと本棚に向かう。だって、次回の課題図書はチェーホフの短編なのだ。チェーホフは翻訳もけっこう種類が出ているから見つけるたびに買っていて、僕にしてはそれなりのコレクションになっている。小さな本棚で特に存在感を放っているのは、古本屋めぐりをしているときに全巻セット四二〇〇円で見つけた中央公論社のチェーホフ全集だ。少し古い訳だけど内容が面白いのであまり気にならないし、特に短編はかなり短い、いわゆる掌編のような作品もたくさんあって飽きがこない。僕は試験前なんかで時間がないのにどうしても文学作品を読みたくなったときに、その数ページの短編を一編ずつ大事に読んでいた。

本棚からいちばんよく読んだ第七巻を手にとり、目次をめくってみる。気に入ってた作品がいくつかあるんだ。なかでも面白かったのは……あ、これこれ。『復讐の鬼』。妻に浮気をされた男が「妻を殺して、俺も死んでやる！」と復讐を誓い、拳銃を買いにいく。ところがおしゃべりで調子のいい店員に商品を並べたてられスミス＆ウェッソンを激推しされているうちに（この部分、当時のロシアでスミス＆ウェッソンの拳銃がブランド品扱いされていて現代のデパートさながらの商売トークが繰り広げられている描写はそれだけでも面白くて、知って得した気分になった）、復讐の決心がくるくると実に見事に形を変えていき、最後はなぜだかウズラ獲りの網を買わされて、梱包された網を抱えてすごすごと帰っていく。冒頭で主人公は怒りに身をまかせて血みどろの妻の死体をリアルに思い浮かべながら本気で復讐する気でいて、読んでいるとこっちまでなにかに対して「許せない」と怒りを覚えたときのことを思いだしてしまうんだけど、読み終わるころには主人公の怒りがどこかへいってしまうのと一緒に自分の心にくすぶっていたわだかまりまでばかばかしいものに思えてくる。チェーホフの短編にはいろんな種類があるけど、僕はこういう、知らないうちに抱えていた負の感情が浄化されるような作品がいちばん好きだ。だけどものによっては実に後味の悪い作品もあって、それに懲りてからしばらくチェーホフを読まなくなっていた。あれは、なんだっけ……。

授業の日、僕は『新訳 チェーホフ短篇集』というカラフルな表紙の単行本を持っていった。この本のなかでいちばんのお気に入りは、これまで主に「ふさぎの虫」と訳されていたのが新訳で「せつない」と訳し直された短編だ。ある雪の日のペテルブルグで、ほんの数日前に息子を亡くした貧しい辻橇の御者がその胸の内を誰かに聞いてもらいたくて、乗客たちに話しかけようとするが誰にも聞いてもらえず、最後には馬にすべてを打ち明けるという、ほんとうにせつない話なんだ。息子を亡くすなんて僕にはまだわかるはずのない状況なのに、行き場のない悲しみが痛いほど伝わってくる。

枚下《まいした》先生は授業開始より五分早く教室にくると、「アンソロジーなどにはあまり入っていない作品のうち、個人的に好きなものは翻訳してありまして」と言っていくつかの短編の翻訳がプリントされた紙を配りはじめた。配っているうちにみんながぱらぱらと教室に入ってくる。枚下先生は「あ、配るのが少し早かったですね、いま来た人は前に置いてあるプリントを持っていってください」と声をかけている。新名《にいな》が前のドアから入ってきてプリントを受けとり、すとんと僕の前の席につく。

あ、この座りかただ、と僕は思う。新名って、まるで荷物でも置くみたいに座るんだよな。うまく表現できないけど、なんかこう、安心して椅子に体をあずけてるっていうか。その座りかたが無性に愛しくて、僕もたまにひとりでいるときに真似してみたりする。

続けて入谷《いりや》が後ろのドアから入ってきてプリントを取りにいってからすべり込むように僕の横に座り、バッグから『チェーホフ・ユモレスカ』という新潮文庫をとりだした。授業がはじまる。

もう何度も読んでいる単行本を閉じ、さて枚下先生が好きなのはどんな作品だろうとプリントを覗く。とたんにプリントの余白がすうっと陽の光に、文字が緑の葉になり、行間には川の清流が流れはじめる——

僕はコントラバスを背負い、燕尾服にシルクハットをかぶって小川沿いの道を歩いている。今日の夕方、さる公爵家で婚約パーティーがひらかれるので、僕は楽団員としてそこへ呼ばれているんだ。

歩きながらゆったりとした川の流れを見ているうち、水に入りたくなってきた。まだ時間はあるし、ひと泳ぎしていくか、と服を脱ぎ川に入る。ひんやりとした水が心地いい。川面には木漏れ日が落ち、少し先は岩場になっている。そして、その岩場にいる少女の姿を目にしたとき——心にこの上なく甘美な感覚が押し寄せた。少女は座ったまま静かに目を閉じていて、かたわらには釣竿がたててある。魚釣りをしているうちに眠ってしまったらしい。この物語の主人公は彼女を知らないみたいだが、僕にはそれがニーナだとわかる。僕は息をひそめ、子供のころ特有の体内から溢れるような充足感や懐かしさや、恋心に似た温かさが一気に込みあげるのを感じる。

信じられない。僕はもう二度とこんな気持ちになることはないと思っていた。妻が僕と同じ楽団にいたファゴット奏者と駆け落ちして以来というもの、僕はすっかり人間不信になってしまった。そしてただ悶々と、いったい自分はなんのために生きているのか、背負わされた役割を演じて終わるだけの人生にどんな意味があるのかと考えあぐねる日々を送っていた。

　ところがいまニーナを見て、死んだように動かなかった僕の心は思いがけずに息を吹きかえした……。僕はしばらく川のなかに立ちつくし、彼女を見つめていた。けれどもついに「いや、もういい」と思い直す。もう充分に眺めた。僕はこれから公爵家で演奏をしなきゃいけないんだ。そう考えて引き返そうとしたとき、ふとある考えが浮かんだ。「ひとつくらい、思い出を残していってもいいんじゃないか？」と。僕はそっと岸に戻り、川岸の花を摘んでいく。白い花、青い花。野の花も、水草の花も。それらをまとめてブーケにし、ふたたび川に入って慎重に釣り糸の先にくくりつける。よし、これでニーナが目が覚めて釣り糸を引いたら、名も知らない誰かからのプレゼントを受けとれるってわけだ。我ながらなかなかの名案だぞ、と満足して岸に戻り、呆然とする。

　服がない。川辺にはコントラバスとシルクハットだけがぽつんと残され、あとはすべてなくなっている。しまった。僕が長々とニーナに見惚れているうちに、何者かに盗まれたんだ。服そのものはたいした代物じゃないし盗まれたって惜しくはないけど、公爵家に裸でいくわけにはいかない。貴婦人が集うっていうのに、そんなはしたないことができるもんか。ああ、どうしよう……。こめかみが痛くなるほど悩んでいるうちに、少し行ったところに橋があったのを思いだす。そうだ、あの橋の下の茂みで暗くなるのを待って、夜になったら闇にまぎれて近くの農家まで歩いていって、服を貸してもらえばいい。僕は橋の下に移動し、裸のままコントラバスのケースに腰かけて、じっと夜を待つことにした。

ところがしばらくすると、何者かがこちらに近づいてくる気配がした。目をあげて、仰天する――肌をあらわにした見目麗しい川の妖精が僕のほうに向かって歩いてきたかと思うと、「きゃっ」と叫んで目の前で気を失ってしまった。一瞬、「ひょっとすると僕はこの川の妖精に気に入られて誘惑されようとしてるんじゃないだろうか、これでいて僕もけっこう美男子だからな」などと調子のいいことを考えかけたが、よくよく覗きこんで見るとそれは、裸になったニーナだった。な……なんでニーナまでこんなところにいるんだ。しかもさっき着ていたはずの服はどうしちゃったんだ。

僕があたふたしているうちにニーナは意識を取り戻し、はっとして僕を見ると、必死な顔つきで「殺さないでください」とこれまたわけのわからないことを言いだした。僕を賊かなにかだと思ったのか。どうにか落ちつかせて話を聞くと、ニーナはあのあと目を覚まして釣竿を引いたが、なにかに引っかかってとれなかったので、服を脱ぎ川に入って、釣り針にひっかかっていた邪魔なものを懸命に外し、岸に戻ってくると服が盗まれていたという。じゃあニーナはあのプレゼントに気づかなかったばかりか、僕のせいで服まで盗まれてしまったのか……。ともかく、二人して裸でこんなところにいるわけにはいかない。一刻も早くどうにかしなくちゃ。僕は自分も服を盗まれたから同じ境遇だと説明し、目のやり場に困っているニーナをコントラバスのケースに入れることを思いつく。

「いま楽器を外に出すから、かわりにここに入ってください」

と提案し、コントラバスをケースから取りだす。ほんの一瞬だけ、楽器に対して悪いことをしているような気がしたが、彼女がおとなしくケースに入り海老のように身を丸めたのを見届けてケースを閉じると、危機一髪、実にうまくいったじゃないかと得意な気持ちになってきた。僕は紳士を気どり、

「狭苦しいところですがおくつろぎください。暗くなったら私はケースごとあなたを担いで、服を貸してもらえる家を探しにいきます。楽器はあとから取りにきますから、どうぞお気になさらず」

と格好をつけてみる。

ところがようやく暗くなり、ニーナの入ったケースを担いで歩き出そうとしたそのとき、二人組の怪しい男がなにやら包みを抱えてこそこそと歩いていく姿が目にとまった。あっ、あれは僕たちの服じゃないか。あいつらが泥棒だ！


ケースを脇に置いて泥棒を追いかけようとした瞬間、

「ちょっと待ってください」

と枚下先生の声に引きとめられ、僕は目を開ける。なんとしても泥棒を捕まえなきゃいけないってのに、なにが「待ってください」だ、と前を見ると、枚下先生は「追加のプリントがありますので」と、解説の書かれたプリントを鞄から取りだしている。先生の手元に目の焦点が合うのと同時に、ようやく意識のほうも教室に戻ってくる。

あー焦った……。まさかあんな話のなかに放り込まれるとは。僕は急いでさっき配られた翻訳のプリントをめくり、いま体験してきたばかりの作品を探す。『コントラバス物語』と題されたその短編は、僕が持ってきた短編集には載っていない。以前にも全集で読んだことはあったけれど、そのときは新名の存在も知らずあの少女を誰かに重ねることもなかったから、実際に体験したらまさかこんなにスリルのある話だとは思わなかった。このあと主人公はそのまま泥棒とおぼしき二人組を追いかけていって結局捕まえられずに戻ってくるんだけど、こんどはニーナ……というか少女の入ったコントラバスのケースまでなくなっていて青ざめる。服もない、ケースもない、少女もいない。残されたのはシルクハットとコントラバスの本体だけなのだ。実は主人公が泥棒を追いかけているあいだに、同じ楽団の二人組が橋の下を通りかかって、「あれ？　これはあいつのコントラバスのケースだ」「どうしてこんなところに置いていったんだろう」「しょうがないな、公爵家まで届けてやるか」と言いあい、ケースが異常に重いことに驚きながらも公爵家まで運んでいってしまっていた。この少女はたまたまその公爵家の令嬢だったから、それで無事に家に送り届けられた形になるんだけど、主人公のほうはそんなこととはつゆしらず、「このままじゃ自分のせいであの娘が窒息死してしまう。だめだ、なにがあっても見つけださなきゃ」と慌ててケースを探しまわる。だが当然ながら見つからない。そして最後に、伝説風のオチがついている——その辺りの農民たちの噂によると、いまでもその川辺にはシルクハットをかぶってコントラバスを抱えた、ひげが伸び放題の裸の男が出没するらしい。ときには橋の下から、かすれたコントラバスの音が響いてくることもあるという……。

ひえー、なんだこれ。裸にシルクハット姿でコントラバスを弾くひげもじゃの男なんて、思いっきり不審者情報だ。やだなあ。でも僕だって自分のせいで新名の身になにかあったら、たとえ不審者になっても探し続けそうだもんな……。

などと呆けたことを考えていると、枚下先生が、

「今日はひとつみなさんに考えていただきたいことがあります。すでにいくつかチェーホフの短編を読んできていただいていると思うのですが、もしそれらをほんのひとことで表すとしたらどうなるでしょう」

と、変わった切り口で話をはじめた。「ひとこと」っていうのはつまり……。

「要するによく本の帯などに書いてある、宣伝文やキャッチコピーのようなものと考えてください。ただしみなさんは本を売る立場ではないので、必ずしも読みたいと思わせるようなものでなくてよろしい」

なるほど、つまりこの多種多様な短編の核をずばりといいあてるような言葉ってことか。でもそんなの簡単には思いつきそうにない。みんなも黙っていると、枚下先生は、

「日本語ではよく『ユーモアとペーソスの作家』という表現がついてまわりますね」

とヒントを出す。あ、それは僕も前から不思議だった。ロシア語からの翻訳じゃなさそ

うだし、ユーモアが笑いでペーソスが哀愁なら、笑いと哀愁……。ゴーゴリのときの「喜劇と悲劇」に近くなるんだろうか。でもこの表現、包括しそこねたものを無理にキャッチーな言葉に閉じ込めたような、変なもどかしさが残るんだよな……。

不意に後ろの席から笑い声がして、

「えー？　そんなカッコいい感じじゃないと思うんですけど」

と青山さんが言う。

「冗談にしてもキツいっていうか、笑えない話が多いじゃないですか。『役人の死』っていう、主人公が劇場でくしゃみをしたのを気にして前の席にいた偉い人に謝っても許してもらえなかったって思い込んで焦って何度も謝りにいってるうちにいきなり死んじゃう話があって、この人の悪いところなんてただ気が弱いだけなのに、作者はなんでこんなに簡単に殺すのかなーって思うし。あと家庭教師の女の人がお給料をもらうときにめっちゃどんどん減額されてもなんにも言えなくて、最後に雇い主から偉そうに『そんな性格じゃだめだ』って説教されて終わる話とか普通にパワハラですよね。あっ、チェーホフの時代はパワハラって考えかたはなかったかもしれないですけど、でもだからってこの女の人が言いだせないのが悪いみたいになってるし、タイトルまで『ぐず』とか、チェーホフってどんだけ性格悪いんですかって思いました」

青山さんの歯に衣着せぬ発言を聞いているうちに、思いだしてきた。僕もそのあたりの話が苦手で……そうだ、『兄さん』という話があった。内容は、零落した貴族の兄妹二人の会話だ。結婚を決めた妹を、兄が引き留めている。妹にはもともと想いの通じ合う人もいたのに、貧しい暮らしが嫌で学のない穀物屋のところへ嫁ごうとしている。兄は熱心に「そんなことをしたらおまえは身をほろぼしてしまう、おまえが嫁にいこうとしている穀物屋の男は勘定をごまかす不誠実で卑しい人間だ」と止めるが、妹の決心は固い。仕方なく兄は切り札を使おうとする――自分の恥をもさらすことになるが、言えば妹は嫁になどいかないだろうという思いから、「あるいかがわしい場所で、あの男に出くわしたんだ」と切りだし、「どこで？」と妹が訊く。そのとき、穀物屋からの使いがきて包みがとどく。中には砂糖の塊や魚の油漬けやお茶やポマードが入っている。兄は砂糖の塊をつつき、俺たちは買収なんかされないぞと毒づきながらも包みを受けとる。使いが帰ったあとふたたび妹が「どこで見かけたの？」と尋ねるが、兄はその話をなかったことにして、妹に「好きなようにしなさい」と言い、もう一度砂糖の塊をつつく。

あの話を読んだとき、本気で背筋がぞっとした。ついさっきまで親身になって妹を止めていたはずの兄が、貢物に目を奪われて言おうと決意した真実すら飲み込み、まるで餌を見せられた動物がそれまでやっていたことをころっと忘れてしまうみたいに、妹の身を案じることをやめてしまう。話の顚末もさることながら、あたかもそれが人間の本性だとでもいわんばかりに、ありふれた一幕のように手際よく語られるところがなんとも嫌なのだ。

「そうですね」

と枚下先生は半分納得し半分困ったような顔をして言う。

「そういうチェーホフの、とりわけ短編のどぎつさは、ロシア語圏ではよく指摘されることでもあります」

「じゃあキャッチコピーをつけるなら『本当はえぐいチェーホフ』とか」

横で入谷がつぶやくのを聞いて、「それはそれで商業的な煽りのような気がする」と小声で突っ込む。だけど僕だってキャッチコピーといえばそういう、ちょっとずれていたとしても人の目をひきそうな言葉しか思い浮かばない。僕たちは「売ること」ばかりを目的として市場で本が流通することや、目立つキャッチコピーがセットになっている現象に、慣れすぎているのかもしれない。枚下先生は僕たちのほうを横目で見てから、

「ええ。正直なところ私もあまり読みたくない話があります。モスクワで辞書の編纂をし

ている知人は『チェーホフの短編を片っ端から読んでいると、誰でもひとつくらいは、なにかしらひどく嫌な気持ちになったり、傷ついて泣きたくなるような作品を見つけるだろう』と言っていました。逆にいえばそこがチェーホフのすごいところでもある、と。ただしこの件には別の見かたもあります。批評家のブィコフはこうしたチェーホフ作品を『抗鬱剤』に喩えています。どういうことだかわかりますか？」

と訊いた。抗鬱剤？　あ、『復讐の鬼』を読んで負の感情が浄化される気がした、あれか。いやちょっと違うかな。うーん、わかるようなわからないような、と思っていると、新名が手を挙げて、

「その喩えの説明になるかはわからないんですが……」

と言って、目線を落としながら続ける。

「初期の短編はチェーホフが家族を養うために新聞などに発表したもので、かなり限られた字数で書かなくちゃいけなかったと思うんですけど、もう少しあとの作品を読んでいると、時々初期作品の背景を補足するような作品がある気がします。たとえば『すぐり』っていう、弟の話をするお兄さんの話がありますよね。庭にすぐりの植わった家に住むのがずっと夢だった弟がいて、何十年も節約をしてついにその生活を手に入れた。ようやく実

をつけたすぐりはすっぱいのにその人はしきりにおいしいと言って、夜中に起きだしてまでその実をひと粒ずつ食べて幸せをかみしめている。でもそれを見たお兄さんは深く考え込んで悲しくなってしまって、その話を聞かされた人たちも悲しくなる。このときのこのお兄さんとかその話を聞いた人たちの反応って、読者がチェーホフの短編を読んだときの反応と似ている気がしたんです。理想的な反応としてはこのお兄さんのように『安定を幸福と取り違え、自己満足の世界に浸っているだけでは人はだめになってしまう、若くて元気で力のあるうちに、なにか良いことをしなくてはいけない』っていう教訓に気づくことなのかもしれない。でもお兄さん自身も、そう考えると自分だって同じじゃないかという自責の念にさいなまれるし、ましてやみんながそこに気づけるとは限らなくて、別の人はとにかく後味が悪いからもっと気楽で自分の生活とは関係のない話で気を紛らわせたくなって、もう眠いのにほかの人たちの雑談に耳を澄ませる……。あの、やっぱりその抗鬱剤という解釈とは違うのかもしれないですけど、そんなふうに後味が悪いと感じてしまう作品も、読みかたによってはなにかに気づくきっかけになるのかもしれないと思いました」

目を閉じて聞いていた枚下先生は、「うーむ」としばらく黙ってから、不意に表情を明るくして、

「いえ、ほとんど答えに近いと思いますよ」

と語りはじめる。

「つまりブィコフのいう抗鬱剤というのは、視点の問題なんです。チェーホフの作品には往々にして救いようのない状況や人物像が描かれていて、それがときとして読者を苦しくさせてしまう。しかしそういうときは、それを描くチェーホフの視点がどこにあるかを考えてみてください。みなさんも聞いたことがあるかもしれませんが、戯曲『ワーニャ伯父さん』のなかの有名な台詞に『人間というものは、なにもかもすばらしくなくてはいけません。顔も、服も、心も、考えも』という言葉がありますね。むろん、登場人物の台詞をそのままチェーホフの思想と捉えろというわけではありませんが、そういう『完璧な』視点を意識したとき、救いようのない話はむしろ、読者が容赦のない現実を捉えるための手助けになりうるんです。もしかしたら人は、状態を把握できずに漠然となにかがおかしいと感じているときが、いちばんつらいのかもしれません。抗鬱剤というのはもちろん喩えですから、ブィコフがいいたいのは、意識が深く沈んで憂鬱な状態の心の助けになるということです。そういうときに良くないことのひとつが、いま言ったように『現状の把握が甘い』ということ。それからもうひとつ良くないのが、つい『もしやりなおせるなら』と考えてしまうことです。もっと違う人生を歩めたんじゃないか、とか、自分の身にあのときあんな不幸なできごとが起こってしまったから現在は本意ではない状況に陥っているんじゃないか、とか、自分は本来もっと評価されていいはずなのに境遇が悪いせいで人から評価されていないんだ、とかですかね。自分を責めるにせよ他人のせいにするにせよ、『こんなはずじゃなかった』と考えてしまうとそこから抜けだせなくなり、よけいに苦しくなる。ところがチェーホフの視点は、手厳しい手腕で『やりなおしの可能性などというものは存在しないんだよ』というところに意識を持っていってくれる。さきほど青山さんが指摘した、些細なことに気をとられて命まで落としてしまう話や、いわゆるパワハラの話にしても、どうして読んだ私たちがこんなに悲しくなるかといえば、すべては現代の世のなかにも蔓延している問題だからです。それも単に現代性があるだけではありません。チェーホフはそこに『悪者は懲らしめられて一件落着』という結末はもちろんのこと、『これから良くなるかもしれない』という兆しすら用意してくれない。ほとんどの問題はもはや取り返しのつかない状態で提示され、それゆえに問題の根深さが印象に残る。逆説的に聞こえるかもしれませんが、読者が鬱々とした精神状態から脱することができるとしたら、まさにそのためなんです。言葉を変えるなら、自己没入的になってしまっていた意識が強制的に自己の外側に持っていかれるとでもいいましょうか。だからブィコフは、どうしようもなく気が滅入って生きる気力が湧かないようなときにチェーホフを読むと、まったく説明のつかない奇妙な方法でチェーホフがそこから救い出してくれるように感じることがある、と言っているんです。ただし目を背けたくなる内容というのは誰しもありますから、チェーホフの抗鬱剤は場合によっては荒療治です。効くか、それとも逆に神経を刺激し悪化させてしまうかは受け手の精神状態によっても異なるでしょう。ですから新名さんのいう『すぐり』のラストですね、弟の人生を反面教師にして『なにか良いことをしなくては』と気づく兄はチェーホフ作品の理想的な読者であり、しかし同じ話を聞いても後味の悪さしか感じない人物もいて……という主旨の指摘は、たいへんいいところをついていると思ったわけです」

　聞きながらぼんやりとわかってくる。僕が『兄さん』という話を読んでいてすごく嫌だったのは、やはりあれがありうる話だからだ。別に兄妹でなくてもいいし、砂糖ごときで親しい人を裏切るという状況は身近にはあまりないだろうけど、問題の本質を捉えればすぐに身の回りのものごとにあてはまる。たとえば自分の得になるような提案をされたときにその損得を優先させて、持っていたはずの倫理観をたやすく葬ってしまう例は、世のなかにありふれているんじゃないかと思わされる。

僕はおそらく、人間はそんなものじゃないと信じたいんだろう。性善説にこだわっているわけじゃないけれど、最初から人を疑ってかかるような人間にはなりたくない。それから青山さんが嫌いな『役人の死』や『ぐず』は、確かにハラスメントともいえるし、いわゆるいじめの構造に通じるものもある。貧しい子供たちが最後までまったく救われない『ワーニカ[†48]』や『ねむい[†49]』にしても……救われない環境に置かれた子供は現代だってたくさんいるんだよな。でもそのすべてから学べる人なんているんだろうか……。まあ、枚下先生ですら読みたくない作品があるくらいだから、そう簡単なことじゃないんだろう。

入谷が手を挙げながら「現代的っていえば」と

†48 『ワーニカ』(1886) 孤児となり3ヶ月前に靴屋に奉公に出された9歳の少年ワーニカが、奉公先でのいじめやひもじさに耐えかねて、クリスマスの前夜に祖父に宛てて「助けにきてほしい」と切実な手紙を書く。だが最後にワーニカが封筒に「いなかの、おじいちゃんへ」と書いて投函することで、読者にはその手紙が届かないことがわかってしまう。

†49 『ねむい』(1888) 父を亡くした13歳の少女ワーリカは、子守奉公に出されて泣く赤子をあやしている。なにをしても怒鳴られ、赤子は泣きやまず、眠気と疲労で朦朧としたワーリカは、ついに赤子を黙らせる簡単な方法を思いついて「どうしてもっと早く気づかなかったんだろう」と驚きながら赤子の首を絞め、安心して自分もすぐに死んだような眠りにつく。

口をひらく。

「俺は今日もらったプリントにあった『家で』っていう短編がすごいなって思いました。七歳の男の子が父親の机からこっそり煙草をくすねて吸ってしまったのがばれて、父親は子供を叱ろうとするんだけど、自分も吸っているのに子供にはだめだって説明することに無理があって、叱りかたが支離滅裂になっていくってやつです。父親は話しながらずっと、どうも歯切れが悪いなって考えてる。そのあとらくがきをはじめた子供が家より人を大きく描いてて、父親が『家より人が大きいはずがないよ』と注意したら、子供に『そうじゃないと目がどこにあるかわからなくなっちゃう』と言われて、子供には子供なりの世界の見かたがあるんだって気づく。それで夜子供が寝る前に、おとぎ話にみたてて、ちいさいころから煙草を吸っていたせいで早死にしてしまった王子様の話を聞かせたら、昼間もったいぶって叱ったときよりもずっとその子の心に響いたのがわかる。でも父親はなんだか釈然としない……っていう。俺も高校んとき、自分は煙草を吸うくせに生徒の喫煙を目の敵にしてる先生がいたのを思いだしたんですけど、まあそれは置いといて……なにかをしようとしたときに、そこにある矛盾のせいで変な状況になっていくっていうことの可笑しさが、子供のほうの発想も含めてすげーリアルで、舞台を現代に置き換えても充分通じると思いました」

　枚下先生はにっこりと笑って、

「私もあの短編は好きですね。チェーホフ作品の可笑しさは、なぜそんな状況になっているのかについて、描写の細部が非常に的確な仕事をするからこそ生まれる職人芸と言ってもいいでしょう。ま、チェーホフの短編にはいろいろありますから、さきほどの新名さんのようにのちの作品とのつながりを考えると、いつまでもお話ししていられるほどたくさんの切り口が見つかりますよ。『桜の園』をはじめとした戯曲や、『六号病棟』などの中編が好きな人は、ぜひいろいろ考察しながら読み比べてみてください。それからもうひとつ、とっておきの情報です。チェーホフが作品のメモやアイディアを書き残した手帳は和訳もありますが、あれは面白いですよ」

　と締めくくると、「ではそろそろ出席カードを提出してください」と呼びかけた。

　帰りのバスに乗りこんで座席に座り窓の外を見ると、最初の信号のところに学生が数人集まっている。無意識に、いないだろうと思いながらも新名の姿を探している。（やっぱりいないか）とあきらめて窓から目を離してリュックを膝に乗せ、ふと「体験」のなかでコントラバスケースを担いだときの、背中にのしかかる心地いい重みを思いだして嬉しくなる。新名の入った楽器ケースを担ぐなんて、現実にはなかなかなさそうな貴重な体験をしたな。プリントをとりだして眺めてみると、枚下先生の『コントラバス物語』の翻訳に添えられた原題に目が留まる――「ロマン・ス・コントラバソム」。えっ、そうだったのか。ロシア語の「ロマン」には長編小説という意味とロマンスや恋愛という意味があるけど、この作品は長編とはとてもいえない短い作品だ。つまりこの題名は「コントラバスとのロマンス」とも読める。ロシア語の長編・中編・短編は必ずしも長さだけを基準にした分けかたじゃないって聞いたことはあるけど、チェーホフの短編の題名は内容を読んだときに意外に思うようなものもあるから、物語って意味だと思って読んだらロマンスだった、という効果を狙っているのかもしれない。

　枚下先生が薦めていたチェーホフの手帳をスマホで探すと、新潮文庫の神西清《じんざいきよし》†50訳が電子書籍になっている。うちにある全集にも入っていたけど翻訳が違うし、確か全集には神西訳とは底本からして違うって書いてあった。欲しいな……。少し迷ってから「購入」を押

†50　神西清（1903–57）翻訳家、作家、詩人。チェーホフ、プーシキン、ツルゲーネフ、ゴーリキーら19世紀ロシア文学を数多く翻訳。著書に『詩と小説のあいだ』『灰色の眼の女』など。

し、ビュアーでひらいてみる。二〜三行のフレーズが書き並べてある。「頭脳は明晰で、心性は純潔で、肉体は清楚でなければなりません」という、さっき枚下先生が引用した『ワーニャ伯父さん』に登場する台詞によく似たものがあるかと思えば、その次の行には「ある奥さんが養猫場を営んでいるという評判が立った。そこで彼女の恋人は、尾を踏んづけて猫たちを酷い目にあわせた」なんていう奇妙な筋書きの案も書いてある。思わず「おいおいなんでそうなるんだ」とひとりごとを言いたくなってしまう。この「恋人」は猫に嫉妬したってことだろうか。くだらないうえに猫がかわいそうだ……。ほかにも、ほんの数行の書きつけなのにすでに短編の筋ができあがっているものや、少し長めに書かれた断片、面白おかしい苗字の案や、不意に真剣な調子で書かれた名言のようなものもある。

　もういちどプリントを手にとってチェーホフの生没年を確かめる。枚下先生が付け加えたエピソードが目にとまる。レフ・トルストイの晩年に「トルストイが亡くなるのが怖い」と言っていたチェーホフは、トルストイよりずっと若かったのに、トルストイが死ぬより六年も早い一九〇四年に、四十四歳の若さで亡くなってしまった。仮にもしもう少し長く生きていたら、手帳にある構想や断片は、どんな作品になっていたんだろう。猫のしっぽを踏んづけた恋人の話も、見事に鮮やかなストーリーに化けていたかもしれない。

そこまで考えたところで、「やりなおしの可能性などというものは存在しない」という枚下先生の言葉がよみがえる。早世してしまった作家のことを考えて「もし生きていたら」と考えるのはべつだん悪いことではないとは思うけど……。

プリントの最後に、チェーホフ作品からの引用が並べてあって、そのなかに「人生は一瞬だ」という趣旨の言葉がいくつかあるのが目に留まる。そういえば、『三人姉妹』には「すでに過ぎてしまった人生はいわば下書きで、また一からやり直せるとしたら！」という台詞があった。それで、もしやり直せるのなら誰もがいまの人生と同じ状況になるのを避けるだろう、と続くんだ。

でも、枚下先生の話を受けて考えるなら、チェーホフは「そんな可能性はない」っていう意識を強く持っていたからこそ過ぎた過去に対する後悔を抱えた人物を描き、何度もいろんな作品に、形を変えてその問題を描いていたっていうことか。それなら枚下先生が最初に訊いたチェーホフ作品を表す「ひとこと」は——「やり直しのないこの世界」ってことなのかもしれない。

ふとスマホの待ち受け画面の日付表示を見て、夏至を過ぎていることに気づく。また日が短くなっていく。一分一秒たりとも決して戻らない、ただ先へ進むだけの一発書きの

「清書」しかない人生のうちのある一日に、チェーホフが描いたいくつもの人生の断片を知れてよかったと思う。僕はこれから、どんな人生を「清書」していけばいいんだろう。そして僕にとってはこの人生だけが清書なんだっていうことを、決して忘れずに生きていけるだろうか。

第十講

心の奥の多声

――マクシム・ゴーリキー

『どん底』

マクシム・ゴーリキー（1868-1936）

幼少期に両親をなくし、少年時代から奉公に出てさまざまな職を経験する。代表作に『海燕の歌』『母』『イタリア物語』『クリム・サムギンの生涯』、自伝三部作『幼年時代』『世の中へ出て』『私の大学』など。その作品には多様な背景を持つ庶民と当時最先端の思想をつなぐダイナミックな魅力が溢れている。

『どん底』

邦訳は中村白葉（岩波文庫、書影）など。ゴーリキーの思想的な変化を伴う過渡期に書かれた代表的戯曲。浮浪者に近い極貧の人々の会話からなる。題名の案は『陽の当たらない場所』『安宿』『人生の底で』などがあったが最終的に『底で』となった。ハンガリー、フランス、中国、日本（黒澤明）など映画化も多数。

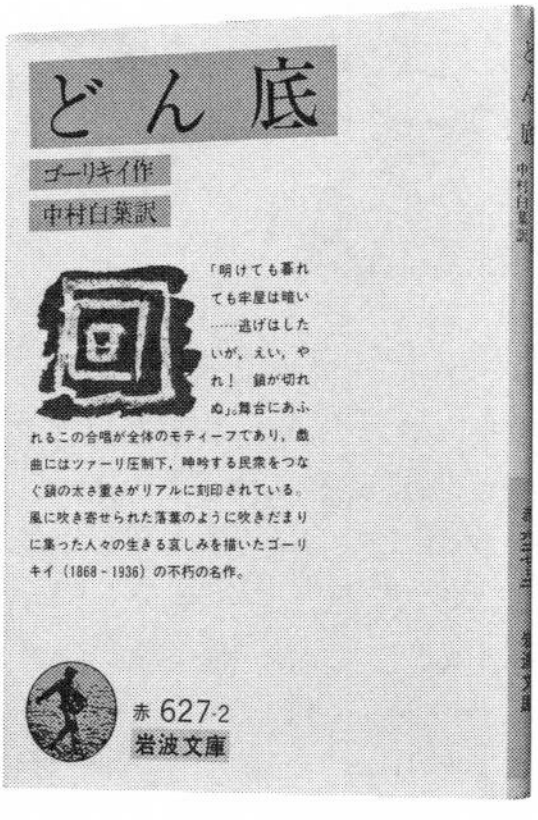

今回の課題図書はゴーリキーの『どん底』ということで、枚下《まいした》先生の授業では初めての戯曲だ。ロシア文学史の授業では、十八世紀から十九世紀の劇作家も何人か名前が出てきたけど、現代でも上演される作品といえばやはり十九世紀末から二十世紀初頭にかけて、革命前のロシアで書かれたチェーホフやゴーリキーの戯曲が有名だ。

僕も高校一年のころに『どん底』を都内の劇場に観にいったことがある。たまたま公演の宣伝を目にして、少し前に読んだ作品だったから気になって。そういう体験はそれが初めてだった。あたりまえなんだけど戯曲ってのはふつうの小説と違って、まず舞台があって登場人物がいて台詞があって……という設定で書かれている。だから読んでいて想像するのも、現実の情景というよりは舞台の上でなにが起こるかということだ。それで、たとえば小説を読んで空想をしても、あとから作品世界に確かめにいくなんてことは（それこそ枚下先生の授業でもない限り）できないけど、戯曲の舞台は上演さえされていれば確かめにいくことができる。僕は自分が思い浮かべた光景と実際の舞台とがどのくらい違うのかを知りたくなった。

もちろん内容的にも観てみたかったんだけど、面白そうというよりは、それまでもっと昔の戯曲を好んで読んでいた僕にとって『どん底』は実に奇妙な作品だったからだ。話の大筋がどこにあるのかも摑めないし、誰が主人公なのかもわからない。群像劇だとしてもなにか歴史的に大きな出来事が起きるわけでもない。だから舞台でどんなふうに演劇作品としてのまとまりが出せるんだろう、と不思議だった。

僕はどきどきしながらひとりで劇場に出かけ、幕が上がったとき、その舞台があまりに頭のなかにあった光景とぴったり同じで、これはいったいどういうことだろうとびっくりした。映像を見たことがあったわけではない。ただ第一幕の最初のページには「洞穴のような地下室」からはじまる詳細な説明があり、それを読んで空想していただけだった。舞台はその設定を忠実に再現していた。

重圧感のある石づくりの丸天井。光は観客席側と、右手の高いところにある正方形の窓から差す。壁際はすべて粗末な板寝床で埋まっていて、家具はほとんどなく、中央に薄汚れた大きなテーブルがあるだけ。各登場人物の寝床の位置もすべて決められていて、右側の薄い板で仕切った「部屋」にいるのは泥棒の青年ペーペルだ。錠前屋は切り株の腰かけに座って古い錠前をがちゃがちゃやり、その背後には肺病の妻アンナが寝床で咳こんでいる。帽子屋は寝床に腰かけて布の裁ちかたを考え、周囲には帽子の型紙やぼろきれなどが散乱している。娼婦のナスチャはテーブルに向かってぼろぼろの本を読んでいる。酒飲みの役者は暖炉の上の寝床にいる（ロシア風の暖炉の上は寝られるようになっていて、子供や老人などが暖をとる場所として使われる）。左手の石壁にはドアがあり、その向こうは見えないが台所になっていて、餃子売りの女と男爵と呼ばれている男とナスチャが住んでいる。詐欺師のサーチンは目を覚ましたばかりで寝床でうなっている。季節は春。

『どん底』はこの木賃宿に暮らす二十名ほどの人々が交わす会話からなる。原作の人物リストを見る限りでは主要な登場人物のほかに、名前もなければ始終言葉を発することもない宿なしの人が数名いるはずだが、僕が観た劇にはいなかった。ただでさえそれなりに登場人物が多いので、混乱を避けるために省略されることが多いらしい。

　観終えたときの感想はとてもひとことじゃ語りきれないけど、住人たちの発する台詞はてんでばらばらのようでいて、みんなでひとつの歌をうたっているような音楽的な迫力があった。僕はただその迫力にのまれて前を見つめていた。

　授業の日。大学への道を歩きながら、今日の授業はどうなるんだろう、と考える。街路樹からセミの声が響いている。途中のコンビニでペットボトルの麦茶を買って半分くらい飲み、リュックにしまう。いつもみたいな小説と違って演劇は、配役を決めて演じてしまえば「体験」が容易な気がする。僕はどの役がいいかなあ。泥棒のペーペルはかっこよくて憧れるけどいまいち役にはまる自信がないし、肺病のアンナはひたすら苦しそうだ。まあ、どうせ選ぶ余地もなく、自動的に決まるんだろうけど……。

時間ちょうどに教室に入ってきた枚下先生はプリントの束を小脇に抱えたまま壁にある冷暖房スイッチのふたを開け、

「やあみなさん。今日は暑いですねえ」

といいながら設定を調節する。天井から吹く冷風が強くなった気がして上を見あげると、そこにあったのはクーラーではなく明かりとりの正方形の窓で、がつんと後ろから頭を殴られたような衝撃とともに周囲が暗転し、僕はその場に倒れていた。

うう、不意打ちだ……。頭が割れるように痛い。『どん底』の冒頭で前日に頭を殴られていたのは詐欺師のサーチンだった。賭けごとの最中にずるがばれたとかどうとかで。じゃあ僕はサーチンになったのかな……。

目をあけると、僕は体にぼろきれをかけて横になっている。薄暗い部屋。床に散らばる油布。やっぱり舞台で見たセットとよく似ているけれど、観客席はない。ほんとうの地下にある、薄汚れた宿だ。

「うー、いてえ。昨日俺をぶっ叩いたのは誰だあ！」

いきなり威勢のいい声がして、見るとイリヤが起きぬけにわめいている。あれ、じゃあイリヤがサーチンか。へえ、似合うな。じゃあ僕は……。起きあがろうとしてまた頭がずきんと痛む。手が震えている。寒気がする、と思って体の下がやけに暖かいことに気づく。暖炉だ。あ、そうか。僕は役者だ。いまは酒浸りの、元役者。

ほこりっぽい空気がのどにひっかかる。

「おーい、今日の掃除当番は男爵だろ、掃除してくれよ……」

僕は暖炉の上から首だけ出して、男爵に訴える。男爵といってもこの男だって「元」男爵だったらしいってだけだ。ここにいるのはみんな「元」のつくやつらばかりなんだから。でも男爵は娼婦のナスチャが恋愛小説を読んでいるのを見てそんなのはでたらめだとか絵空事だとか言ってひとしきりからかったあと、市場に行くからと出ていってしまう。

「ちくしょうどもめ……」

とイリヤが悪態をついている。僕はかすれた声で話しかける。

「ねえ、医者がさあ、僕のオルガニズムが……つまり内臓が、すっかり酒にやられちまってるっていうんだ、だからほこりを吸うと体に悪いんだよ、きっと……」

イリヤはふふん、と鼻で笑って、

「オルガノーン……」

と変なことをいう。帽子屋に、

「なにいってんだ？」

と突っこまれるとイリヤは、

「まだあるぞ、トラ……先験的《トランスツェンデンターリヌイ》ってのもな……」

と調子にのるが、

「ほう、そりゃなんのことだ？」

と訊かれても、

「意味なんか忘れたよ、人間の言葉ってやつに飽きちまって」

とくる。ふうん、人間の言葉、か。懐かしい響きだ。僕は役者だったころのことを思いだす。

「そういや『ハムレット』に『言葉、言葉、言葉』っていう台詞があったね。あれはいい芝居だよ。僕、あの劇で墓掘りの役をやったんだ……」

そう、僕は元役者なうえに、現役のころだって『ハムレット』での役が墓掘りだったという微妙な役者だ。それでも舞台にあがる興奮と熱気は覚えてる……。

「俺だって昔は電信に勤めててなあ、難しい本もたくさん読んだし、おもしれえ言葉もいっぱい知ってたよ……」

イリヤも若いころのことを思いだしているらしい。イリヤと僕はどちらも四十くらいの同年代だ。かつては読書家だった詐欺師と、演劇に夢を抱いていた元役者。僕たちはどうしてこのどん底に落ちてきたんだっけ……。くそ、頭がぼうっとして、うまく動かない。そうだ、小難しい本の話をしてたんだ。でも僕は知ってる。教養がなくたってすごい人間はいる。昔の仲間で、文字もろくに読めない俳優がいた。台本だって一字一句ひろってようやく読んでるありさまだが、いざ本番になると演技がすばらしくて、そいつが舞台にあがるといつだって観客は劇に夢中になった。ああいうのを天性の俳優っていうんだろう。

僕は誰にともなくいま思ったことをつぶやくが、耳をかたむける者はいない。のそのそと暖炉の上から這いおりて、ペーペルに小銭をせがむ。へへ、泥棒さまってのは実にありがたいもんだぜ。

木賃宿の主人は自分の女房が泥棒のペーペルとできてるのをかぎつけていて、女房を探しにくる。あれっ、このペーペル、どうも格好いいと思ったら三船敏郎じゃないか。で、やけにいかしたその三船ペーペルは宿の女房の愛人だったのに、いまはもうその妹のナターシャに気持ちが傾いている。ナターシャはまだ二十歳くらいでこの宿のなかでいちばん若いが、姉夫婦にいじめられている。そのナターシャが、知らないおじいさんを連れてやってくる。

「やあみなさん、お元気ですか」

聞き覚えのある声が響き、枚下先生が巡礼のいでたちで入ってきた。ルカだ。

「ふん、こちとら『みなさん』なんて呼んでもらえる筋合いのもんじゃねえよ。おととしの春まではいちおう人間だったが、いまじゃ……」

と帽子屋がぶつくさいうと、枚下先生はにこにこ笑い、

「なあに、みんなおんなじですよ。どんなノミだって悪くないもんです、みんな黒くて、みんなぴょんぴょんはねている。そうでしょう」

と、奇妙奇天烈なフォローを入れる。どんなノミも悪くないって、それ僕たちのことか。いや僕たちに限らず人間なんてみんなそんなもんだっていいたいのか。まあ、それも一理あるかもしれない……。人間なんてみんな、それぞれにぴょんぴょんはねてるだけなんだ。

「ナターシャ、おもしろいじいさんを連れてきたな」

と、泥棒のペーペルが笑う。ナターシャは台所のほうへとルカを案内する。しばらくして台所でうたうルカの歌声が響いてくる――「夜は暗くて、道はみえず……」。ペーペルはその歌声を聴いてむしょうにやりきれなくなり、歌をやめろと騒ぎだす。

明けても暮れても　牢屋は暗い
昼でも夜でも牢番が　窓から覗く
見張ればいいよ　逃げやしないさ
外へ出たいと思いはするが　鎖が切れぬ……

聞き覚えのあるメロディーと力強い歌声に目をあけると、教室にシャリャーピン[†51]の歌声が響きわたり、机の上には楽譜と対訳の歌詞が書かれたプリントが置いてある。枚下先生はリモコンを握り、目を閉じてふんふんと鼻歌でメロディーをなぞっている。曲が終わるのをみはからって先生が、

†51　フョードル・シャリャーピン（1873–1938）伝説的なオペラ歌手。客席の最奥部まで響きわたる声量と表現力に長けた歌唱で世界的に活躍。革命前後の時代を生きたが、その声に惚れ込んだゴーリキーが彼の才能を政治のいざこざに巻き込むべきではないと考え、政党所属や政治活動を思い止まらせた。

「さてみなさん」

と、僕たちを見回して巡礼のルカそっくりの口調でにこやかに話しはじめるので、僕は思わずふきだしそうになる。枚下先生ってもともとルカに似てるんじゃないかな。物腰が柔らかくて達観してて、自分の言葉を受けた相手がどう思うかをいつも予見して話しているようなところが。あとちょっと謎めいてる感じも。

「今回はあえて全体の図式的な確認からはじめたいと思います。この作品は四幕の戯曲として書かれています。第一幕は多彩な登場人物がほぼ出揃う、自己紹介のような感じですね。第二幕ではルカにスポットがあたります。肺病のアンナは優しいルカを父のようだと慕い、一同はトランプ遊びで盛りあがるけれども、第二幕の最後にアンナが死んでしまう。また、この幕から本格的に展開する男女関係は、泥棒のペーペルが中心になります。ペーペルは宿の主人の妻ワシリーサの愛人だったけれどいまは妹のナターシャに惹かれていて、まわりにもからかわれている。舞台に彼とワシリーサとが二人きりになって、愛していないとかなんとか修羅場的な感じになるんですが、そこでワシリーサが彼にする提案が肝です。ワシリーサは、自分はもう愛情を望みはしない、妹を好きなら結婚すればいい、しかしそれには自分や妹をいじめる夫の存在が邪魔だというんです。だから夫を殺してくれたら私のためにもあなたと妹のためにもなる、ふたりのためにお金だってあげられる。私は苦しめられ続けている横暴な亭主から解放されるだけでかまわない、と。ペーペルは動揺し、どんな悪党も殺したくないとはねつけ、ルカからはナターシャと遠くへ逃げて暮らすようにと勧められています。第三幕ではペーペルがついに当のナターシャに一緒に生きていこうと打ち明けます。ふたりは思いが通じあったようでしたが、そのあと宿の主人夫妻の部屋から悲鳴が聞こえ、ナターシャは足に熱湯をかけられた状態で逃げてくる。そしてペーペルにつきとばされた拍子に宿の主人があっけなく死ぬ。ワシリーサはペーペルが殺したのだと主張し、それを聞いて妹は気がおかしくなってしまう——ペーペルが自分に言い寄ったのはすべて姉と結託した犯罪の一環だったのだと思い込み、その人を牢屋に入れろと叫ぶ。ルカはその騒ぎに紛れて姿を消す。第四幕は短く、ルカのいなくなったどん底の人々が一連のできごとや人生について意見を交わしあう、まとめの幕です。メインになるのは詐欺師のサーチンで、人間は憐れむんじゃなく尊ぶべきだと語る。『に・ん・げ・ん！　ごうせいな響きがするじゃねえか』という名台詞で有名ですね。最後に役者がふらりと外へ出ていき、自殺したという知らせが入り、サーチンが『せっかくの歌が台無しになっちまった』と言って劇は終わる。さて、さまざまな人物が出てきましたが、みなさんはどんな点に注目し、話の核心はどこにあると考えましたか」

心なしかいつもより猫なで声の枚下先生に問いかけられて、最前列の学生が、

「僕が読んだ解説には、ルカとサーチンの思想的対比が話の中心だって書いてありました」

と答える。枚下先生はうなずく。

「はい、いわゆる王道の解釈ですね。常に人をなぐさめ優しい嘘をつく巡礼のルカと、嘘は奴隷と主人の宗教だ、人間には真実が必要なんだと主張するサーチンの考えが対立していて、最終的に作者ゴーリキーはサーチンの立場を選んだとする説です。この解釈にはのちにさまざまな亜種が生まれることになるんですが、もとをたどれば作品の成立過程ともかかわってきます。ゴーリキーは執筆段階で、トルストイに詳細な構想を打ち明けました。ところがトルストイは気に入らず、ゴーリキーはショックを受けています」

「え、じゃあもしかしてルカってトルストイがモデルなんですか？」

頭の回転の速い入谷《いりや》が先回りしたようにいう。そういえば僕が読んだ文庫本の解説にも、ルカはトルストイの『戦争と平和』に出てくるプラトン・カラターエフを思わせるって書いてあったし、そのカラターエフはトルストイ流の素朴な人間の理想像だともいわれてい

るから、ルカがトルストイ本人に似ていてもおかしくはないけど……。

枚下先生はふい、と上を向いて目を一瞬だけ天井のあたりに泳がせてから、

「そういう説もありますが、結論を急ぐのは少し待ってください。ゴーリキーの人となりや作品については伝説めいた話も多く、どの解釈にしてもそれなりの背景があって、読みときながら『なぜそう言われているのか』を考えるのが大事になってきます。一時期はリアリズムの頂点だなどと謳われたこともありますが、おおよそ『イズム』なんてものは教科書的な分類か、政治的に肯定できるか否かを判断するための弁明のカテゴリにすぎませんので、そんなことは気にせず個々の事例をつぶさにみていくしかないんです。トルストイとの関連については、ゴーリキー自身の回想に書かれたエピソードがひとつのヒントになります。お配りしたプリントにありますので、読んでみてください」

見ると机の上にあるプリントに、ゴーリキーの回想録からの抜粋がある――

> 私はトルストイに『どん底』を読み聞かせた。トルストイは注意深く耳を傾けてから、
> 「なぜそんなものを書くんですか」

と訊いた。私はできる限り説明した。トルストイは答えた。

「まず全体的にあらゆるものに対してけんかっ早すぎます。それに、内容の亀裂や破綻を自己流の色で塗り隠そうとしている。アンデルセンが言っているでしょう。『金メッキははがれるが、豚革は残る』と。農夫たちも『すべてはうつろい、本当のことだけが残る』と言いますね。隠さないほうがいいんです、そうしないとあとからたいへんなことになる。もうひとつ、言葉に急ぎすぎで凝りすぎなところもだめです。もっと素朴に書かなきゃいけません。民衆は、実に単純でまるきり雑然とした話しかたをしますが、そこがいいんです。ある教養のあるお嬢さんは『どうして四は常に三より大きいのに、四分の一よりも三分の一のほうが大きいんですか』と尋ねましたが、農夫はそんなこと言いやしません。小手先の技はいらないんです」

　トルストイは不満そうに話していた。どうやら私が読み聞かせたものが本当に気に入らなかったらしい。少し間をおいて、彼は私をまっすぐには見ずに暗い表情で続けた。

「あの老人は感じが悪いし、善い人だとは思えません。そこへいくと役者はなかなかいいと思いますよ。『啓蒙の果実[†52]』を読みましたか。あれに登場させた料理人が、あなたの書いた役者に似ています。戯曲を書くのは難しい。娼婦もよく書けています。ああいう人物はいるはずです。あなたは実際にそういう人を知っていますね？」

「ええ」

「そうでしょう、わかるんですよ。どこに本物があるかはわかってしまうものです。あなたの作品には、あなた自身が語っている言葉が多すぎる。個性のない同じような人物ばかりだとそうなるんです。あなたは特におそらく女性のことがわかっていないから、誰一人うまく書けていない。それでは記憶に残りません……」

うわ、これはなかなか手厳しい。トルストイにこんなことを言われたらショックだろうな。しかもうなずける部分もある。宿屋の女房とその妹が、「女」という役割以外の個性をあまり発揮していないのは、僕も気になってた。妹なんか一応ヒロイン的な役割のはずなのに、さっぱり印象に残らない。

「いかがですか」

†52　『啓蒙の果実』（1891）
トルストイ作の四幕の喜劇。スタニスラフスキーの主演によって帝国劇場で上演された。身分の異なる人々の願望のすれ違い、農民たちの労働の恩恵で生きていながら農民を思いやれない地主貴族の姿が描かれる。詩人ブロークは少年時代にこの劇を見て俳優になろうと決意した。

僕たちが読み終えたのをみて枚下先生が訊くと、演劇サークルに入っている学生が手を挙げて、

「これってトルストイとゴーリキーで、演劇に対する感覚に時代的な差があるんじゃないですか？」

と質問する。枚下先生は少し意外そうな顔をして、

「そうとも考えられますね。少なくとも考えかたが違うのは確かです。トルストイのいう人物像ができているかどうかというのは、現実にそういう人がいそうかどうか、この人間はこういう言葉を話すか否かといった自然さです。トルストイはそこに嘘やわざとらしさを見出すと、相手がシェイクスピアだろうと誰だろうととにかく容赦がない。ですからオペラなどという『わざとらしい』ジャンルが大嫌いだったのは有名な話です。『どん底』の会話は確かにそのような自然さとは無縁です。むしろゴーリキーという作家ひとりの頭のなかにあった言葉で成り立っていることを積極的に露呈させているようですらある。登場人物にはさまざまな過去があるものの、そうした設定が個性というよりは作中での役割に結びついている。まあ、そのほうが上演の際に俳優の個性を活かせるという考えかたもありますが、それはトルストイのいう自然な人間像とは別物です。ただし時代という点で

いうなら、一見型破りでモダンな形式にみえるかもしれませんし、そういう演出のやりかたも可能ではあるものの、文学ジャンルとしてはむしろ古代ギリシャの哲学者が思想を展開するときに用いた対話篇というたいへん古いところに源泉があります。人物たちのかけあいが作者の声を多層に表現していく。さきほどシャリャーピンの歌声を流しましたね。舞台では俳優たちがあれを歌うわけですが、歌以外の部分も含めてこの作品の作りそのものに合唱的な面があって、たとえていうなら各自がそれぞれのパートを受け持って、ひとつの歌にしているようなものなんです」

と説明する。あ……それだったのかな、僕が舞台を観たときに感じた、すべての台詞を貫く音楽的な迫力は。

最前列の学生が手を挙げる。

「音楽といえば、さっきの歌の『牢屋』というのはなにかの比喩なんですか？　この舞台は貧しい人たちの暮らす宿で、牢屋ではないですよね。別に見張りがいて鎖でつながれているわけじゃないと思うんですけど」

「ああ、言い忘れていました。これはもともと十九世紀末に囚人たちがうたっていた歌で、牢獄歌とも呼ばれる民謡の一種だったとみられています。それが形をととのえられ、この劇に採用されて有名になりました。ちなみにモスクワ芸術座では創設者のスタニスラフスキー[†53]自身がサーチンを、チェーホフの妻オリガ・クニッペルが娼婦のナスチャを演じています。スタニスラフスキーは『芸術におけるわが生涯』のなかでこのときのことを詳しく書いているんですが、作中の人々の生活を自分の目で見るために、モスクワいちの貧民街へと調査に出かけています」

入谷がプリントを眺めたまま眉間にしわを寄せ、

「回想の話に戻るんですけど、これ、ゴーリキーがわざわざ書き残したんですよね」

と言い、

「いや素朴な感想っていうか……まだ混乱してるんですけど、まず、けっこう厳しく批判されている内容をこんなにちゃんと受けとめて書き残すのってすごいな、って思って……。やっぱり真面目に受けとめて影響も受けてるのかなーって……。ただ、ぱっと読んだときはトルストイがルカのことを『感じが悪い』って言ってるのにそのルカがトルストイに似

†53　コンスタンチン・スタニスラフスキー（1863–1938）演出家、俳優。モスクワ芸術座の創始者。チェーホフやゴーリキーらの作品の演出を手がけた。スタニスラフスキーの考案した演劇メソッドは「スタニスラフスキー・システム」と呼ばれ、20世紀以降の演劇・映画界に多大な影響を与えた。

てるって考えるのはおかしい気がしたんですが、もう一回読んだらこの回想のトルストイの語り口調がそもそもルカに似ている気もしてきて……もうわけがわかりません！」

と頭をかきむしる真似をする。枚下先生は白い歯をみせてにかっと笑い、答える。

「ええ、ありていに言えば、トルストイの言葉を真摯に受けとめていたのは確かでしょう。作家の影響関係について考えるときにひとつ覚えていてほしいんですが、ものごとを真剣に受けとめると、複雑な影響が生まれます。特に芸術家気質の人たちはそうです。それは、なにが肯定的でなにが否定的かというものさしでは測れない類の影響であることが多い。ゴーリキーの回想が正しいとすれば確かにトルストイがルカに似るのは少し奇妙ですし、ゴーリキー自身もこの回想録の別の箇所でルカを『自分のために人に優しくする、ずるい人物』として書いたのだと言っています。まれに、こうした言葉にふりまわされた結果、ルカがいかにずるい人物かを証明しようとする作品論があったりしますが、そうした論は自己矛盾に陥って破綻しがちです。ゴーリキーのルカに対する評価にしても、低く評価するようになったのはだいぶ時間が経ってからのことです。ホダセーヴィチ[†54]が書いているんですが、ゴーリキー自身にもルカに似た要素は多くあり、すべての登場人物に自己を投影していて、むしろそれが作品の魅力になっていると。この作品の題名は当初いくつかの案があり、『人生の底で』というものもありましたが、最終的に『人生の』が消えて『底で』となりました。これは実によかったと思います。ひとりの人間の心の奥底の声がこだましているようにも聞こえてくるわけですから」

　小刻みにうなずきながら聞いていた入谷が、

「でもそこに、なぐさめか真実かっていうテーマ自体があるのは確かなんですよね？」

　と訊く。僕が、

「役者が第二幕の途中で『思いだしたぞ！』って叫んで諳んじる詩もそういうテーマですよね、ピエール＝ジャン・ド・ベランジェ†55の……」

　とつけ加えると、枚下先生は揚々とその詩を暗唱する——

†54　ウラジスラフ・ホダセーヴィチ（1886–1939）詩人、批評家。1922年に亡命、ドイツに滞在したのちパリに移る。代表作『ネクロポリ』（1939）は、個人的に交流があり執筆時点ですでに亡くなっていた詩人や作家についての回想録。ゴーリキーのほか、ブローク、ベールイ、エセーニン、グミリョフといったいわゆる「銀の時代」の詩人について語っている。

†55　ピエール＝ジャン・ド・ベランジェ（1780–1857）詩人、作詞家。若いころから時計職人見習い、酒場の下働き、図書館司書など多くの職を転々とし、民謡や民衆詩に親しむ。1840年に書かれ死後1857年に刊行された自伝はロシアの知識人層にも大きな影響を与え、チェルヌィシェフスキーはその一部を獄中で翻訳した。

みなさん！　もし世界が　神聖な
真実への道を　見つけられないなら
人類に　輝く夢を与えてくれる
狂気の人を　讃えてくれ

もし太陽が明日　この大地の
道を照らすのを　忘れるなら
明日は　狂気の人の心が
世界中をも　照らせばいい

あの場面は、好きだった詩を忘れてしまって落ち込んでいた役者が、ようやく思いだした詩をぜひルカに聞いてもらいたくて駆けつけてくるところだ。真実が見えないとき、狂人の夢は人々の心を明るく照らす……。ルカは役者の夢を思いださせてくれたように思える。

入谷が僕に小声で、

「でもさ、なんだかんだいって、ルカがいちばん生きてて楽しそうだよな」

とささやく。すると、さっきから口元に手をあててしきりになにかを考え込んでいた新《にい》名《な》が僕たちのほうを振り向いて、

「それって……」

と言い、少し考えてから前に向き直って先を続ける。僕はその動きを目で追いながら、今日の「体験」には新名の姿がなかったな、と気づく。

「その『なぐさめか真実か』っていう問題を対立と考えること自体に無理があるのかもしれないですよね。すべてのものごとにあてはめて考えられるような問題じゃないから……。いままさに死のうとしているアンナに向かって『もうすぐ楽になれる』ってなぐさめるのが卑劣な嘘だとは思えないし、みんなが押しつけあっていた掃除係をさりげなく引きうけているルカの様子も、ずるい人として描いたようには見えません。ルカのいなくなったあとに人間の尊厳を語るサーチンの言葉が力強く響くのは確かだとしても、じゃあどっちの考えが勝つかみたいな問題じゃなくて、読んでいてもそうは描かれていないように思いました」

枚下先生は静かにうなずく。

「対立と考えることに無理があるのは、その通りなんですよ。実際、ゴーリキーがこの話

を考えたきっかけのひとつは思想家ウラジーミル・ソロヴィヨフ[†56]の『善の基礎づけ』でした。どちらかというならルカの立場に近い著作ですが、これは考えてみるとすごいことで、同時代きっての思想家の著作を木賃宿の人々の会話にあてはめている。その発想自体が壮大なニーチェ主義と捉えられることもありますし、このことからまた多様な解釈が生まれました。『洞穴のような地下室』はツァラトゥストラの洞窟を意味し、ここの住人たちは十年後に目覚めた人間になって出てくるんだ、という読みもあるほどです。まあ、そこまで考えるかはともかく……そうですね、前々回のネクラーソフを思いだしてください。十九世紀後半、農夫や貧しい人々に言葉を与えること自体が重要な課題だった時代がありました。それを思うと自身も非常に貧しい出自のゴーリキーがこれを書いたこと自体に大きな意味がありますし、作中でも娼婦のナスチャが恋愛小説を読んで涙しています。男爵にからかわれていますが、そこに当然のように本が浸透しているのは画期的な変化です」

　ほんとだ。サーチンや役者にしても昔を懐かしむときに出てくるのは本や詩だった。それまでの時代なら言葉を持たずに動物のように虐

†56　ウラジーミル・ソロヴィヨフ（1853–1900）哲学者、詩人。代表作に『西欧哲学の危機』『愛の意味』『善の基礎づけ』など。

待されるだけだった貧しい層の人々が、本を読んで尊厳を持とうとするところまできているって、すごい。僕はふと思いだして、

「警官が、『昔と違って妻をぶつのは禁止されている』って主張する場面もありましたね」
と発言してみる。

「そうですね、時代の変化はいたるところに感じられます。ただしそうした時代性・社会性のある作品でありながら、主題はシンプルかつ奥深いので応用が自在で、これまで世界中で数えきれないほどアレンジされてきました。黒澤明の『どん底』はご覧になりましたか。舞台を日本の江戸時代に移して人物名も日本語になっていますが、台本は比較的原作に忠実で、泥棒を三船敏郎が、巡礼を左卜全《ひだりぼくぜん》が演じています。まだの人は原作を読んだ記憶が新しいうちにぜひご覧になってください」

僕は思わず「あっ」とちいさく叫ぶ。さっきの「体験」に三船敏郎が出てきたのは黒澤映画のせいか。

「それとは別ですが、私もずいぶん前に、舞台を戦後の日本に置き換えた上演を観にいったことがありました」

渡辺さんが嬉しそうに、薄くなった頭に手をあてながら言う。

「私はそのとき初めてゴーリキーを読みまして。一九六六年、中央公論社の『世界の文学』というシリーズでした。その月報に河野多恵子さん[†57]が文を寄せていたんですが、それがまた偶然にも戦後の話だったんです。女専を卒業した一九四七年に『どん底』を大阪の劇場に観にいったと。その後しばらく『どん底』の歌が大阪の学生やサラリーマンのあいだで流行したそうです。彼女は戦中派のなかでは最も後期にあたるけれど、戦時の思想統制の時代に『どん底』などという作品は禁止され、今後もうずっと上演できないのではないかと思われた時代があったことを知っている。だから『どん底』の歌をうたうたびに、再びこの作品を上演できる自由な時代が還ってきたこと、平和が還ってきたことを抱きしめるような気がした、と、こう書いていたんです。それを読んだせいもあって、そのあと観た上演は、心に響くものがありました」

枚下先生は再びルカのような柔らかな顔つきになって渡辺さんをじっと見つめ、

「それは、いいものを読みましたね」

と応えた。

†57　河野多恵子（1926–2015）作家。代表作に『蟹』『谷崎文学と肯定の欲望』『みいら採り猟奇譚』『後日の話』など。

枚下先生が出ていった教室で、入谷がショルダーバッグにプリントをしまいながら、

「『どん底』っていま演《や》ってるのかな」

とつぶやく。立ち上がった新名が振り向いて、

「どこかで宣伝を見た気がする」

と答える。入谷が意味ありげに僕をちらっと見てちょっとあごをつきだす。な、なんだよ。入谷はスマホをとりだして、

「なんか観にいきたくなっちゃったなー」

と『どん底　公演』の検索をする。僕が思わず、

「あ、前に観たことあるよ」

と言うと入谷は、ずてっ、と盛大に机につっぷしている。あ、そうか。ひょっとして新名を誘えってことだったのか……。新名もスマホ画面をタップしながら、

「ほんとだ、演ってたんだね。うーん、今年はないのかな」

と軽く口をとがらせる。前に観たときはひとりだったけど、みんなで観にいったらまた楽しいだろうな。戦後の大阪みたいに、学生やサラリーマンがいつまでも歌をうたってい

るなんていうことはないかもしれないけど……。

「あ」

と僕はしまいかけた歌詞のプリントを出し、

「こんどロシア語の授業でこの曲やってもらえるか訊いてみようよ」

と言ってみる。入谷が「いいじゃん」と相槌をうち、新名が、

「タマーラ先生が喜びそう」

と笑う。

入谷は席を立ちバッグを肩にかけると、僕の手からプリントを取って、

「ソーンツェ　フスホージット　イザホージーット……」

とロシア語でうたいながら歩いて教室から出ていこうとする。僕は意を決して、

「学食いかない？」

と新名を誘う。新名は少し首をかしげてからうなずき、ついてくる。入谷は背中に目でもついているみたいに前を向いたまま手招きをして、「アーッフチュリメーマェイ　チムノー！」と、牢屋には似つかわしくない陽気な声をはりあげて、そのままずんずん歩いていく。廊下にいた学生たちの目なんか、気にもしないで。

第十一講

温室の夢

――フセヴォロド・ガルシン

『アッタレア・プリンケプス』ほか

フセヴォロド・ガルシン（1855–88）
青年時代から精神疾患をわずらい、入院と闘病の体験をふまえた小説を発表。二葉亭四迷の翻訳もあり、太宰治にも影響を与えた。代表作に『四日間』『紅い花』など。今回は同時代の作家としてウラジーミル・コロレンコ（1853–1921）、詩人としてニコライ・ミンスキー（1855–1937）も登場。

『アッタレア・プリンケプス』ほか

邦訳は神西清訳『紅い花』（岩波文庫、書影）に収録。タイトルはヤシ科の木の学名からとっており、ロシア語でヤシは女性名詞なので女性として描かれる。前半の「アッタレア」は名前のようにも聞こえ、プリンケプスは「プリンツィプ（原則、方針）」を連想させるため、志のある強い女性のイメージがある。

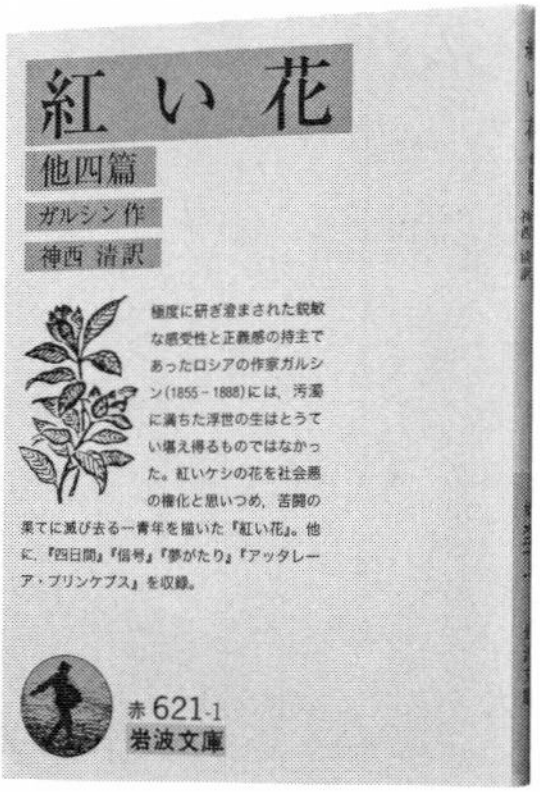

今回の課題は、よくわからない。一応、参考図書としてはガルシンの『アッタレア・プリンケプス』という変わった題名の作品が挙げられていた。枚下《まいした》先生いわくこの小説は神西清の訳が青空文庫にもあるので読んできてほしいけれど、授業ではこの作品だけではなく、さらっと飛ばしてしまった当時の文学状況についても話すから、一八八〇年代で気になるものがあれば別の作家の作品でも各自で自由に選んで読んでくるように、ということだった。

参考図書はごく短い短編なのですぐに読んでしまった。もともと持っていたガルシンの短編集『紅い花』に入っていたけど、まだ表題作しか読んでいなかったんだ。

アッタレアというのはヤシ科の木の学名で（神西訳ではシュロとなっているが、昔の翻訳では厳密にはシュロでなくてもシュロと訳されることが多かったらしい）、小説の舞台はとある大きな町にある植物園の温室。主な登場人物……もとい登場植物は、ひときわ背の高く美しいブラジル産のアッタレアと、その周りにひしめきあっている小ぶりな植物たちだ。植物は擬人化されて、他愛のないおしゃべりをしている。故郷を懐かしむ植物もいれば、植物園の暮らしがそれなりに気に入っている植物もいる。アッタレアが学名で呼ばれているのは園長が産地での呼称を知らなかったためだ。しかしある日、世界を旅してきたブラジル人が植物園にやってきてその懐かしい名を呼んでくれたのに、園長は「学名のほうが正しい」と言ってはねつけてしまう。ブラジル人は郷愁にかられて翌日には故郷へと旅立ち、取り残されたアッタレアはよけいに切なさがつのる。

　アッタレアはガラスの円天井の向こうの薄い青を見る。故郷の青さにはほど遠い北国の白っぽい空だけれど、空は空だ。この植物園のなかでは彼女がいちばん空に近い。やれ水が足りないだの狭苦しいだのと口論をしている背の低い木々を見下ろして、アッタレアは「みんながもっと大きくなって協力してあの屋根を突き破れば、自由な大空のもとに出られるわ」と誘う。けれども植物たちは「そんなことをしても枝を切られるだけだ」とうけあわない。ただアッタレアの足元にいたひよわな草だけは、アッタレアの夢に憧れてそっと応援するのだった。そうしてアッタレアはただひとりぐんぐんと円天井に向かって伸び、ついにはガラスをつきやぶる。けれどもすでに冬になろうという時期で、北国の外気は想像以上に寒く、冷たい風が吹きつける。ガラスの破片が飛び散って外にいた園長の帽子にこつんとあたり、アッタレアが伸びすぎて天井をつきやぶってしまったと気づいた園長は、その木を根元から伐るようにと命じる。ついでにからみついていた草もひっこぬかれて、草はアッタレアの亡骸の上にばさりと投げられる。

読み終えて（寓話のような、絵本のような話だな）と考える。ただひとり青い空と理想と自由を求めるヤシの木と、文句をいうばかりの丈の低い植物たち……。いろんな状況にあてはまりそうだ。

僕は文庫を閉じて『紅い花』の題字を見つめる。初めて『紅い花』を読んだときの印象は強烈に残っている。衝撃が強すぎて、残りの収録作品に手が出せなくなっていたくらいだ。精神病院に収容された主人公はむやみに歩きまわったりひとりごとを言ったり、あきらかに尋常じゃない行動をしているのに、その心のなかで考えていることは不思議なほど筋が通っていて、彼の気持ちに寄り添って読んでいるうちに、自分だって狂気を抱えていたとしてもおかしくない、いや狂気に違いない、という気がしてくる。彼が心血を注ぐのは病棟の外に生えている芥子《けし》の花に宿った「この世のすべての悪」と闘うことだ。罪なくして流された人類の血を残らず吸いとって真紅《しんく》に染まった邪悪な芥子の花との、精神的な闘い。そこに魅力を感じてしまうのは、おそらく人は誰しも――たとえその自覚がなくともどこかで自分の精神が到達しうる神聖な場所を求めてやまないからだ。けれどもこれを読んでいるとその希求そのものが狂気なのかもしれないと思わされる。枚下先生が「余力があれば『紅い花』も読んでください、ただし無理はしないように」って忠告したのもわかる。心が弱っているときに読んだら、主人公にひっぱられてしまいそうな作品なんだ。いまの僕はなんとなく自信が持てなくて、表題作のほうは読み返さずに本を書棚に戻した。

次の日、ほかに読む本を探すために空きコマの時間に大学図書館に足を踏み入れると、いちばん隅にあるロシア文学コーナーの低い本棚の向こうに、新名《にいな》の頭が見えた。そこだけがぱっと明るくみえて、どんなに遠くからでもすぐにわかる。僕が近づくと新名は顔をあげて会釈をした。静かにしているのは図書館だからなのはわかっているけど、いつもより大人びたその雰囲気に僕はどぎまぎしながら、小声で「授業の本？」と訊く。新名はうなずいて、短編アンソロジーを手にとり目次をめくる。僕も背表紙の並びを見つめるけれど、右隣に新名の気配を感じているだけで意識の九割はそっちに持っていかれて目がうわすべりしてしまい、文字が頭に入ってこない。体の右半分がほてる。もはや本なんか選んでる場合じゃない気がして焦るけど、だからといってどんな場合なのかといえば、やっぱり本を選ぶしかないよな、図書館だし。ええと……。

「クイズみたいだよね」

と新名が目次をながめたままささやく。一瞬なんのことだかわからずどきりとするが、

新名は、

「なにを読んでいけばいいんだと思う？」

と続ける。あ、課題図書のことか。僕は、

「確かに……」

と言ったきり言葉が出てこない。確かにこの時代って、プーシキンが中心になっていた詩の黄金時代はとっくに過ぎて、さらにツルゲーネフの『父と子』やトルストイの『戦争と平和』といった散文の大作が次々に書かれていた時代のあとで、でも前回やった『どん底』よりは前で……イメージが混沌としている。翻訳のある作品で、有名なものだとなんになるんだろう。返事を考えているうちに新名は選びとった一冊を左手に持ち、顔の前でちいさく手をふって、入口のほうに消えていく。とたんに図書館が実際の何倍も静かになり、僕自身も小さくなった気がする。まるで新名がこの図書館の本をぜんぶ持っていってしまったみたいだ。ぼんやりとしたまま数冊を棚から抜きだして壁際の読書席に行き、スタンドライトのスイッチを入れて席に座る。

授業当日、僕は一枚の紙を手にぶつぶつとロシア語をつぶやきながら大学に向かった。

あの日は結局古いロシア文学全集の詩集の巻を借りることにして、地下の書庫で原文と註をいくつかコピーして帰った。どうせならロシア語の勉強にもなるものがいいという理由だったけど、そのなかにあったニコライ・ミンスキーという詩人の『セレナーデ』という詩が気に入って、コピーした原文を繰り返し読み、自分なりの翻訳も考えていた。

空には重たい　雲がたなびき
あたりは　暗く湿り
裸の木々が　泣きながら揺れる……
友よ　目覚めなくていい
楽しい夢に　眠っていなさい
その目をひらく　ことなどないよ
ほがらかな夢
ひとときの夢は
たった一度だけの夢

冷たい秋に　眠れる者は幸せだ
優しい春を　夢にみる
狭い牢の中　眠れる者は幸せだ
自由の道を　夢にみる
起きたる者の　不幸なことよ！
出口のない夜　まんじりともせず
ほがらかな夢
ひとときの夢は
たった一度だけの夢

一八七九年の詩だという。内容は複雑ではないけれど、リズムが独特で繰り返し読みたくなる。僕はこの作者についてはなにも知らず、翻訳の全集では没年が「？」となっていて、まさか生没年がわからないなんてことがあるだろうか、と思ってロシア語で検索すると、すぐに「一八五五～一九三七」と出てきた。全集の刊行は一九七一年だからそのころにはとっくに亡くなってたはずだけど、当時は調べる手立てがなかったのかな。

教室に入ってきた枚下先生は前回とは打ってかわって難しい顔つきをして教壇に立つと、眉間にしわを寄せ、普段より低い声で、

「もうすぐ夏休みですね……」

としかめた顔に似合わない言葉を発する。ひゅーどろどろ……と効果音が流れて夏の夜の怪談話でもはじまりそうな雰囲気だ……と思うが早いか、屋外に面したガラス窓が大きくゆがんで窓枠が蜘蛛の巣状に増殖し、ガラスをはめこんだその網目状の枠はぐんぐん成長して天井まで広がり、円天井となって僕たちを覆っていく。温室だ。


あたりには濃い緑の葉が生い茂っていて、土の匂いがする。体にまったく力が入らない。目もうまく動かせないが、感覚から判断するに僕の体には手足もなく幹も枝もない。どうにか指先に力を込めようとすると、ひゅるん、としなるつるの先が視界の隅で動いた。ああ、僕は草になったのか。ただ地面を隠すだけのために植えられた、ひよわな草だ。

がやがや、がやがやと木々が話をしている。

「あーのどかわいちゃったあ、水まだかなあ」

と、どこかからサゴ椰子の声が響き、

「ぜいたくなやつだねえ。見ろよ、俺なんてちょびっとの水だって蓄えに蓄えて、こんなにつやつやしてるんだぜ」

と太ったサボテンが答える。

僕は懸命に目線を動かし、上を見ようとする。僕がここにいるってことは、いるはずなんだ、上に……。かさ、と右手……じゃなく右の葉の先がとなりの幹にあたる。これだ、彼女だ。僕はその幹をつたって上に視線を動かしていく。まわりの木々より数メートルも高く伸びた綺麗な木……。

ニーナはほかの植物たちのざわめきをよそに、僕が幹に触れていることなんか気にもしないで、ガラスの向こうの空を見あげている。彼女はきっと知っているんだ、こんな白っぽい空じゃなくほんとうの澄みきった青を、自由に根を伸ばせる大地を、栄養に富んだどしゃぶりの雨を。僕は小声で話しかける。

「ねえニーナ、君はきっと自由になれるよ。僕はとてもそこまで行けないけれど、もし外に出られたら、どんなふうだか話してきかせてほしい。僕はそれだけで満足だから」

「ユーラ、あなたどうして一緒に出ていこうって思わないの？　私はあなたを背負うくらい簡単なんだから、つるを這わせてのぼってきたらいいじゃない」

「無理だよ、僕には力がないから、自分のつる一本だってうまく持ちあげられない」

僕との話を終えると、ニーナはひとりで伸びていった。それまでもじゅうぶん立派だったけれど、いまの彼女のすばらしさときたら温室にきた人間たちがみんな立ちどまってため息をつくほどで、園長は自分の手柄のように自慢している。僕はニーナの根元にそっと寄り添い、彼女の視界を想像する。もうすぐガラスの天井に葉が届く。その向こうには空があり、どこまでも遠くが見渡せる。


「……と、いうことは今学期も終わりが近いことになります」

枚下先生が続きを話している声で僕は目をあける。あれ？　変だな、今日はほとんど時間が経ってない。先生はさっきの難しい顔つきのまま、授業に入っていく。

「この授業では一八三〇年代のゴーゴリの作品からはじまって、徐々に時代を下ってきました。前回のゴーリキーでいよいよ二十世紀に突入したものの、もちろんカバーできていない作家や作品もたくさんあります。授業内ではあえて教科書的なテキストは使わずに個々の作品に焦点をしぼってきましたが、みなさんは夏休みなどに読む本を探す際、文学史の教科書を手がかりにすることもあると思います。その心構えの意味も込めて今日はいわゆる『文学史』の話をします。まず、十九世紀後半、特に一八八〇年代はどういった時代背景のもとにあったでしょう」

すかさず社会学部の学生が、

「一八八一年、アレクサンドル二世暗殺」

と年表を暗唱するみたいに答え、一秒ほど考えてから同じ口調で、

「一八九一年、シベリア鉄道着工」

と付け足した。そのノリにあわせて入谷《いりや》が、

「一八八五年、モロゾフのストライキ」

と続けると、枚下先生が目を丸くして鶏のように首をひっこめて横目で入谷を見て、

「勉強熱心ですね」

と答える。枚下先生は僕たちがモロゾフのストライキを別の授業で習ったばかりなのを知らない。他大学から出講してきている世界史の先生が、労働者の意識が格段に上がってきたことを示す例として教えてくれた。枚下先生は教室を見渡して、ほかに発言者はいないか確認してから話しはじめる。

「はい。みなさんもご存知のように、アレクサンドル三

世が即位するところから八〇年代が始まりますね。アレクサンドル二世の時代は、六一年の農奴解放、教育や司法の整備、検閲の緩和といった改革の面が大きかったのに対し、アレクサンドル三世の時代は規制の強化が目立ちます。ソ連時代には反改革、反動の時代として批判されてきましたが、現代、とりわけ二〇〇〇年代に入ってから奇妙な再評価がなされるようになります。ソ連崩壊から現在にかけて、私が最もおかしいと思っていたロシアの歴史観の変化はここにありました。アレクサンドル三世が列車の事故で家族を助けたという個人崇拝的な『いい話』や、経済が発展したということ、在位中に戦争がなかったということなどを理由に偶像がつくりあげられていく。そうして昨年二〇二一年の六月、ペテルブルグ郊外のガッチナにアレクサンドル三世の銅像が建てられ、プーチンが記念式典をしたとき、私の危惧は頂点に達しました。いえ、政治がさらに悪くなるという残念な確信ともいえますが……」

　枚下先生は息つぎをするように大きく息をして、続ける——

「一八八〇年代に戻って、文学の世界に目を向けるなら、検閲は再び厳しくなり、雑誌の廃刊が相次ぎ、トルストイの一部の作品や、貧民街を描いたギリャロフスキー[†58]のルポルタージュ、今日の参考図書にも挙げたガルシンや、ヴィクトル・ユゴーの『レ・ミゼラブル』までもが禁書になっています。世のなかに禁書ほど面白いものはありません。その時代の権力がなにを毛嫌いしているかが如実にみえてくるからです。さて、アレクサンドル三世の時代に権力側から毛嫌いされていたものはなんだか、みなさんわかりますか？」

唐突な質問に、みんなは戸惑い沈黙する。枚下先生の顔を上目遣いに見上げると、なんでもいいから言ってくれ、と言われている気がしてちょっと焦る。正解はなんだろう。

「自分の即位のきっかけがアレクサンドル二世の暗殺だったから、革命を恐れてたんじゃないですか？」

と最前列の学生が言う。うん、それは聞いたことがあるぞ。枚下先生は慣れた口調で先に進む。

「ええ、一般的にはそういう側面が強いといわれてきました。直接的には、非常事態警戒の名目により国家権限が強化され、それは一時的という条件つきだったにもかかわらず一九一七年の革命まで更新され続けます。そのような社会において、なにがどう規制されたのか。もう少し政策を細かくみていくとそれがわかります。まず教

†58　ウラジーミル・ギリャロフスキー（1855–1935）
ルポルタージュ作家。帝政ロシア末期の人々の生活を生き生きと描いた『モスクワとモスクワっ子（帝政末期のモスクワ）』など。貴族や知識人から浮浪者まで幅広く交遊し、皆に「ギリャイおじさん」と呼ばれて親しまれた。

育の面では、古代ギリシャ哲学の古典を学ぶ科目が減り、代わりに正教の聖典を暗記させる科目が増えました。わかりやすいですねえ。自ら考える能力を伸ばす人文学の基礎をつぶし、上から与えられるものを覚えさせる方針です。また、時代としては農民や貧しい町人に教育を与えるべきだという思潮があったのに、アレクサンドル三世はこれに対しきわめて嘲笑的な態度をとっており、ついには貧困層の高校大学進学の権利を法的に禁じてしまいます。代わりに与えられたのは教会付属の初等教育のみでした。学生に対しても集会の参加の禁止など、思想的活動の締めつけが強まります。さて、ここであらためてさきほど挙げた当時の禁書をふりかえって総合的にみると、政策の特徴がみえてくるでしょう」

えーと、なんだろう。哲学の基礎の軽視には現代の人文学軽視と同じものを感じるし、禁書は……ギリャロフスキーは前回の『どん底』の主人公たちのような貧民を生き生きと描いた作家で……それにしてもユゴーまで禁書にするなんて……と、ここまで考えて背筋が寒くなる。貧困のなかでなにかを考えようとする者を、まるで穢らわしいものだとでも思っているかのように、不気味なほど嫌悪しているのがわかる。僕は手を挙げて、

「つまり貧乏人は自我など持つな、よけいな知恵をつけずに初等教育を終えたらすぐに働け、っていうことですか」

と発言する。枚下先生がふむ、と口をひらこうとしたところで入谷が、

「でも、人権や言論の自由の概念が広まってきてたときにそんなわかりやすい締めつけをしたら逆効果だってわかりそうなものなのに」

とつぶやく。先生は少しトーンを落として答える。

「はい。どちらもその通りで、貧困層から教育をとりあげるのは根本的な人権の無視であり、なにひとつ生産的な結果をもたらさない悪手です。また、そうした政策が全体的に逆効果だという点は当時から指摘がありました。セルゲイ・ヴィッテ[†59]は、十九世紀末にこのような少数の特権階級しか眼中にない中世的な政治をするのは、革命のお膳立てをするようなものだと批判していました。まあ事実そうなったわけで……。経済的な成長はそれ以前の時代の変化の流れを受けて、世界的な技術の進歩にどうにかついていった結果であって、強権政治の手柄ではない。ですからアレクサンドル三世の時代の表面的なデータだけをみて強権のほうが安定していたなどと考えるのは短絡的もいいところですが、それを現代ロシア政府がユートピア視するのはもっと奇妙です。

†59　セルゲイ・ヴィッテ
（1849–1915）政治家。外国資本を集め鉄道建設を推進し工業化を進めた。運輸通信大臣、大蔵大臣などを歴任ののち、1905年にロシア帝国初の首相となり、初の憲法の制定に携わる。

プーチンは最も重要なところを見倣っていない」

珍しく現代の政治に切り込む枚下先生に教室じゅうの目が集中したところで、枚下先生はにやりと笑い、

「それは、アレクサンドル三世が治世十四年めで病死したことです。現大統領も、もしそのくらいでクリミア併合前に病死……とはいいませんが、せめて法に定められた通りに権力の座を去っていたら、ここまでの悪事は働かずに済んだでしょう」

と続け、つられてみんなも静かに笑みをこぼす。先生はごほん、と咳払いをし、

「少し長めに社会背景についてお話ししたのは、この時代の文学は時代背景抜きにはどうしてもわからないからです。みなさんはガルシンを読んで、どのような感想を持ちましたか？」

と問いかけ、みんなが黙ったのをみて、

「では青山さん」

と指名する。振り向くと、となりの友達となにやらこそこそやっていた青山さんは慌てて前を向いて、いつもの率直さで、

「えー、びみょーです」

と答える。微妙って、と僕は笑いそうになるが、青山さんはまっすぐに前を向いて続ける。

「アッタレアはせっかくがんばって伸びたのに結局すぐ切られちゃうし、ただの生意気な女みたいな描かれかたにも見えるし、なんかの喩え話みたいな感じなのになんの喩えなのかわかんないから、もどかしーって思ってたらそのまま終わっちゃうし。あ、でもいま先生が話してた、時代の雰囲気っていうんですか、そういう息苦しい空気みたいのを表したかったんなら、わかんなくもないですけど」

そうだっけ、と僕は不思議な気持ちになる。息苦しい雰囲気というのはわかるにしても、アッタレアはあくまでも気高く自由を夢みて、その夢に一途でいただけに思えた。さっきの「体験」でアッタレアを新名に重ねたせいで美化してるのかもしれないけど……。

「これも革命家の喩えだ、って解説に書いてありました」

と、さっき発言した最前列の学生が言うと、入谷が割って入って、

「あ、俺も読んだけど、でもなんかそれいまいち納得いかないんですよ。じゃあ温室はなんの喩えなのかって考えたら、革命前の社会がそこそこ居心地のいい温室だったのは裕福な貴族にとってで、農民とか貧乏人とかほんとに社会の変化を必要としてた人たちじゃな

いじゃんって思うし……青い空が見たくて外に出たいっていうこの木の願いと革命ってなんかあんまり結びつかないと思うんですけど」

と反論する。

「ふむ、それなりに意見が出揃いましたね。まず、これに限らずこの時代の作品を革命までの道のりに照らしあわせて考えるというのは、ソ連時代の基本的な見かたでした。この時代から一九一七年までの時期をすべて合わせて『革命前の文学』という区分で呼んでいたほどです。実際、社会の変革と思想と文学が一体となっていた時代ですから、その見かたにはある程度の根拠はあるものの、無論それだけでは説明のつかない作品もあります。ソ連崩壊後は一見その枠が解体されたかのようにみられ、とりわけ十九世紀末から二十世紀初頭にかけて詩壇が盛りあがった『銀の時代』と呼ばれる時代の研究が進みましたが、詩に比べると八〇年代の散文はやや置いてけぼりになりがちな傾向があります。また、ソ連時代に『革命に賛同していた』ことが美点とされていたのとは逆に『革命を危険視していた』ことが美点となるという視点からの作品分析も流行しました。ただし価値観の反転だけを基準とした研究というものは、往々にして白黒を逆さにしただけで実りある研究成果にはつながりづらく、いっときの研究傾向の流行を生みだすだけで終わってしまうものです。革命の文脈でいうと、『アッタレア・プリンケプス』はまだ社会全体が変革への意識を共有していないなかで思想を一足飛びに実現に移そうとした貴族階級の孤独な革命家にあてはまるのではないかという指摘があります。これは、さきほど出てきたモロゾフのストライキの五年前に書かれたことを考えれば納得がいく喩えだと思われるかもしれません。しかしここで批評家のブィコフは、もう少し長い目でみた社会と文壇の変化を予期していたのではないか、という指摘をしています。このあとにくる『銀の時代』はいわゆるモダニズムの時代で、数々の文学潮流がマニフェストを出しては個性豊かなパフォーマンスをともなった文学活動を展開し、それが社会の変革を求める動きと連動していきます。文学潮流ごとに趣向を凝らした文芸雑誌も次々に生まれます。文学はもはや貴族階級だけのものではなくなり、農民や労働者階級出身の詩人や作家もどんどん活躍しました。経済的な面をみていくと、急速に発展する産業で金を貯めた富裕層が、彼らの雑誌に投資することでパトロン的な役割を担ったことも見逃せません。そうした投資も含めて人工的に作られた肥沃な土壌と、そこで育った者にとってもはやきゅうくつで不自由に感じられるようになってしまった社会は、文化を発展させる温室のようなものでした。技術の発達により世界の動きが即座にわかるようになり、時代のテンポが加速された感覚に人々が驚きの目をみはるなかで、社会と文学が先を競うように新しいものを求めていき、文学はアッタレアのようにどこまでも伸びて、しまいにはガラス天井を突き破ってしまう——社会の檻《おり》を壊してしまうわけです。けれども彼らが生きていられたのもまた、その一種特殊なあの時代の文化環境のなかだけだった。ガルシンはとびぬけた感性でそうした未来を予期したのではないか、というのがブィコフの解釈です。私は基本的に文学作品を安易に予想とか予言とかいった読解に結びつけるのはあまり好きではないのですが、これについてはさまざまな背景を吟味したうえでも興味深い解釈だと思います」

　枚下先生は長い解説を終えてふと黙り込み、教室を見回す。あれ、なにか発言したほうがいいのかな、と考えていると新名が手を挙げて、戸惑うように軽く微笑みながら、

「その……銀の時代については授業ではやらないんですか？」

と質問する。確かにいまの先生の説明からしても、猛烈に面白そうな時代だ。枚下先生はにっこりと微笑み返し、

「あいにく今学期は時間が足りませんので、またあらためてやりましょう。ブィコフはこうも言っています——銀の時代がどれほど豊かで、かつ入り組んでわかりづらいかというと、文学部の学生が五年ほどかけて学んで、ようやく全体像がおぼろげにつかめてくる

らいだと。ですからどれほど駆け足に紹介するにしても、まるまる一期は必要です」

と説明して、

「というわけで話は一八八〇年代に戻りますが、新名さんはなにか面白い文学作品を見つけましたか」

と訊く。新名は机の上に出していた図書館の本を見せながら、

「コロレンコの『悪い仲間』[†60]を読みました。いまの話の流れでいうとどこにあてはまるのかわからないんですが……個人的にはすごく好きな話でした」

と話す。枚下先生は満足そうにゆっくりとうなずいて、

「コロレンコはまさにこの時代らしい作家のひとりで、『悪い仲間』は自伝的な要素を含んだ、子供を主体とした物語です。社会と作家の関係性のひとつの傾向として、抑圧の時代になにか希望を描こうとすると、必然的に自伝性と児童性が重要になってくるといいますか、子供という存在が社会のなかで不

†60　『悪い仲間』（1885）ウラジーミル・コロレンコが流刑地ヤクーツクで書いた小説。妻を亡くした裁判長の息子ワーシャと、廃墟に暮らす貧しい子供たちの交流を描く。ワーシャはなかでも病気のマルーシャと親しくなり、妹に頼み込んで母の形見の人形を貸す。キラ・ムラートワ監督による映画『灰色の石の中で』（1983）の原作。

可避的に背負ってしまう重荷を充分に描き切ったうえで、よりひらかれた場所への希求が浮かびあがるような作品が出てくるんです」

と答える。僕は図書館で新名が言っていた「クイズ」の答えを聞いたような気がして、はっとする。抑圧の時代に必然的に描かれる、希望の形……。

「あの、僕はニコライ・ミンスキーという人の詩を読んだんです。この時代を代表するかどうかはよくわからなかったんですが、気に入って……」

思わず僕はそう言って、ここ数日繰り返し読みすぎて原文で暗唱していた詩を口にする——空には重たい雲がたなびき、あたりは暗く湿り……ほがらかな夢、ひとときの夢は、たった一度だけの夢……。

衝動的に暗唱してしまったもののなんとなく気恥ずかしくなってそっと枚下先生を見上げると、先生は目を閉じて指揮棒をふるように右手でリズムをとっていた。そして僕が詩を詠み終えると、

「さて、正直なところ意外な詩人が出てきましたが、いいんですよ。時代を代表するかどうかなど気にせず、どんどん読んでください」

と言い、薄目をあけて続ける。

「授業というものは限られた時間のなかでなにを伝えられるか、一度一度の勝負のようなところがありますが、こちらの予想から外れたものが出てくる瞬間はむしろ嬉しいものです。どの時代、どの作品について語っても、教壇から伝えられるのはごく一部でしかありません。まして教科書というものは、たとえどんなに優れた視点から書かれたものであっても、文学テキストを教科書というまったく異なる次元のテキストのなかに包括しようとする時点で、一種の暴力性がともないます。その暴力性は文学史上の価値判断を整理しようとすればするほど増すともいえるでしょう。たとえばこの時代についてだと、東京大学の先生たちが出している教科書に『トルストイは「回心」によって文学的には死んだ』と書かれているのを目にしたときなど、三日三晩は寝込みたくなるほど愕然とした覚えがありますが……まあそれは極端な例だとしても、教科書なるものに対する心構えとして、みなさんにひとつ考えてほしいことがあります。そうですね、具体例を出すならシェイクスピアでもプーシキンでもいいんですが、そうした文学史で大きく扱われる作家なり作品なりが、『なぜ文学的に優れているかを証明せよ』と言われたら、みなさんはどうしますか」

　と切りだす。

「たくさんの作家が影響を受けているので、なんかすごい感じがしまーす」

と入谷が言い、

「現代の私たちにも通じる、人間が抱え続ける本質的な問題を描いているから、読み継がれているんじゃないでしょうか」

と渡辺さんが答える。

「はい、そうですね。一般的な話としてそうした理解がなされていることについては確かにそうでしょう。しかし私はいま、ちょっと意地悪な問題を出しました。厳密にいえば答えは『不可能』なんです。他の作家への影響も、私たちが大事なことが書かれていると感じるのもその通りですが、『だから偉大だ』というのであれば、偉大だから読むべきだ、読むから影響を受ける、影響を受けたから偉大だと思う……という堂々めぐりに取り込まれることになります。『いや違う、私は○○歳になって初めてシェイクスピアを読んだけれど、読んでみてやはり偉大だと実感した』という人がいたとして……もうおわかりですね。副次的な影響を含めるなら現代の創作物でシェイクスピアの影響をまったく受けていないものを探すほうが難しいわけで、その人はそれまでシェイクスピアそのものを読んではいなくとも、シェイクスピアに直接的ないし間接的に影響を受けた膨大な数の創作物のなかを無自覚に生きてきて、そのあとでその大元にあたったことになるわけです。もっと短いスパンで説明するなら、ビートルズを知らずにビートルズの亜流を好んで聴き続けた人が初めてビートルズを聴いて『これぞ本物だ！』と叫ぶようなもので、その人にとってはそりゃあ確かな実感でしょうが、同時にそれは極めて主観的な体験です。そして人間がその感覚の基準にできるのは、生まれてからほんの数十年のあいだに見聞きしたものだけです。たとえそう叫んだ人が学者だったとしても、ことの本質は変わりません。しかし文学にかんする学術研究や批評のなかにはそのような、許容されてはいるが『事実の陳述ではない』言説が混ざっています。これについてノースロップ・フライ[†61]は『批評の解剖』のなかで、こんなふうに言っています――『シェイクスピアは一六〇〇年ごろに活躍していたイギリス劇作家群の一人であり、世界の偉大な詩人の一人でもある、とわれわれは言う。この前半は事実の陳述であり、後半は事実の陳述として通用するほど一般に認められている価値判断である。しかし、事実の陳述ではない』と。実は私たちは、どの作家あるいは作品が偉大であるかという問いに、学術的に答えることはできないんです。優れた学者が複数集まってなんらかの作家なり詩人なり歴史上の人物なりを分析した

†61　ノースロップ・フライ（1912–91）文芸批評家。代表作に『批評の解剖』『同一性の寓話――詩的神話学の研究』『ノースロップ・フライのシェイクスピア講義』など。

末に、その人物が『偉大である』と提唱したとします。しかしその個々の分析がいかに学術的に的を射ていようとも、価値判断そのものに学術性が付与されることはありません。何が優れているのかを証明するためには何が優れていないかを証明しなければならず、それらが相互補完的に互いの論理を補いあう構造に陥る以上、それらは『すべての循環論法と同じく、論駁《ろんばく》できないという大きな利点があるが、この論法は影であって実体ではない』とフライは言います。この『偉大』という古めかしい価値判断をなんらかの新しい定義や用語に置き換えたとしても、論法の空虚さは変わるものではありません。新たな定義や用語によって『神秘的な修辞の靄《もや》』を生み出すことにより、フライのいう『影』が比較的はっきりとみえるだけで、どこまでいっても『実体』にはなりえません。ロシア詩の研究者ガスパーロフ[†62]もいうように、なにに文学的価値があるかを決めるのは、学問の仕事ではないのです」

　急にがやがやと廊下が騒がしくなり、となりの教室で講義を受けていた学生たちが通っていく足音がしはじめる。枚下先生は腕時計を確認して、

†62　ミハイル・ガスパーロフ（1935–2005）文学研究者。詩の形式史の研究に従事した。代表作に『ロシア詩史概要』『西欧詩史概要』『魅惑のギリシャ――古代ギリシャ文化講話』など。

「おや、しゃべりすぎてしまいました」

と口をへの字に曲げ、早口に、

「さきほど湯《ゆ》浦《うら》くんが詠んでくれたニコライ・ミンスキーは象徴派のさきがけともいえる詩人のひとりで、この時代にはほかにも面白い詩人がいるのですが、それはまた今度にしましょう。次回は今学期最後の授業です。どこぞの教科書で『文学的には死んだ』という珍妙な価値判断を下された後期トルストイの『復活』をやります。長めですが、ぜひ読んできてください」

と締めくくった。


しばらく雨の日が続いていたけれど、今日は曇りだ。夕方になっても蒸し暑さがひかず、溺れているみたいに息苦しい。天気予報によると沖縄には台風がきているという。

いつものバスに乗り、いちばん後ろの席に座って、僕は帰りがけに新名が返却するというので入れ替わりでゆずってもらったコロレンコの『悪い仲間』をひらく。六つのときに母親が亡くなり、父親はその悲しみに打ちひしがれ、「僕」のことなど忘れてしまったようにみえた……という主人公の語りにひきこまれ、いつのまにか本のなかにいる。うっかりバス停をふたつも乗り過ごしていることに気づいてバスを降り、家に向かって道を引き返しながら続きを読む。新名から受けとった本のせいか、どことなく彼女に似た面影をたたえた好奇心旺盛な少年が、手をひいて僕を廃墟に連れていこうとする。

第十二講

よみがえるときまで

――レフ・トルストイ

『復活』

レフ・トルストイ（1828‒1910）

2歳のとき母を亡くす。領地では農民の子供に無償で読み書きを教える学校をひらき教科書を作る。非暴力の立場から日露戦争を強く批判し、ガンジーらとも文通、非暴力思想の礎を築く。日本の作家にも多大な影響を与えた。代表作に『戦争と平和』『アンナ・カレーニナ』『イワンのばか』など。

『復活』

邦訳は藤沼貴（岩波文庫、書影）など。実際の事件に題材を得て、ある娘を誘惑して捨てた男が陪審員として彼女に出会い、良心にめざめて葛藤する様子を描く。その心理描写は「心の弁証法」と呼ばれた。一八九九年に刊行された本書は翌年だけで数十回の再版を重ね、世界的にも大きな反響を得た。

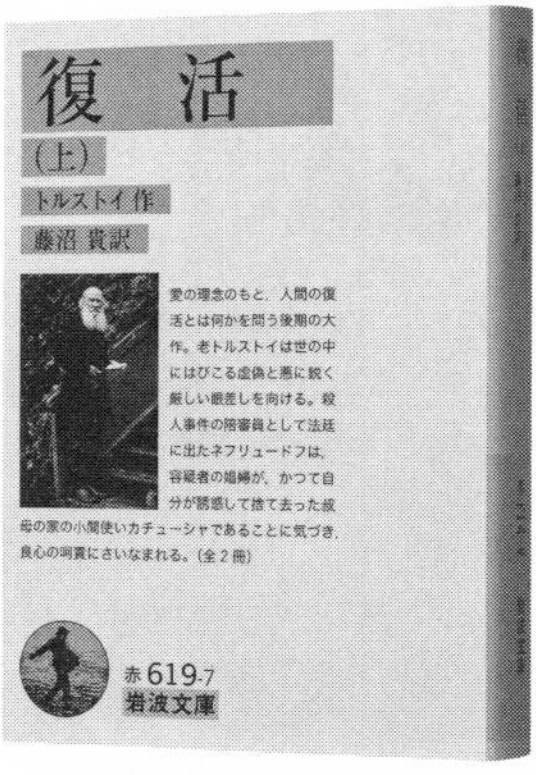

今学期最後の課題図書がトルストイの『復活』なのは最初に配られたプリントで見て覚えていた。ちょうどこの春休みに読んだ作品だったから、楽しみでもあった。

人間たちがいくら狭い土地に数十万とひしめきあってその土地を汚し、わずかな植物も育たないように地面に石を敷きつめ、木を伐採し鳥や動物たちを追い払ってそこかしこで石炭や石油を燃やしても、それでもなお、都会でさえも、春はやっぱり春だった。けれどもそんな春の日、植物も鳥たちも人間の子供たちも元気にはしゃぎまわるなかで、大人たちは互いを貶《おとし》めあい、苦しめあうのをやめずにいる……。

その冒頭を見て僕は「これなら読みたい」と思った。二月二十四日以降、戦争のニュースを追っているうちにだんだん混乱して本もまともに読めなくなり、いったいどうしたらいいのかわからなくなっていた春休みに、所属している学科の先生たちがひらいてくれた相談会で紹介された本のなかから読めそうなものを探していたときだ。その冒頭は僕のなかで現代の状況と重なった。そして人間がその愚かな発明品で互いに殺しあい、人間も動植物もめちゃくちゃにしてしまったとしても、根底から湧きあがってくる自然の生命力にすがるような思いで、気づけば夢中で読みふけっていた。

主人公のドミートリー・ネフリュードフは公爵というかなり位の高い貴族で、あるとき陪審員として裁判に出席する。被告人の若い女性、カチューシャのたどった運命は当時としてはごくありふれたものだった。三歳のときに母親が病死して、ふたりの婦人にひきとられ、そのうちひとりは彼女を養女のように育て、もうひとりは小間使いのように育てたので、彼女は貴族の娘のように本も読めるしそれなりの教養もあり、それでいて小間使いのようにひととおりの家事もできる娘に育った。呼び名もそれを表していて、エカテリーナの愛称の「カーチェンカ」でもなく、身分の低い人などに用いる卑称「カーチカ」でもなく、あいだをとったような呼びかたとして、カチューシャと呼ばれている。しかし彼女はいつしか育った環境を遠く離れて娼婦となり、さらには毒殺の罪で裁判にかけられている。

ネフリュードフは被告席のカチューシャを見て驚く。それは、八年前に彼が誘惑し捨てた相手だった。カチューシャを育てた婦人たちはネフリュードフのおばにあたり、彼は大学三年生のときに課題をこなすためにひと夏を過ごしたその家で、当時十六歳のカチューシャに出会う。それから二年後、将校になった彼は戦争に赴く前にもう一度おばたちの家を訪れてカチューシャと性的関係をもつが、出発前に手切れ金のように百ルーブルを渡して立ち去る。数ヶ月後、カチューシャは妊娠したことを知る。彼女は家を出て子供を産むが、産褥熱《さんじょくねつ》で寝込んでいるあいだに子供は孤児院に送られ、すぐに死亡してしまう。その後、カチューシャは小間使いなどをしたのち、結局売春宿に入り、それから七年後に事件が起こった。

　ということは、カチューシャにふりかかった災難の大元の原因は自分にある……！　まるで、まったく無関係の事件を傍観していたはずが、唐突に「犯人は自分だ」という真相を知ってしまったかのような展開だ。とはいえネフリュードフの「罪」は、当時の法的には裁かれるものではない。多くの貴族の青年が通過儀礼のようにおこなっていたことで、彼自身もそれをいいわけにして忘れ去ろうとしていた。いっぽう目の前の裁判で扱われている事件においてカチューシャには殺人や強奪の意図はなく、罪はないものと認められかけていたにもかかわらず、きわめてずさんな評議の結果、誤ってシベリア送りになってしまう。

　これは心の、良心の問題なんだ――ネフリュードフは神に祈り、そう気づいていく。間近に迫っていた裕福な婚約者との結婚はもはや考えられないものとなり、彼は、人がなしうる限りの善いおこないをしよう、すべてを捧げ、必要ならカチューシャと結婚するのだと決意する。ネフリュードフは獄内のカチューシャを訪ね、自分が犯した罪を償いたいと申してるが、彼女は「もう過ぎたことよ」と相手にしない。彼はなおも彼女のもとに通い「結婚してほしい」と切りだすが、「あのときそう言ってくれたらよかったのに、いまのあたしは罪人であんたは公爵さまじゃないの。あんたと結婚するくらいなら死んだほうがましよ。この世であたしを利用しただけじゃ足らずに、あの世でもあたしのおかげで救われようだなんて、そうはいくもんですか」とつっぱねる。

しかしネフリュードフはめげない。カチューシャの無実を証明するために奔走し、元老院に訴え、シベリアまでついていく。少数の人間が快適に暮らすためだけに数えきれない人々が苦しむ社会のしくみを知るたびに驚きに目をみはりながら、わずかでもできることを探して……。

家にあった文庫本を読み返していると、春に読んだときは気づかなかったことに目が留まる。社会背景が以前よりよくわかるようになっているだけじゃなく、人物の関係がすでに頭に入っているおかげで、細部にも意識が向かうようになっている。まだ考えはまとまらないけれど、読みながらノートに気づいたことをメモしていく。

七月の終わりの晴れた日、じわじわと上昇する気温のなかを歩いて大学に向かい、階段をあがっていつもの教室に辿りつく。ノブを下げて重たいドアを押した瞬間、脳の奥で「あ、前にもこんなことがあった」とデジャヴのような感覚を覚えたが早いか、ドアの向こうから溢れる陽の光に目がくらむ。

　そこは教会だった。忘れもしない昔日の、早朝の、礼拝がおこなわれていた教会だ。祭日だけあって人出が多い。老人や農夫や女たちに混ざって子供もいる。子供たちは人の視線を感じると大人の真似をして熱心にお祈りをするそぶりをみせる。その人波をすべるように眺め、白いワンピースに水色のベルトをして黒髪に赤いリボンを結んだ彼女を見つける。彼女はこちらを振り向かないけれど、目の端で僕の存在に気づいている。こっそり話しかけると上目遣いで僕を見て、ほんとうに嬉しそうに笑う。礼拝が終わると彼女は教会の外にいた乞食にほどこしをして、少しも嫌な顔をせずに風習にならって三回のキスをして、「あたし、なにも間違ったことしていないでしょ？」と訊くようにちらりとこちらを見た。（ああ、そうだよ、ぜんぶそれでいい。なにもかもすてきだ。好きだよ）と僕は思う。愛情には、あまりに極まってすべてを凌駕してしまう、そういう瞬間がある。意識的なものも理性的なものも官能的なものも、なにもかもまったくなくなってしまうような……。

　僕は彼女の白いワンピースに目をこらし、記憶に焼きつけようとする。けれども目のまわりに力を入れて焦点を合わせようとすればするほどその輪郭はぼやけ、白いワンピースは白い机になり白い教室になり、けれどもさらに目をこらすとそこには愛しい彼女の姿が……いや、ほかにはまだ誰もいない教室でひとり席についた新名《にいな》が、どうやらドアを開けたきり足を止めてぼうっとしていたらしい（おまけに目をこらしすぎてかなり変な顔をしていたはずの）僕を、きょとんとした顔で見あげていた。

「おはよう？」

と、（大丈夫かしらこの人）とでも言いたげな表情で言われて、

「おはよう！」

と、せいいっぱい普通をよそおって言葉を返し、そそくさと新名のなめ後ろの席につく。まいったな、まだ先生もいないのに「体験」に入っちゃうなんて……。

後ろのドアが開き、青山さんと入谷《いりや》が同時に入ってくる。一瞬、あれ、一緒に来たのかな、と思ったけれど、青山さんは涼しい顔でそのままいちばん後ろの席に座り、入谷もいつも通り僕のとなりにくる。偶然一緒になっただけかな、まあ、僕が気にすることでもないけど。

始業時間になり、えんじ色のシャツを着た枚下《まいした》先生が入ってきて、

「今日は、みなさんのいちばん印象に残っている場面からはじめましょうか」

と言いながら出席カードを配りはじめる。新名が前から受けとったカードを一枚手元に残して振り向き、僕に束を手渡す。一枚とってとなりの入谷に渡すと、手に持っていた一枚しかとっていないはずの紙がみるみるうちに数百枚に増えて背を綴じられ、黒い厚紙の表紙がついて古風なノートになっている。あ、これは……と思いその表紙に手をかける。ひらいてみると……やっぱりそうだ、ネフリュードフの、僕の日記だ。

肝心なことに気づいてしまった。

僕はこのところいらだっていた。接する人々に対していちいち不満や嫌悪を感じ、なにもかも嫌だ、なにもかも卑劣だと感じていた。ところがそれは裏を返してみれば、自分自身に対する嫌悪だった。わかってしまえばどうして気づかなかったのか不思議なくらいだ。卑劣なのはこの僕じゃないか。だらけきった生活をしている自分、過去の罪に背を向けてきた自分を、なぜまともに見ようとしなかったんだ。心がくすんで、自分自身の姿も見えなくなっていた。わかってみるとそれは、つらく苦しいと同時に、なにかとても嬉しい、心が正気に戻っていくような感覚でもある。

かつて僕は何度か「心の浄化」と名づけた経験をしていた。それは生活が堕落して、心のはたらきが鈍り、ときには完全に止まってしまったかのように思えるとき、心にたまっていた塵を掃きだしてきれいにしようと努める作業だ。

そういうとき僕はこの日記をとりだして、新しい生活をはじめようと決意する。最初にそういう経験をしたのは、はじめて彼女に出会ったあの夏、おばたちの家にいったときだ。それは生きる気力がみなぎり、力があふれる、喜びに満ちた目覚めだった。

いまの僕はずっと何年も「浄化」をせずにときを過ごしてしまったせいで、ひどく心が汚れている。汚れすぎて、もうきれいにすることなどできない気がして、絶望しそうになる。なにしろ良心の要求といまの生活とがかけ離れすぎている。心のなかの悪いやつが「みんなそんなもんだよ、人生ってのはそういうものだ、あきらめろよ」とささやく。だけど僕のなかにはすでに自由な精神の力が目覚めている。人の心にとってこれほど絶対的な力はない。自分のいまの状態と、なりたいと望んでいる存在がどれほどかけ離れていようと、この力さえ目覚めていればそこに向かっていける。

恐れずに、みんなにほんとうのことを言うんだ。いま僕をしばりつけているしがらみを、家柄や身分でなりゆき上つきあってきた人たちとのだらけた関係を、いっさい断ち切ろう。

それから彼女に会いにいって、過去の自分の罪を認めて、謝ろう。彼女にふりかかった災難をとりはらうためにできる限り手を尽くそう。そうだ。いまがどんな状況であろうと、自分ができる限りの善いことをなすという、それ自体はぜったいに可能なんだ。

日記をひらく。もう二年も日記を書いていなかった。なんだか子供じみたことのような気がして遠ざかっていたけれど、これは決して子供じみたことなんかじゃない。誰の心のなかにもいるあの存在、神にも似た存在との対話だ。

僕は立ちあがり、蒸し暑い部屋を突っ切って、窓をあける。月が照らす静かな夜だ。遠くで車の音がして、その音が遠ざかっていき、やがて静まり返った。窓の真下にポプラの木が見える。左手には月に照らされた屋根が白く浮かんでいる。生き返るような気持ちで、すがすがしい空気を吸い込む。

「さて、それでは……」

突然、立ちくらみのような衝撃とともに視界が明るくなったかと思うと、むっとする熱気が窓から入ってきていることに気づいて僕は急いで窓を閉め、教室を振り返る。僕だけじゃなくほとんどの学生が場所を移動している。新名は自分の席にはいるけど立っているし、入谷なんてドアの近くの床に寝転がっている。けれども枚下先生の声に気づくと、みんなはとくに変わったふうもなく、ガタガタと自分の場所に戻っていく。

「みなさんが印象に残っているのはどんな場面でしょうか」

いま僕が「体験」したのは、ネフリュードフがカチューシャのために行動しはじめたころの心の変化だ。それまではなんの気なしにつきあってきた上流社会の人たちの嫌なところばかりが目につくようになり、いらだって、なにもかも嫌だ、卑劣だと感じるようになる。でもそれは自分がなにもできていない、それどころかその卑劣な社会の一部として卑劣な生活をして生きているからなのだと気づいたとき、彼のなかでなにかが決定的に目覚める。そして自分が自分に抱いていた嫌悪に気づいたそのときから、周囲に感じていたいらだちや嫌悪感が消えていく。『復活』にはこういう場面が繰り返し出てくる。いちど決意をしてもまた惰性や誘惑に負けてしまうときがくる。けれどもそのたびに主人公は、少年のころにひざまずいて祈ったときのような気持ちを思いだし、自分の心のなかにあるものをひとつひとつ確かめていく。

新名がいちはやく手を挙げて、

「私は、判決を受けたカチューシャがほかの囚人たちと一緒に連れていかれる、監獄のなかにある教会のシーンが印象に残りました」

　と答える。

「豪華絢爛にかざりたてられた教会で、皇帝一家の安泰が祈られて、ありとあらゆる修飾語をつけてイエスがたたえられるところです。ここまでの文脈で主人公がずっと社会のしくみのおかしさについて考えているので、主人公と一緒に『どこがどうおかしいんだろう』と考えてきた読者はたぶん、この儀式の描写を読んだ時点で、これはおかしいって気づけるようになっていて……少なくとも私はたとえば、お金持ちの商人が慈善事業的に寄付をして監獄の教会を豪華に建て直したっていう箇所を読んで、どうしてそのお金を監獄のひどく不衛生な環境を改善することに使わなかったんだろう、苦しい思いをしている人たちを集めていつまでこんなどうでもいい儀式をしているんだろう、って思いながらこの長い儀式のところを読んでいたんです。そしたらそのあと『司祭もほかの人たちもカチューシャも気づかないけれど』といって作者の視点が入って――『いまさんざん崇めたてられていたイエスその人が、こうしたことをすべて禁じていたはずなのだ』って。こういう長広舌や、神殿で祈ることとや、そしてなによりも人を罰したり苦しめたりすることをすべて禁じていたはずなのに、って。ああ、やっぱりそうなんだ、って安心したっていうか……。この小説で扱われている問題にどう焦点をしぼっていったらいいのか、この場面を読んだとき、だいぶ理解に近づいた気がしました」

「ええ、大事な場面ですね。『復活』という題名からもわかるように信仰はこの小説の重要なテーマのひとつですが、特定の宗派に従順であることこそが敬虔な信仰であると教えるような内容ではもちろんなく、むしろその逆で、社会に存在する組織や制度としての宗教に対する幻想をふきとばしてくれる。いま新名さんがお話ししてくださった箇所の続きを読むとそれがよくわかります。この司祭だって儀式に使ったパンとワインがキリストの肉や血だと本気で信じているわけではないけれど、『この信仰を信じなければならないということを信じていた』と。さらにそれはなぜかといえば、詩篇つきの祈禱、讃美歌つきの祈禱、ただの祈禱、とそれぞれに決まった料金があって、『真のキリスト教徒は喜んでその料金を払うものなのだ』と信じている。それこそがこの司祭の『信仰』だったと。身も蓋もないほど実利的なものが信仰という仮面をかぶっているのに、教会という組織の歯車の一部になってしまっている本人は気づけないんです」

　枚下先生が話し終えると、入谷が、

「でも子供とか囚人の一部は、そんなことお見通しなんですよね」

とつぶやく。

「いや、なんか俺はその感じがいちばん記憶に残って。いろんなところに少しずつ出てくるんですけど、たとえば終盤のシベリアの監獄で、素朴な信仰を持った囚人が、自分たちをこんなところにぶちこんだやつらこそが反キリストじゃないかって言ってるところとか、ほんとにそうだよなってなったし。これって現代でも、地位の高い人のなかにはクソみたいな……じゃなくてえーと、見えすいた嘘で自分たちの利権を守ろうとしたり、人を人とも思わないような発言をしたりする人がいて、それに比べたら、身分なんかない人の『なんでこんなにがんばって働いても生活が楽にならないんだ、なにかがおかしいぞ』っていう不満のほうがずっと切実だし真実味があるってのと同じで……。つまりそういう直感の賢さっていうか、そういうものを、誰もが持ってる可能性としてとらえるなら、わりあい希望のある話だな、っていうのが印象的だったんですけど、あ、ゴーリキーの回のときに読んだ、トルストイがゴーリキーに言ってた、民衆の持ってる特徴でしたっけ、小難しく考えず素朴だけどそこがいい、っていうのは、こういうことなのかなって」

枚下先生がふんふんと聞き終えて、なにかを言いかけたそのとき、青山さんが、

「あっ」

と叫んで、みんなが後ろを振りかえる。青山さんは頭に手をやって、

「あ、そんなたいしたことじゃないんですけど、トルストイがゴーリキーに言ってたこと、私も思いだしたなーって。確か『どん底』の女性像には人間味がないっていうか個性がないっていうかそんな感じのダメ出ししてたから、そう言うトルストイはどうなんだって思ってたんですけど、これ読んだらネフリュードフとカチューシャってちゃんと別の人間で、別の思考回路を持ってて、でもそれは男だからとか女だからとかいう描かれかたじゃなくて、どっちの思考もどういうふうに回っているのかが説明されてて、すごい『わかるわー』ってなったところがいくつもあって、しかもそれって、私は言語化できないと思ってたようなことだったから、えーこれ言語化できちゃうのってすごい、ってなりました！」

興奮気味に話す青山さんに、枚下先生は笑ってうなずき、

「はい。いい観点ですのでもう少し具体的に、どのあたりだったかわかりますか」

と尋ねる。青山さんは「えっと」とカラフルなふせんのついた文庫をぱらぱらとめくり、

「あ、ひとつはカチューシャがいままでネフリュードフのことを『まったく思いださなかった』っていうところです。牢屋に訪ねてきた相手がネフリュードフだってわかったときも、幸福だった時間を思いだすのさえあまりに苦痛で『目の前にいる人と記憶のなかの人

とを結びつけることをやめてしまう』っていうところとか、あと『蜜蜂が自分たちにとって害のある虫の巣をすっかり塗りこめてしまうように』っていう喩えとか、もう必死に、必死だってことを自分で自覚もできないくらい必死に記憶を塞いでたってことが何度も出てきて、なんかすごいつらいのがわかるし。でもじゃあカチューシャは悲嘆して生きてたのかっていったらぜんぜんそうじゃなくて。だからもうひとつは、カチューシャが自分や自分のまわりをどういうふうにとらえて生きてきたかというところです。ネフリュードフは『カチューシャは娼婦の仕事を恥だと思っていないらしい』って気づいて衝撃を受けるんですけど、でもそんなのあたりまえじゃないですか。実際、売春宿の生活描写を読むとめちゃくちゃたいへんそうですけど、だったらよけいにそれを恥だと思ったら生きてる意味がなくなっちゃいますよね。だからカチューシャは、男から求められるのはいいことだっていう価値観を持って、この世界は男たちの性欲でできてるって思ってたけど、それは彼女の見ていた世界のなかでは紛れもない真実だったし、そういう男たちに必要とされるのが偉いんだっていう認識だったから、牢屋でも知り合った女たちにさっそく『男たちがなんだかんだ理由をつけて、ちらちら自分を見にくる』って自慢してて、それもリアルだなーって……」

青山さんはそこまで話すとふと言葉を途切れさせ、静止してしまった。言い終わったのかそれともまだ言いたいことがあるのか誰もわからずにいると、入谷がふたたび口をひらき、

「あ、そっか」

と言い、青山さんのいるほうを向いたまま続ける。

「で、それが『人は誰でも自分を肯定したいし、自分を人に誇れるように人生観を作るものなんだ』っていう説明で、ぜんぶつながるんだ。さっき枚下先生が言ってた、祈禱の料金を喜んで出すのが真の信仰だなんていうふざけた思い込みが司祭の頭のなかで成立しちゃうのも、裁判官たちがろくに罪もない少年をつかまえて、どう考えても子供をこき使ってきた社会のほうがずっと悪いのに偉そうに裁いたり罰を与えたりして平然としてるのも、大人たちがみんな自分の立場や特権を正当化しなきゃやってらんないからなんだよな」

入谷はひといきに語りきると自分で「うんうん」と小刻みにうなずき前に向き直る。枚下先生はあごに手をあてて、

「いいディスカッションになってきましたね。ほかの作品や小論などからもわかりますが、トルストイが最も問題視していたもののひとつが、大人たちがそうして『やってられな

い』とか『仕方ない』とか『わかってはいるけれど』といった言いわけで見過ごしたり目をつぶったりしている悪徳行為でした。それが随所で弱者を傷つけている刃《やいば》の元凶となっているということに目を向けなければいけないと。さて、では少し質問を変えてみましょう。この小説は、どこから出発して、どこへ向かっていると思いますか」

と訊く。あ、僕がメモしながら考えてたことに近い。手を挙げかけたところで、窓際の渡辺さんが、

「あのですね、恥ずかしながら」

と発言する。

「私ははるか昔、若いころに映画を観たことがあっただけで、いまのいままで小説のほうを読んでいなかったんです。それでなんとなく映像のイメージだけが残っておりまして、主人公が昔の恋人カチューシャを無実の罪から救おうとして、カチューシャはだんだんとその愛情を思いだすけれども、やっぱりネフリュードフのように高い身分の人と結婚すれば相手のためにならないからといって最後には庶民出身の人のほうを選んで身を引くという、そういう恋愛話だと思ってしまっていたんですね。しかしいま読んでみると、そう読める部分もなくはないですがそれが主題ではなさそうで、いまのみなさんのお話を聞いて

いてなおさら、どうも思い込んでいたのとはだいぶ違う話だったという気がしてきました」

うん、わかる。あらすじやなんかを読むとそういう印象を受けるよな。でも、じゃあどこに向かっている話なのかっていうと……。僕はようやく手を挙げて、

「僕は、だんだんと整理されていく話なんじゃないかなと思いました」

と言ってから、(まずい、抽象的すぎた)と思い直して先を続ける。

「いまの話との関連でいうと、この小説にある愛っていうのは、なによりネフリュードフがカチューシャに視点を合わせることで、ごく自然に受刑者の痛みを自分のもののように感じるようになったところじゃないかと思いました。でも話がどこからどこへ向かうかっていう点でいうと、いま言ったみたいな視点の変化も『自分にできる限りの善いことをする』って決意を決めるのも序盤のうちで、そのあと何度も同じような葛藤に戻されているようにも見えるんですが、でもその度に必ず少しずつ『整理』されていくんです。その整理の経緯がこの小説の展開そのものになっていると思います。主人公はカチューシャを中心に社会を見ているから、興味の矛先は裁判や流刑や、人が人を裁くことですが、それをずっと考え続けていて、たとえば中盤に、受刑者を五つに分類している箇所がありますよね」

そこまで話すと、プリントを配りながら聞いていた枚下先生は顔をほころばせ、

「ええ、ちょうどいまお配りしているプリントに、その部分を整理したものがあります」

と、配り終えて手元に残ったプリントに目を落とし、読みあげる。

「一、カチューシャのように、誤審やずさんな裁判の犠牲者で、無実の罪を着せられた者。二、怒り、嫉妬、泥酔など、普段とは違う状況が重なり罪を犯した者。裁判官たちも同じ状況に置かれたら同じことをしそうなケースが多い。三、大地主の私有地で草をとったり薪を集めたりするなど、彼らにしてみれば立派な仕事だし、法が法なら罰せられないはずの者（ネフリュードフは土地は誰のものでもないと考え農夫に土地を与える試みをしている）。四、精神的な水準が社会的規範より高かったために逮捕された者。思想犯など。五、社会に対する彼らの罪より、彼らに対する社会の罪のほうがはるかに大きいケース」

そう。五番目のケースは、少年時代から工場労働に出されてたまたま足拭きマットを盗んだところを捕まった少年からはじまり、広くみればかなりの受刑者が含まれる。彼らが生きてきた社会は、まず彼らを痛めつけ、ボロボロにし、誘惑して、まるでなにかの拍子に罪を犯すのを待ちうけているかのような環境を作りだしておきながら、いざ罪を犯したとなれば嬉々として捕まえて、さらにひどい環境である牢獄へと入れてまだ苦しめる。弱

い人間がより良い生活に向かうには、人間の尊厳を意識することこそが必要なのに、鎖や坊主頭や処罰や不衛生な環境は、その真逆の屈辱と抑圧で囚人の精神も肉体も破壊してしまう……。

枚下先生は少しの沈黙のあとプリントから顔をあげると、

「ああ、さきほどの『愛』というテーマでいうと、この小説のなかでもうひとつ結論が出ているかもしれませんね」

と言って僕たちを見まわす。あ、そういえばなんかあった気がする。いまの話につながる部分だろうか。

「あの、後半に、ネフリュードフが『愛情を持たずに人に働きかけてはいけない』と気づくところがあったと思います」

と新名が答え、文庫の下巻をめくって該当箇所を探す。

「誰に対しても愛情を感じないときがあるとして、そういうときは自分自身でも物でも、なんでも相手にすればいいけれど、人間だけは愛情なしに接してはいけない。なにかを食べても人体に害にならないのはお腹が空いているときだけなのと同じで、人に働きかけてもいいのは愛情を持っているときだけだ、っていうところ……。あった、ここです。県知事、所長、士官、警察官といった立場になると、まるで人間を品物のように扱う権利があると思ってしまう人たちがいて、いっさいの根本的な原因はそういうふうに、人間を愛情なしで扱ってもいい立場があると勘違いすることだ、って……」

枚下先生はプリントの残りを教卓に置き、

「はい。いえ……、私がいまここでよけいなことを言うのはやめておきましょう。みなさんそれぞれの視点から非常によく読んできましたね。最後にこれを選んで正解でした」

と言って腕時計を見ると、

「さて、通年の授業ではないので今日でこの授業はいったん終わりますが、最初の授業で私がホワイトボードに書いた言葉を覚えていますか。戦争、国家、恋、喜劇、愛、悲劇、死、時間……そしてシラバスには『社会とは、愛とはなにかを考える』と書きました。文学作品はそれらをどう捉え、どのような描きかたができるのか——この授業はそれを考えるための、ほんの入り口にすぎませんが、みなさんが今後、読書を進めていくための足がかりが増えていたらいいなと思います。またいずれ別の授業でお目にかかることもあるでしょうし、私はまだこの大学にいますから、なにかあればぜひ質問にきてください」

と言って回収した出席カードをトントンとまとめてダブルクリップで綴じ、授業を終えた。

校舎の外に出ると猛烈な熱気でコンクリートの上が煮え湯のように揺れている。

「うへー、食堂まで歩くだけで溶けそうじゃん」

と入谷が言い、「いっそダッシュで通り抜けるか」とふざける。

「よけい暑いし、倒れるよ……」

と突っ込みを入れながら、そういえばネフリュードフがカチューシャに附いて旅立ったのも、ものすごく暑い七月の日だった、と思いだす。何ヶ月も日当たりの悪い拘置所に閉じ込めた囚人たちをいきなり外に出して猛暑のなかを歩かせたものだから、ばたばたと倒れて死者が何人も出て、ネフリュードフは亡くなった囚人を運ぶのを手伝いながら、（倒れる人が出ることくらい少し考えたらわかりそうなものなのに、いったいどうしてこんな決定がなされたのか）と驚いて、理解に苦しむんだ。

「いっさいの根本的な原因はそういうふうに、人間を愛情なしで扱ってもいい立場があると勘違いすることだ」というさっきの新名の声を思いだす。「なにかを食べても人体に害にならないのはお腹が空いているときだけなのと同じで、人に働きかけてもいいのは愛情を持っているときだけだ」……。ああ、そうだ、春休みに読んだときに僕が救われたのもやはりこの本のそういうところだった。だから入谷の言っていた「希望」というのはよくわかる。戦争や、戦争にまつわる一部の議論は、人間に対して前提として持つべき愛情や思いやりが完全に欠如した状態で進められていて、そのうえあたかもそのほうが正しいかのように思い込んでいる人さえいて、僕はそれが嫌でたまらなかった。文字も読めないほど混乱した理由はそこにあったし、そこから出てこられたのは、社会にどれほど卑劣で不平等なことがあろうとも、それをひとつひとつ整理して、こんなふうに考えていけるなら、生きていく意味があるんじゃないかっていう希望が持てたからだ。

食堂に入って麺コーナーで冷やし中華を注文し、人の流れに乗って列を進む。

最初の授業で枚下先生が書いたいくつかの言葉に対する理解は、僕のなかでどう変わったのだろう。戦争や国家について考えるのはもう怖くない。怖いのは考えるのをやめてしまうことだ。恋や愛について……あのとき僕は「曖昧模糊」だなんて言って入谷に笑われたっけ。それから、悲劇と喜劇。僕は新名に対して抱いた気持ちを、自分の抱えた葛藤を、喜劇的なもの、些細なものにしたくなくて必死だった。大切な光のような感覚を、小さくしてしまうのを恐れていた。あれ……？　そういえばあのときゴーゴリの『ネフスキイ大通り』に出てきた画家と『復活』のネフリュードフは少し似ているな。娼館にいる相手に恋をして（あるいは恋心を思いだして）その人を救うんだってやっきになるところも、それが空回りするところも、やたらと純情なところも、周囲から荒唐無稽だと思われてしまうところも。それでも『復活』が喜劇的にならないのは、ネフリュードフが常に自分にできることを探し続けて、社会の欺瞞に目を凝らし、ほかのどんな相手をも見下すことなく接していこうとしたからだ。どれほど孤独に抱えた私的な葛藤も、そんなふうに生きていくための原動力になるとしたら、決して小さくなんかない。僕の意志でできることは必ずある。

　喜ばしいような、誇らしいような気持ちを感じるとともに、鼓動が速くなるのを感じる。僕も、しばらく書けていなかった日記をまた書こう。

　人は意識的にせよ無意識的にせよ、悩みや混乱を抱えて本をひらく。その混乱が重苦しくのしかかり、心のはたらきが鈍っているときは、知らぬまに息を止めてしまったようなもので、ひどく苦しいのに息のしかたがわからない。けれども本をひらき、いくつもの作品に雑然と込められた言葉や印象を、思いのままに胸に溜めていく。そうしていつしか、まるで一本の糸が通るかのようにそれらは連なり救いの手となり、慈愛のような思考の波が、止まってしまっていた心を動かしてくれる瞬間がくる。いつ訪れるかはわからない。必要なのは、焦らずにそのときまで――心がよみがえるそのときまで、生きて、読んで、考えていくことだ。

「あ、新名」

と振りかえった入谷につられて出入り口のほうを見る。のぼりたつ陽炎をくぐりぬけるように食堂に入ってきた新名が、こちらに気づいて軽く手をふる。

成績評価——夏休みの名探偵？

きつね色に日焼けした肌に麦の穂のようなドレッドヘア、東南アジア風の薄緑色の麻の半袖シャツという無国籍かつ年齢不詳ないでたちで現れた渉《わたる》は、学生街の古いラーメン店の二人席で僕と向かい合わせに座り、さっきから満面の笑みで「アオ、変わんないなあ」「ぜんっぜん変わんないなあ」としきりに繰り返している。苗字じゃなく名前の愛称で呼ばれるのは久しぶりだ。

夏休みに入っているだけあって客はふだんより少ない。注文して数分で、看板メニューの生姜ラーメンがふたつ運ばれてくる。夜七時を過ぎても外は蒸し暑く、涼しい店内に入っていったん引いた汗が、運ばれてきた麺を食べているうちにまた噴きだしてくる。半分くらい無言で食べたところで渉が話しはじめる。

「でもさあ、日本ってこんな暑かったっけ。温暖化っていうだけあって世界中どこも暑いみたいだけどやっぱり湿気もあるよな、成田降りたらなんかこうもう一瞬で服がべしゃーって体に張りついてくんの、びびった。熱帯かよって。つかもっと早く来ようと思ってたんだけど、そんとき妹がコロってだめんなって、あんときアオんとこ泊まろうとしてたけどさすがにコロナ持ちこむの申し訳ないわって思ってやめたの、これは言ったよな、確か。
そんでやっとだよ、やっと」

聞きながら、（渉も変わらないよ）と思う。特にこの、早口でしゃべりまくるところだ。中学のころ、僕は話すのが苦手すぎて吃音の気があった。それを気にしてよけいに引っ込み思案になっていた当時、渉はいつも僕が口ごもっていてもためらわずにしゃべりまくってくれて、それだけでだいぶ気が楽になったのを思いだす。肌はサッカー部員だった当時から色黒だったけど、日光の少ないはずのロンドンにいても変わっていない。まあ、髪型はずいぶん変わったか。中学のころの渉はマッシュルームカットのような髪をしていて、僕が「ビートルズ？」と訊いたら、韓流俳優の誰かが手本だと言って写真を見せてくれた。そのあとも何度か髪型を変えてたけど、しょっちゅう髪型を変えるところが、渉の「らしさ」なんだよな。

疫病やら入試やらで、渉の帰国は何度も流れていた。前に帰ってきたのは高校一年のときだったから、もう四年ぶりになる。

「にしたってもうちょっと早く来ればよかったなー、おいらもマイスター先生の授業にもぐってみたかった。あと入谷《いりや》くんとか新名《にいな》さんとかだよな、メールに書いてた。会ってみたかったし」

おどけ半分で話すときの一人称が「おいら」なのも変わってないな、と思いながら、

「さすが、僕情報に詳しいね」

とこちらもふざけて返す。

「そりゃあ、あれだけ毎週のように授業報告をメールで詳しく教えてくれるんだもんね、なんか連載小説でも読んでる気分だったよ。アオ、前から言ってるけど小説とか書いてみたらいいのに」

書いてみたら、か。ノリで言ってるのかもしれないけど悪い気はしない。大学でなにかあるたびに気持ちの整理をかねてつらつらとメールを書き送りながらも、こんなにたくさん読むのはさすがの渉でもだるいんじゃないかとこっそり心配していたから、よけいに。

思わず、

「なんかごめん、しばらく会わないうちに僕んなかで渉がイマジナリーフレンドみたいになっちゃってて、つい書きすぎた」

と謝ると、渉は「ぬははは」と笑う。

「イマジナリーフレンド。言葉のチョイスも変わんないね。いやほんと面白かったって。

日本の大学の文学の授業ってどんなことやってんの、って先に訊いたのこっちだし。あっちとだいぶ違うよ、うちはガチの批評理論とか文学史とかクリエイティヴライティングとかはあるけど。アオが書いてたみたいな授業、ないんだよね」

「うん、まあ枚下《まいした》先生の授業は日本の大学の授業の代表的な例じゃないとは思うけど……」

「だろうけど。なんか、ちょうどあっちの批評理論と文学史の先生たちの価値観？　学術観？　みたいのがぜんぜんかみあってなくてさ、批評のほうは理論の歴史をきっちりふまえて読むのがプロだっていう圧がすごくて、印象批評だとかテクスト論だとかの問題点とか、文芸批評は早くロラン・バルトの妖術から脱却しなくちゃいけないとか言ってて、その授業自体はけっこう面白かったし先生は柔軟な人なんだけど、学生同士の議論の方向性がどうしても理論武装が最終目的みたいになっちゃう感じがして、蚊帳《かや》の外の人を切り捨てるみたいな不気味さがつきまとってて、どーも肌に合わんかった。で、文学史のほうはどうかっていうとこっちはガチの権威主義っぽい先生で、作家の序列も解釈もぜんぶ決まってる宗教法典でも読まされてるような感じでくさくさしてたから、日本でなにやってんのか知りたくて。あ、クリエイティヴライティングは良かった、ちょうど英語がそれまでになく面白くなってきた時期だったってのもあるけど……」

「あ、なんかメールに書いてたよな。褒められたんだっけ、英語」

渉はちょっと照れたようにうつむき、テーブルの隅にあった銀色のスタンドからとった紙ナプキンを細く折りたたむ。

「いや英語が褒められたってわけじゃないよ……、たまたま、テーマと自分が書きたかったことが合ってただけで。あ、そう、メールに書こうかと思ったんだけど書いてなかったっけ。そんときの課題が面白かったんだ。『文学作品ではないものを文学作品にみたててジャンル分析せよ』っていう」

聞いたことのない課題だ。「文学作品ではないもの」って、なんだろう。

「それって要するに……標語とか法令とか……あ、じゃなくて映画とか美術とか？」

「んー、ぜんぶ正解だけど、それだけじゃない。課題の条件は『小説とか詩とかノンフィクションとして出版された本以外であればなんでもいい』ってことだから、たとえば朝起きてから寝るまでの会話をぜんぶ記録して、テクスト化した『ある一日』を分析してた人もいたし、フィッシング詐欺の勧誘メールや電話のやりとりなんかを集めてジャンルを分類するってのもあった。あ、それをやったやつが危うくマジで詐欺の片棒を担がされそうになってちょっとした騒動になっちゃったんだけど、それはともかく。基本的に、選ぶ題材は芸術作品じゃなくナマの声に近くて、採取した時点でそれがテクストに近ければ近いほどやりやすい。絵画とか映画だと、文学じゃないにしろ元々芸術分野として別のジャンルが存在するから、そのまま分析するとただの絵画分析とか映画分析になっちゃうだろ。だからこの課題に合わせるには、いったんそれを自分でテクスト化して、たとえばひとつの絵画からどれだけのジャンルの文学作品が生まれ得るかを検証するとかっていうことになる。ほら、同じ絵でもテクスト化するときのやりかたによっては推理小説にもホラーにもゴシック小説にもなるの、なんとなくわかるよな。まあそれだとまず絵を題材にした小説を作ってから自己分析する手順になるけど、それはそれでやりがいがある」

　なるほど。僕は枚下先生が最初の授業で、心のなかの葛藤を悲劇と喜劇に分類してその変化を語っていたのを思いだし、確かに世のなかのさまざまなできごとをテクスト化してジャンル分析をするってのはもの書きの練習にはもってこいかもしれない、と考える。

「で、渉はなにを題材にしたんだ？」

「アオのメール」

「ええっ!?」

と、僕はとっさにのけぞる。メールって、枚下先生の授業の話とか新名のこととかを渉宛てにうだうだ書き連ねてたあれか。ひえー。あれがいつのまにか小説として、イギリスの大学で分析対象になっていたなんて……。

「すまん、実はさすがにアオが怒るかと思って、メールじゃ言いにくかった」

「いや、怒んないけど……」

嘘じゃない。べつに怒ってなんかないけど、僕のメールのジャンル分析なんて考えたこともなかった。僕はこれまで渉に書き送った文章を思い浮かべながら、

「でも、どんなジャンルになるわけ？　書簡体小説[†63]？」

と訊いてみる。渉はすかさず、

「さすが古き良き文学青年、発想が古風だな。いや、まあ書簡体小説ってのもありだけど、それだとそのまんますぎるだろ。『アオが書いた手紙』っていうだけで分析が終了しちゃう。だからまずはアオがメールに書いてることとか、枚下先生の授業の内容とか、戦争と

†63　書簡体小説——手紙の形式を用いた小説。主に17–18世紀に発展。ジャンル形成の初期のものとしてはアフラ・ベーン（1640–89）の『ある貴族と義理の妹の愛の手紙』（1684–87）があり、啓蒙主義と感傷主義小説の台頭とともに流行ジャンルとなる。ルソー、モンテスキュー、ゲーテらがこの形式を用いている。

か現代社会の背景とかも含めて、それを誰か別の『作者』が書いてるっていうメタ的なところに視点を持ってかないといけないんだ。アオの性格も枚下先生の授業も、入谷くんや新名さんも、さらにメールの宛先であるおいらのことも、ぜんぶひっくるめて創造した『作者』がいるってところに」

と答える。すべてを創造した作者？　神様みたいな？　僕や入谷や新名だけじゃなく、枚下先生の授業や、この世界のなりたちまで？

そう考えて僕は、

「でも枚下先生の授業ができるのは枚下先生しかいないんじゃないかな……」

と言うと、渉は身をのりだした。

「それだよ。アオのメールは枚下先生の授業がメインだっただろ、だからもしこれが小説なら、『文学講義小説』みたいなジャンルになるんじゃないかなって思って。とすると作者はロシア文学の先生かもしれない」

くるり、と頭のなかでなにかがひっくりかえったような変な感じがする。僕の書くものを作りだした「作者」……？　どこかで自分もそんなふうに考えたことがある気がして記憶を辿る。そうだ。それは第一回の授業のあとに僕自身が感じた不安に似ている――全能の「マイスター」先生が魔法か超能力かなんかで役割分担みたいなものを割り振っていて、それを僕たちに「体験」させているんじゃないか、っていう……。

「つまりその『作者』はやっぱり、枚下先生みたいな人ってこと？」

そうだとすれば、枚下先生が僕を創ったってことで、あの不思議な授業もそれに踊らされている気がして悩んだ経緯も、ぜんぶ先生の思いのままだったってことになる。でも、どうにも釈然としない。まるで僕に人格がないみたいじゃないか。

情けない顔をしているであろう僕を尻目に、渉はもったいぶった表情で推理を続ける。

「おいらも最初はそう考えたんだけど、それだと少し問題が残るのである。アオのメール、とくに新名さんのくだりはなんともアオらしく思春期らしくマドンナである新名さんにも結局いまだにさっぱり近づけておらず、白髪の大御所先生が書いてるにしてはヘタレすぎ……、あ、すまん、これはアオのいいところだと思うんだけど、あくまでももし枚下先生が書いてるとしたらって仮定にすると、なんというかもどかしさが残るわけですね。そこで、名探偵ワタルは考えた。『文学講義小説』ってのは、文学作品を読み込んだり研究書を読み漁ったりして文学の知識を仕入れまくった小説家が書いていると仮定することもできる。であるならば、その作家はアオみたいな悩みを抱えながら枚下先生にも憑依できるような人物である。ま、そんなとこなんじゃないかと思うわけですよ」

「うーん……」

僕のようでありながら枚下先生のようでもある「作者」なる人物を思い浮かべようとしてみたがちっとも想像がつかず頭を抱えていると、

「つまりアオがヘタレなのはその『作者』のせいだからさ、気にすんな。たぶん『作者』はいわゆる恋人なんてものが一切いたことがない、恋人いない歴イコール年齢みたいな人で、二人をどう近づけていいかわかんなくて、書けなかったんだよ」

と、渉は平然と言ってのける。

「渉、さっきからさりげなく僕をけなしてるだろ……」

重々承知しているとはいえ、こんなにヘタレを連呼されると凹む。

「いやいや、あくまでも想像上の『作者』がって話。ひょっとしてその『作者』は、アオになにか切実な希望をかけてるのかもしれない。アオが大きく羽ばたいてくれるそのときまで、気長に見守っていたいのかもしれない」

「まるでほんとにその『作者』を知ってるみたいに言うんだな」

「あれれー？　そういう仮定で課題やってたらのめりこんで、なんかそんなふうに考える癖がついちゃったのかなあ？」

渉はとぼけた口調で言い、さっき折りたたんでいた紙をこより状にしてきゅっと結び目を作り、テーブルの上でくるくるとコマのように回す。

店の片隅に置かれたテレビで夕方のニュースをやっている。紺のスーツを着たアンドロイドのような表情のキャスターが、アムネスティ・インターナショナルが「ウクライナ軍は市街地に拠点をおくことで市民を危険にさらしている」と批判し、それに対しウクライナ政府が反発している、と伝えている。開戦からおよそ半年。戦争は続いている。春に「一刻も早い停戦を」という名目の会談がひらかれていたことなんて、もう誰も思いだそうとしない。

とうに次の話題に移っているテレビのニュース画面を見るともなく眺めているうちに僕はふいに思いたって視線を渉に戻し、

「……じゃあ、でも戦争は？」

と切りだす。

「もし『作者』がすべてを創ったんならあの戦争も創ったってことだろ。そんなの……」

言いながら、想像もつかなかった架空の「作者」の像がぼんやりと浮かんでくる。そうだ。先生たちも、「ロシアとウクライナが戦争をするなんて少し前なら信じられなかった」と口を揃えて言っていた。でもそんな戦争なんてほんとは存在しなくて、「作者」がでっちあげたのかもしれない。よくあるじゃないか。「もしこの国とこの国が戦争をしたら」みたいな小説。およそ考えうる限りいちばん愚劣な想像力の使い道だ。

　脳裏に浮かんだ「作者」の姿がだんだんと膨れあがっていく——このうえなく親しかった人たちの憎しみあいを、殺しあいを空想し、残忍な無神経さを巧みなプロットと勘違いして読者をもてあそぶ、怪物のような「作者」。実際には人々が長い年月をかけて理解と愛を育てていたとしたって、小説のなかなら誰かの気まぐれひとつで戦争でも凶悪犯罪でも描けてしまう。新聞やニュースの映像で目にした「戦果」を報じるような浅はかな報道や、戦争を煽るような見出しが再び心に渦巻き、そのすべても悪趣味な「作者」が創ったのならば納得ができるような気がしてくる。その「作者」はいまもまだ、ひとつの戦争から世界の憎しみが増幅していく様子を嬉々として描き続けているのかもしれない。だとするなら戦争はこれだけではまだ終わらない。じわりと手に汗が滲む。許せない。なんて悪辣な「作者」だ。憎むべきは「作者」だ。

「ありえない戦争を創作して面白がるなんて悪趣味だよ……」

のどの渇きを感じて水を飲もうとするが、コップはすでにカラだ。もてあましたコップを握る手に力がこもる。顔にも怒りが滲みでていたのか、渉が急に真剣な顔になって、

「待て待て」と手振りをつけながら、

「理論上はそういう仮定もできなくはないけど、でも仮にすべてを創りだした『作者』がいるとしたって、その『作者』が生きている現実があるだろ。小説の作り手はいわゆる神様と違って、ゼロから粘土をこねてるわけじゃない。自分の生きている現実をどこかで写しとりながら作品を書く。それをどういうふうに再形成しているのかは『中』にいるこっちにはわかりようがないから、ひょっとしたら作者は二百年後の未来から過去を描いているのかもしれないし、そもそもこの地球そのものがフィクションかもしれない。でも大枠がわからなくても、逆算すればわかることはある——少なくともアオのメールの文章からは、ありもしない戦争をでっちあげて面白がる『作者』の像は浮かんでこないよ」

と弁明する。

「じゃあ、『作者』の生きている世界にも、この戦争はあるってこと？」

それはそれで絶望的だ、と思うと同時に、ついさっき自分が悪趣味な怪物のような「作者」像を一瞬で膨らませることができたのは、ほかでもなく、いま起きている戦争がフィ

クションであってほしいからなんだ、と気づく。「作者」という存在が渉の考えた「設定」なのはわかっているけれど、せめてその設定のなかではぜんぶ嘘であってほしかった。誰かが勝手に考えだした、下手な空想であってほしかった。

「たぶんね。あ、そういえばうちの大学、ウクライナ人もロシア人もいるよ。ちょうど開戦のときに一年の留学期間で滞在してる途中で、それきり帰らなかった学生もいて、わりと仲良くなった。今度紹介する。そのうち遊びにくるんだろ」

「うん、そのつもり。ほんとはペテルブルグに留学したかったけど、難しそうだし」

「来い来い。うちのあたり、リスいっぱいいるぞー。東京の雀か鳩くらいいる。増えすぎて害獣扱いされてるけど、アオ好きだろ、リスとか小動物」

　渉はまるでちいさな子供の機嫌でもとるみたいにそう言い、ダークトーンの顔から白い歯をのぞかせて笑うと、さっき紙で作った細長い物体を今度はリボンのようにドレッドヘアに結んで、「この髪便利なんだよねーなんでも結べて」と上目遣いで自分の髪を見上げて頭を揺らし、ほんの一瞬だけ黙って、口をひらく。

「や、ほんとはこれ最初は、いかにもアジア人ぽいままだと舐められるんじゃないかと思ってやったんだけどさ、あと地味に筋トレとかもして。我ながら健気だよな、おいら。でもあんま関係ない気がしてきたんだよね、最近。どんな格好してたって話せばわかる相手は話せばわかるし、話を聞かないやつはこっちがなにしたってしなくたって勝手なレッテル貼ってくるし。それでも無国籍っぽくしてたほうが気が楽っていうか、類は友を呼ぶみたいな、面白いやつらと出会えるってのはあるけど。まあ、そういうのを学べたのも、あれこれやってみたおかげかもしんない」

え、と僕は意外に思いながら、渉の耳についた細かいチェーン状のピアスを見つめる。

知らなかった。渉は昔から個性的というか、なんでも納得するまでつきつめてやってみるやつで、いつも自分の言動全般に納得しているようなオーラが漂っていたから、舐められるのを恐れるとかそんな発想はしそうにない気がしていた。でもそうだよな、中学までとはまったく違う環境のなかで、渉だっていろいろあったはずなんだ。メールではそんなそぶりは見せなかったけど。いや、いちどだけ「漱石がロンドンにいたころの気持ちがわかる」って書いてたことがあった……。

自動ドアが開き、五、六人のグループが入ってきて、配膳係のバイトが「いらっしゃいませーあっ少々お待ちくださいいまテーブル席片付けますー」と言いながら除菌スプレーとふきんを持ってきて、急いで隣の席を片付けはじめる。

「出よっか」

と渉が言い、会計を済ませて通りに出る。夏の夜の熱気と排ガス混じりの空気が顔にあたる。祖父母の家に泊まるという渉を見送るためにＪＲの駅に向かって歩きながら、近況や中学時代の友達の話を思い思いに話す。「そういえば渉、『世界じゅうが内戦しているみたいだ』って書いてたよな」と言うと、渉は「ああ書いたね、そんなこと」とずいぶん昔のことを話すような調子で返し、「あんとき、なんか悩んでたんだよな、いろんな議論に疲れてたんだ、たぶん」と続ける。

大通りを歩いていく。信号機の色や飲食店の看板の光が鮮やかに目に映る。その色を眺めながら、この通りってこんなふうだったっけ、と奇妙な感覚になる。長い長い小説を読んでいる途中で不意に無理矢理現実に引き戻されたような気分だ。

この物語の「続き」はどこにあるんだろう――さっきの渉の推理を反芻《はんすう》しながら、そんなことを考える。いま起きている戦争はフィクションじゃないかもしれない。僕は「作者」に似てヘタレかもしれない。でも、「作者」になんて負けないぞ、と僕はこっそり誓いをたてる。僕は僕の話を、この足で歩いてやるんだ。

初出　「文學界」（二〇二三年一月号〜二〇二四年一月号）

奈倉有里（なぐら　ゆり）

1982年東京都生まれ。ロシア文学研究者、翻訳者。ロシア国立ゴーリキー文学大学を日本人として初めて卒業。著書『夕暮れに夜明けの歌を』（イースト・プレス）で第32回紫式部文学賞受賞、『アレクサンドル・ブローク　詩学と生涯』（未知谷）などで第44回サントリー学芸賞受賞。他の著書に『ことばの白地図を歩く』（創元社）、『文学キョーダイ!!』（逢坂冬馬との共著、文藝春秋）。訳書に『亜鉛の少年たち』（スヴェトラーナ・アレクシエーヴィチ著、岩波書店、日本翻訳家協会賞・翻訳特別賞受賞）、『赤い十字』（サーシャ・フィリペンコ著、集英社）ほか多数。

文春新書

1457

ロシア文学《ぶんがく》の教室《きょうしつ》

2024年5月20日　第1刷発行

著　　者　　奈《な》　倉《ぐら》　有《ゆ》　里《り》
発 行 者　　大　松　芳　男
発 行 所　株式会社　文　藝　春　秋

〒102-8008　東京都千代田区紀尾井町3-23
電話（03）3265-1211（代表）

印 刷 所　　理　想　社
付物印刷　　大　日　本　印　刷
製 本 所　　大　口　製　本

定価はカバーに表示してあります。
万一、落丁・乱丁の場合は小社製作部宛お送り下さい。
送料小社負担でお取替え致します。

ISBN978-4-16-661457-8

◆考えるヒント

民主主義とは何なのか　長谷川三千子
寝ながら学べる構造主義　内田　樹
私家版・ユダヤ文化論　内田　樹
勝つための論文の書き方　鹿島　茂
成功術　時間の戦略　鎌田浩毅
世界がわかる理系の名著　鎌田浩毅
ぼくらの頭脳の鍛え方　立花　隆　佐藤　優
知的ヒントの見つけ方　立花　隆
立花隆の最終講義　立花　隆
日本人へ　リーダー篇　塩野七生
日本人へ　国家と歴史篇　塩野七生
日本人へ　危機からの脱出篇　塩野七生
逆襲される文明　日本人へⅣ　塩野七生
誰が国家を殺すのか　日本人へⅤ　塩野七生
完全版　ローマ人への質問　塩野七生
イエスの言葉　ケセン語訳　山浦玄嗣

聞く力　阿川佐和子
叱られる力　阿川佐和子
看る力　阿川佐和子　大塚宣夫
臆病者のための裁判入門　橘　玲
女と男　なぜわかりあえないのか　橘　玲
「強さ」とは何か。　宗由貴監修　鈴木義孝構成
何のために働くのか　寺島実郎
女たちのサバイバル作戦　上野千鶴子
在宅ひとり死のススメ　上野千鶴子
サバイバル宗教論　佐藤　優
サバイバル組織術　佐藤　優
無名の人生　渡辺京二
生きる哲学　若松英輔
危機の神学　若松英輔　山本芳久
脳・戦争・ナショナリズム　中野剛志・中野信子・適菜　収
歎異抄　救いのことば　釈　徹宗
プロトコールとは何か　寺西千代子
それでもこの世は悪くなかった　佐藤愛子

知らなきゃよかった　池上　彰　佐藤　優
知的再武装　60のヒント　池上　彰　佐藤　優
無敵の読解力　池上　彰　佐藤　優
死なない時代の哲学　村上陽一郎
コロナ後の世界　ジャレド・ダイアモンド　ポール・クルーグマン　リンダ・グラットン　マックス・テグマーク　スティーブン・ピンカー　スコット・ギャロウェイ　大野和基編
コロナ後の未来　ユヴァル・ノア・ハラリ　カタリン・カリコ　ポール・ナース　リンダ・グラットン　リチャード・フロリダ　スコット・ギャロウェイ　イアン・ブレマー　大野和基編
スタンフォード式　お金と人材が集まる仕事術　西野精治
なんで家族を続けるの？　内田也哉子　中野信子
教養脳　福田和也
コロナ後を生きる逆転戦略　河合雅司
超空気支配社会　辻田真佐憲
明日あるまじく候　細川護熙
百歳以前　徳岡孝夫　土井荘平
老人支配国家　日本の危機　エマニュエル・トッド
迷わない。完全版　櫻井よしこ
いまさら聞けない　キリスト教のおバカ質問　橋爪大三郎
ちょっと方向を変えてみる　辻　仁成
フェミニズムってなんですか？　清水晶子

小さな家の思想　長尾重武
日本人の真価　藤原正彦
日本の伸びしろ　出口治明
ソーシャルジャスティス　内田 舞
70歳からの人生相談　毒蝮三太夫
柄谷行人『力と交換様式』を読む　柄谷行人ほか

◆サイエンスとテクノロジー

世界がわかる理系の名著　鎌田浩毅
「大発見」の思考法　山中伸弥 益川敏英
ねこの秘密　山根明弘
ティラノサウルスはすごい　小林快次監修 土屋 健
アンドロイドは人間になれるか　石黒 浩
マインド・コントロール　岡田尊司
サイコパス　中野信子
首都水没　土屋信行
水害列島　土屋信行
植物はなぜ薬を作るのか　斉藤和季
超能力微生物　小泉武夫
フレディ・マーキュリーの恋　竹内久美子
猫脳がわかる！　今泉忠明
ウイルスVS人類　瀬名秀明・押谷 仁 五箇公一・岡部信彦・河岡義裕 大曲貴夫・NHK取材班
がん治療革命
ウイルスでがんを治す　藤堂具紀
ゲノムに聞け　中村祐輔

妊娠の新しい教科書　堤 治
AI新世 人工知能と人類の行方　小林亮太 篠本 滋 甘利俊一監修
お天気ハンター、異常気象を追う　森さやか
スパコン富岳の挑戦　松岡 聡
分子をはかる　藤井敏博
メタバースと経済の未来　井上智洋
半導体有事　湯之上隆
チャットGPT vs.人類　平 和博

文春新書

◆文学・ことば

翻訳夜話　村上春樹　柴田元幸
翻訳夜話2　サリンジャー戦記　村上春樹　柴田元幸
漢字と日本人　高島俊男
語源でわかった！英単語記憶術　山並陞一
外交官の「うな重方式」英語勉強法　多賀敏行
名文どろぼう　竹内政明
「編集手帳」の文章術　竹内政明
弔辞　劇的な人生を送る言葉　文藝春秋編
ビブリオバトル　谷口忠大
新・百人一首　岡井隆・馬場あき子・永田和宏・穂村弘選
劇団四季メソッド「美しい日本語の話し方」　浅利慶太
芥川賞の謎を解く　鵜飼哲夫
ビジネスエリートの新論語　司馬遼太郎
世界はジョークで出来ている　早坂　隆
一切なりゆき　樹木希林
天才の思考　鈴木敏夫

いま、幸せかい？　滝口悠生選
英語で味わう万葉集　ピーター・J・マクミラン
歎異抄　救いのことば　釈　徹宗
最後の人声天語　坪内祐三
三国志入門　宮城谷昌光
教養脳　福田和也
明日あるまじく候　細川護熙
伊賀の人・松尾芭蕉　北村純一
ちょっと方向を変えてみる　辻　仁成
歴史・時代小説教室　安部龍太郎・門井慶喜・畠中　恵
柄谷行人『力と交換様式』を読む　柄谷行人ほか

◆ネットと情報

「社会調査」のウソ　谷岡一郎
インターネット・ゲーム依存症　岡田尊司
闇《ダーク》ウェブ　セキュリティ集団スプラウト
フェイクウェブ　高野聖玄・セキュリティ集団スプラウト
スマホ廃人　石川結貴
スマホ危機　親子の克服術　石川結貴
超空気支配社会　辻田真佐憲
ソーシャルジャスティス　内田　舞

◆経済と企業

リープフロッグ　野口悠紀雄
臆病者のための株入門　橘 玲
臆病者のための億万長者入門　橘 玲
熱湯経営　樋口武男
先の先を読め　樋口武男
ビジネスパーソンのための契約の教科書　福井健策
ブラック企業　今野晴貴
ブラック企業2　今野晴貴
売る力　鈴木敏文
日本型モノづくりの敗北　湯之上隆
半導体有事　湯之上隆
詐欺の帝王　溝口 敦
さらば！ サラリーマン　溝口 敦
トヨタ生産方式の逆襲　鈴村尚久
グローバリズムが世界を滅ぼす　エマニュエル・トッド ハジュン・チャン 柴山桂太・中野剛志・藤井聡・堀茂樹
税金を払わない巨大企業　富岡幸雄

消費税が国を滅ぼす　富岡幸雄
安売り王一代　安田隆夫
働く女子の運命　濱口桂一郎
人工知能と経済の未来　井上智洋
メタバースと経済の未来　井上智洋
「公益」資本主義　原 丈人
お祈りメール来た、日本死ね　海老原嗣生
自動車会社が消える日　井上久男
日産vs.ゴーン　井上久男
新貿易立国論　大泉啓一郎
世界史を変えた詐欺師たち　東谷 暁
日銀バブルが日本を蝕む　藤田知也
AIが変えるお金の未来　坂井隆之・宮川裕章＋毎日新聞フィンテック取材班
なぜ日本の会社は生産性が低いのか？　熊野英生
会社員が消える　大内伸哉
キャッシュレス国家　西村友作
農業新時代　川内イオ
農業フロンティア　川内イオ

総会屋とバブル　尾島正洋
最強の相続　荻原博子
吉本興業の約束　大﨑 洋 坪田信貴
日本企業の復活力　伊丹敬之
グリーン・ジャイアント　森川 潤
国税OBだけが知っている失敗しない相続　坂田拓也
AI新世 人工知能と人類の行方　小林亮太 篠本 滋 甘利俊一監修
スパコン富岳の挑戦　松岡 聡
男性中心企業の終焉　浜田敬子
ルポ 食が壊れる　堤 未果
負動産地獄　牧野知弘
地銀と中小企業の運命　橋本卓典
逆境経営　樽谷哲也